죽음이
다가와도
괜찮아

죽음이
다가와도
괜찮아

마흔에 맞닥뜨린 암,
돌아보고 살펴본 가족과 일 그리고 몸에 관한 일기

김진방 지음

따비

책을 내며

2023년 8월 18일. 암 진단을 받던 날이 까마득히 멀게 느껴진다. 어느덧 반년이 넘는 시간이 지났다. 그사이 많은 일이 있었다. 감정은 여러 차례 소용돌이쳤고, 항암치료로 몸도 이전의 몸이 아니게 됐다. 암에 걸리기 전후의 내 삶은 완전히 달라졌고, 지금도 달라지는 중이다.

이제는 처음 암 진단을 받았을 때만큼 비장하지도, 비관적이지도, 또 과하게 낙관적이지도 않은 사람이 됐다. 세상의 기준으로 성숙해졌다고 하면 성숙해졌다고도 볼 수 있고, 조금은 재미없는 사람이 됐다고도 볼 수 있다. 펄펄 끓는 매콤한 육개장이 적당한 온도의 슴슴한 평양냉면이 됐다고 할까. 나뿐만 아니라 가족들도, 친구들도, 지인들도 조금씩 달라지고 있다.

투병일기를 쓰기 시작할 때만 해도 내가 살아 있는 동안에 이 글이 물성이 있는 책으로 나올 것이라고는 생각하지 않았다. 병실 생활이 무료해 시작한 글이기도 하고, 혹여나 세상에 내보일 때는 웹툰으로 만들 생각이었다. 그래서 투병생활에서 겪는 에피소드를 짤막한 단상으로 기록해나갔다. 언제 글이 끊길지 모르니 기승전결같이 구조적인 완결성을 생각할 필요도 없었다. 사실 이 글의 주된 목적은 아직 나이가 어린 두 아들에게 지금 내 감정과 아이들을 향한 마음을 보여주려는 것이 가장 컸다. 글보다는 만화로 보는 것이 더좋을 나이이기에, 웹툰으로 제작해두면 언제든 아빠가 그리울 때 펼쳐 보는 그런 것이면 되겠다고 생각했다.

투병일기를 매일 거르지 않고 쓴 지 두 달쯤 됐을 때 글을 멈췄다. 대부분 암 환자의 생활이 그렇듯 나의 생활도 단조로워지기 시작했다. 항암제를 맞고, 항암치료 사이사이 MRI, PET-CT 같은 검사를 하고, 요양병원에 입원해 몸을 회복하는 일의 반복. 기록할 만한 에피소드도 점점 사그라졌다. 독하디독한 항암제에 지친 나도, 지친 나를 바라보는 가족과 지인들도 차츰 무뎌졌다. 우리는 서로가 서로를 어떻게 대해야 하는지 알아갔고, 불쑥불쑥 올라오는 감정을 어떻게 추스르는지도 배워갔다. 불행한 상황에서 찾아오는 평안. 아니 평안이 아니라 묘한 균형은 펜을 멈추게 했다.

원고는 어느새 책 한 권이 될 만큼 쌓였다. 그렇다고 책으로 낼 만큼 완결성을 갖지는 못했다. 한 번도 퇴고를 하지 않았던 글을 다시 들여다봤다. 뭔가 생의 끝에 이른 사람이 감정의 덩어리를 세밀하게 묘사해놓은 모양새였다. 동네 입시 전문 미술학원 광고에 있는 입시생의 데생과 같은 원고가 눈에 들어왔다. 엄청나게 잘 쓴 글은 아니지만, 애를 쓴 흔적이 어여쁜 그런 글이었다.

원고를 추려서 출판사에 보냈다. 이 글이 책이 될 수 있을지 조심스레 물었다. 한참의 검토 기간이 지나고 긍정적인 답변이 돌아왔다. 따비의 박성경 대표와 신수진 편집자를 만나 원고 리딩을 했다. 양은 많지만, 정리가 되지 않은 원고는 편집자의 손이 많이 필요해 보였다. 솜씨 좋은 편집자의 고민과 고생으로 글은 각자의 자리를 찾았고, 직소 퍼즐처럼 무질서하게 뒤섞여 있던 원고가 어엿한 한 권의 에세이가 됐다. 이 자리를 빌려 암 환자가 쌓아둔 글 무더기에서 용기 있게 책을 조형해낸 두 분께 감사 인사를 전하고 싶다.

이 책을 누구에게 권하고 싶냐는 질문을 받은 적이 있다. 사실 이 글에 가장 크게 공감할 사람은 암 환자일 것이다. 투병을 하며 시시

각각 자신을 덮쳐 오는 감정을 순간포착 하듯 기록한 것이니 당연한 일이다. 하지만 내가 가장 이 글을 권하고 싶은 대상은 암 환자의 곁을 지키는 가족과 주변인이다. 그들에게 환자와 좁힐 수 없는 간극이 어디에서 오는지를 알려주는 안내서이자 지침서가 돼줄 것이다.

이 책이 암이라는 인생의 커다란 굴곡 앞에 선 환자와 그 가족들에게 작은 위로가 되어주기를 바란다.

2024년 5월

김진방

· 차례 ·

2부　항암치료를 받다,
　　　암이 바꾼 일상에 적응하다

3부 감사와 간구, 그리고 소망

일기를 시작하며

저는 연합뉴스 김진방 기자입니다. 암 3기 환자이기도 하구요. 한때는 베이징 특파원으로 5년간 근무하기도 했습니다. 나름 기자로서 특종도 여러 번 했던 이력이 있습니다. 기자 업무만큼은 인정받는 사람이었습니다.

지금은 암과의 싸움에 매달려 있습니다. 암도 내 몸에 자리 잡고 있는 것이라 싸운다는 표현이 마음에 걸리지만, 불편한 동거를 끝내야 내가 살기 때문에 암과의 싸움을 포기할 수는 없습니다. 이 투병일기를 쓰는 이유는 지난한 투병일상을 이겨내려는 이유도 있고, 책으로 출판하면 행여 내가 잘못됐을 때 남은 가족들에게 경제적인 도움을 줄 수 있을까 하는 마음도 있습니다.

이 글의 끝이 승리로 끝날지 죽음으로 막을 내릴지는 아직 모릅니다. 가만히 있는 것보다 뭐라도 쓰는 것이 더 편안한 사람이기에 투병일기를 써보는 겁니다. 투병하며 그때그때 떠오르는 삶과 죽음에 대한 생각, 가족에 대한 생각, 나를 걱정하는 사람들의 모습도 기록하고 싶었습니다.

이 글의 끝이 해피엔딩이기를 누구보다 간절히 바라는 사람은 저일 겁니다. 이 글이 저와 같이 암 투병을 하는 환자들에게 희망의 메시지가 되기를 바랍니다. 아니 조금의 위안이 되면 좋을 것 같습니다.

1부

암 환자가 되다

"아, 그래요?" ———————— 2023. 8. 18

전주 바른영상의학과 이상영 교수는 MRI 영상을 한참 들여다보더니 나보다 더 놀란 눈으로 "환자분, 악성 종양일 가능성이 큽니다."라고 말했다. 이 교수의 말에 나의 첫 반응은 "아, 그래요?"였다. 뒤따라 나온 말은 "이제 어떻게 하면 됩니까?"

문제를 만나면 해결책을 먼저 찾는 습관이 암에 대한 공포를 앞섰다. 이 교수는 "포기하시면 안 되고, 마음 단단히 먹으세요."라며 나를 타이르듯 위로했다. 내 머릿속에서는 '아, 암인 건가?'라는 생각만 고장 난 테이프처럼 반복되고 있었고 이 교수의 말이 귀로 들어오지 않았다.

처형네와 부안으로 가족 여행을 가기로 한 날이었다. 병원 진료를 받는 나를 빼고는 가족들이 다 부안 리조트에 가 있다. 암은 암이고, 가족들이 기다리고 있다는 생각에 일단 알겠다는 의미로 "아, 그래요?"라고 한 것이 화근이었다. 이 교수는 아마도 휴가지 복장으로 반바지 차림에 크록스를 끌고 병원에 온 내가 악성 종양 3기 진단에 삶을 포기하는 것 아닐까 걱정이 되었나보다. 진료실을 나가려고 일어서는 나를 붙잡아 앉히고 앞으로 어떤 일이 일어날지, 어떤 과정을 거쳐야 하는지 등을 자상히 설명해줬다. 맞장구를 치지 않으면 안 되겠다는 생각에 "저게 종양인가요?" "저는 무슨 암인가요?" "나을 수는 있나요?"라고 질문도 간간이 하면서 이 교수의 말을 들었다.

기억나는 말은 '뼈암'이라는 병명뿐이었다. 언뜻 보면 이 교수가 암에 걸리고, 내가 의사인 것 같은 모양새였다. 길고도 자세한 안내가 끝날 때쯤 이 교수는 다시 한 번 "가족분들과 잘 상의하시고, 포기하지 마세요."라고 단단히 일렀다.

MRI 영상이 담긴 CD와 보험사에 제출할 영수증, 진료명세서를 받아 들고, 진료비 20만 원을 결제했다. 간호사들도 안타까운, 아니 안쓰러운 눈빛으로 나를 쳐다봤다. 아마 기록지에 적힌 내 나이 때문이었을 거다. 만 40세. 암 3기라기엔 비교적 젊은 나이. 게다가 아내와 아들 둘, 외벌이 가장이다.

정작 나는 '악성 종양'이라는 단어가 귀에 들어왔을 때 '올 것이 왔군.'이라고 생각했다. 언젠가는 일어날 일이라고 생각했달까. 생각보다 일러 당황스러울 뿐 큰 동요는 없었다.

병원에서 50미터 떨어진 공영주차장에서 차를 찾아 운전석에 앉았다. 한여름 뜨거운 햇볕에 차 안은 후끈거렸다.

내가 암에 걸렸구나. 게다가 3기라니, 이를 어쩐다. 드라마를 보

면 이런 상황에 놓인 주인공이 차 안에서 회한이 담긴 절규를 내지르며 오열하던데, 나는 눈물이 나지 않았다. 낮게 '젠장'이라고 읊조린 뒤 시동을 걸었다. 가족들이 기다리는 리조트까지는 한 시간 남짓. 운전을 하면서도 이 사실을 누구에게 어떻게 알려야 하나 걱정이 앞섰다. 아내에겐 어떻게 알리지, 부모님께는 언제 알려야 하나, 어떤 순서로 알려야 할까, 이제 나는 죽는 것인가, 요즘은 3기도 치료 가능하다던데 괜찮으려나……. 머릿속에 떠다니는 고민이 줄을 이었다.

누구에게라도 이 사실을 알려야 할 것 같았다. 나를 잘 알고, 속이야기를 편히 할 수 있는 사람, 그리고 나와 멀리 떨어져 있어 이 상황을 객관적으로 봐주고 같이 헤쳐나갈 수 있는 사람, 베이징 형 린종이었다.

"나 암이래."

베이징 형의 말문이 막혔다.

"나 암이래. 그렇게 됐어."

그래도 말을 하고나니 속이 좀 가라앉았다. 베이징 형은 반대로 멘붕에 빠진 듯했다. 리조트까지 가는 내내 통화를 한 것 같은데, 무슨 말이 오갔는지는 기억이 나지 않는다. 걱정과 걱정이 오갔고, 나는 치료하면 된다는 말만 반복했다. 중간에 누나에게 전화를 걸었던 기억도 난다. 눈이 아픈 누나 상태를 살폈고, 어머니를 잘 챙기라는 말을 했다. 암 이야기는 하지 않았다. 어느덧 리조트가 눈에 들어왔다.

일단 휴가 분위기를 깨지 말아야겠다고 생각하며 리조트 주차장에 차를 댔다. 리조트 수영장에서 놀고 있는 가족들에게로 걸음을 옮기며 아이들이 어디 있는지 찾았다. 수영장에서 아들 호수와 단이, 조카 도준이가 물놀이를 하고 있었다. 내가 도착하자 아내, 처형, 처제, 동서의 "뭐래?"라는 질문이 쏟아졌다. "MRI를 찍긴 했는데 아직 잘 모르겠다고, 내일 다시 오래."라고 얼버무리고 리조트 벤치에 걸터앉았다. 간호사인 처제가 MRI를 찍었는데도 모른다는 게 이상하다고 고개를 갸웃했으나 대수롭지 않다는 듯 몇 차례 말을 돌리자 가족들은 다시 휴가를 즐기는 데 집중했다.

시끌벅적한 고기 파티가 끝나고 숙소로 들어가 2차가 이어질 때, 나는 방으로 들어와 내가 걸렸다는 뼈암에 관해 검색했다. 포털 사이트 검색창에 '뼈암'을 입력하니 맨 위에 정의와 증상, 치료 방법 등이 상세히 나온다. 인상적인 것은 암 환자 중 0.2퍼센트만 걸린다는 것과 상피가 아닌 뼈에서 자라나는 암이라는 내용이었다. '역시 평범

한 병은 걸리지 않는구나. 쉽게 넘어가는 법이 없지.' 하고 휴대전화기를 덮었다. 다시 밖으로 나가 폭죽놀이까지 마친 뒤 방으로 들어와 누웠다.

오늘은 아이들과 함께 잠들고 싶었다. 단이가 방바닥에 자리를 펴고 내 옆에 누웠다. 단이를 꼭 안아봤다. 물놀이에 고단했는지 금세 곯아떨어진 단이를 돌려 눕히고, 다시 휴대전화기를 꺼냈다. '뼈암 명의'를 검색해 서울대병원 김한수 교수와 원자력병원 전대근 교수를 찾았다. EBS 의학 프로그램인 〈명의〉에 출연한 두 교수가 이 분야에서 최고임을 확인하고 잠을 청했다. 밤은 생각보다 길었다. 잠이 잘 오지 않았지만, 그래도 잠이 든 뒤에는 깊은 잠에 빠졌다.

주변에 알리다 ──────── 2023. 8. 19

날이 밝았다. 암에 걸렸다는 데 크게 바뀐 것은 없었다. 아팠던 허리에서 만져지는 것이 암이라는 것만 달라졌다. 휴가는 오후까지 이어질 예정이었지만, 오전에 MRI 리포트를 받아서 내 증상을 처음 알아본 키본정형외과 김정렬 교수를 만나러 가야 했다. 이른 아침밥을 차려 먹고 리조트를 나왔다. 아내와 아이들, 처제를 집에 내려주고 바른영상의학과로 향했다.

병원에 도착하자 카운터에 있는 간호사가 MRI 리포트를 건네며

"이 교수님 보고 가셔야 해요."라고 말을 전했다. 이상영 교수는 어제보다 더 걱정 어린 눈빛으로 나에게 여러 가지 정보를 알려주었다. 그러고나서 힘들거나 궁금한 것이 있으면 연락하라며 병원 명함이 아닌 개인 명함을 건네준다. 이 교수의 마음 씀씀이가 고마웠다.

병원을 나와 엑스레이만 보고 '좌측 골반 병변' 소견을 낸 김정렬 교수를 찾아갔다. 김 교수는 이 교수보다 훨씬 시크하지만 차분하게 악성 종양이 맞다고 확인해주었다. 내가 서울대병원 김한수 교수나 원자력병원 전대근 교수에게 진료 받고 싶다고 하자 김 교수는 여기서 조직검사를 해서 갈 것인지 서울로 가서 할 것인지 물었다. 내 오랜 병원 이용 경험상 새 병원으로 가면 뭐든 다시 검사할 것이기에 서울로 가서 검사하겠다고 했다.

김 교수는 서울의 병원에서 바로 조직검사를 할 수 있게 폐로 전이됐는지 확인하도록 폐 CT와 복부 CT를 찍어서 올라가라 했다. 검사 의뢰서와 소견서를 쓰는 김 교수에게 "교수님, 이거 낫긴 하겠죠?" 하고 물었다. 김한수 교수와 전대근 교수는 이 분야 국내 최고 전문가이니 거기로 가면 치료할 수 있다고 김 교수가 말해주었다. 마음이 한결 편안해졌다. 마음이 편안해진 뒤에야, 아내에게 이 사실을 알려야겠다고 다짐했다.

아내는 아내고, 주변 사람에게도 이 사실을 알려야 했다. 암 진단에 담담했지만, 뭔가 공감을 받고 싶다는 생각이 들었다. 일단 연합뉴스 전북본부의 임청 선배에게 전화를 걸었다. 회사에 알리는 것도 중요한 일이니까. 임청 선배는 나보다 더 안타까워하며 "진방아, 안 된다. 암은 안 돼.”라는 말을 반복했다. 아직 결과가 확실한 게 아니니 서울에서 더 검사해보자는 말도 했다. 나는 딱 잘라 “MRI만 봐도 악성 종양이래요.” 하며 희망의 싹을 잘랐다.

임청 선배와 통화를 마치고, 친형이나 다름없는 승만 선배에게 전화를 걸어 단골 찻집 지유명차에서 만나자고 했다. 뭔가 이상한 느낌이 들었는지 주말인데도 알겠다고 했다. “나 암 3기래.”라고 말하자 승만 선배와 지유명차 사장님이 더 놀랐고, 장난치면 죽는다는 협박도 날아왔다. 치료하면 되니까 걱정 말라고 말했다. 한 시간 정도 이런저런 이야기를 나누고 찻집을 나와 예약해둔 미용실로 갔다. 항암치료를 받기 전에 마지막으로 머리를 단정히 하고 싶었다. 밀 땐 밀더라도 단정한 상태에서 밀고 싶었달까.

아내는 휴가 뒤풀이로 처형 집에서 저녁 모임을 갖자고 했다. 그전에 담낭염에 걸려 입원했다가 퇴원한 장모님 댁에 들렀다. 뼈암 3기 환자인 내가 담낭염에 걸린 장모님을 위로하고 있는 게 왠지 블랙코미디 같았다. 장모님 댁에서 우리 식구들, 처제와 함께 저녁을 먹고 처형네로 갔다. 웃고 떠들다 간간이 내 허리 이야기가 나왔지만, 암이라고까지는 생각지 않는 것 같았다.

집으로 돌아와 아이들을 재우고, 아내에게 운동을 나가자고 했다. 아파트 단지를 두 바퀴 돌고, 세 바퀴째 돌 때쯤 말을 꺼냈다. “나 암이래.” 마음 여린 아내는 눈물을 뚝뚝 흘리며 정말이냐고 계속 되물었다. “걱정 마. 치료하면 되지. 네가 마음을 굳게 먹어야 내가 편히 치료하니까 마음 단단히 먹어. 너 혼자 두고 눈 못 감는다.”

하고 달랬다.

내가 환자인지 아내가 환자인지 모를 상황이 아파트 단지를 다섯 바퀴 돌 때까지 이어졌다. 겨우 아내를 달래 아이들이 눈치채지 못하게 하라고 단단히 일러두고 집으로 들어갔다. 처제가 잠을 자지 않고 거실에서 기다리고 있었다. 거실은 울음바다가 되었고, 나는 나지막한 목소리로 "울려면 방에 들어가 울어. 애들 듣는다." 하며 아내를 채근했다.

긴 하루였다. 어제와 달리 오늘은 잠이 잘 오지 않았다. 폐 CT 찍을 일이 걱정이다. 만약 폐로 전이가 됐다면 재산 정리를 먼저 해야 하나…… 이런저런 생각이 꼬리를 물었다. 기어이 안방 침대에서 자

겠다는 아이들을 뿌리칠 수 없어 네 식구가 한 침대에 누워 좁디좁게 껴 자는 밤이었다. 낮에 차를 많이 마셔서 그런지 잠이 오지 않았다. 괜스레 통증이 있는 왼쪽 허리 신장 자리가 뻑뻑하게 느껴졌다. 어차피 깨어 있을 거, 다른 환자들이 올린 진료 후기를 읽었다.

두 교수 모두 훌륭했지만, 아무래도 익숙한 서울대병원이 더 끌렸다. 12년을 다닌 서울대병원인데, 암에 걸려 가려니 낯설게 느껴지는 면도 있었다. 병원 예약부터 서둘러야겠다 싶어 서울대병원 앱을 켜고 김한수 교수 외래 진료를 예약했다. 가장 이른 날짜는 8월 23일. 23일 오후 2시 30분 진료를 예약하고 앱을 껐다. 혹시 몰라 원자력병원 사이트에서 회원가입을 하고 전대근 교수 진료도 예약했다. 8월 29일 오전 9시 40분 진료다. 이제 문제는 폐 전이로 판가름 나는 3기냐 4기냐. 이제서야 약간 걱정이 되기 시작한다.

깨진 유리 조각 피하기 ——————— 2023. 8. 20

암이라는 진단을 받고 사흘째가 됐다. 여전히 멍하다. 잠에서 깨면 이게 꿈인지 생시인지 확인하려고 아픈 곳을 만져본다. 왼쪽 허리 뒤쪽으로 여전히 피부를 밀면서 튀어나온 혹이 만져진다. '아, 진짜구나. 나 암 환자지.' 그러고나서 따뜻해진 손바닥을 골반에 가져다 댄다. 짧지만 간절하게 기도한다. "하나님, 이 잔을 나에게서 치워주세요."

간절한 기도는 정말 오랜만이다. 그만큼 삶이 편했던 거겠지. 기도를 하다가, 세상에 암 환자가 얼마나 많은데 내 순번까지 기적이 오겠나 싶은 생각이 들면 손을 뗀다. 그래, 나 같은 사람이 견디고 기적 없이 치료 받아 낫는 게 맞지. 기적은 더 마음이 약한 사람, 체력이 부족한 사람에게 가는 게 옳다.

어제부터 5시 언저리에 눈이 떠진다. 베이징에 있을 때로 수면 패턴이 돌아갔다. 아마도 안 좋은 쪽으로 각성 상태가 유지되는 것 같다. 잠을 잘 자야 암 치료에 좋을지, 잠을 잘 자면 암도 커질지 몰라 억지로 자려 하지는 않았다. 오늘은 검사도 없고, 다른 일정도 없는 날이다. 일요일이니까 교회에 갈 거다.

교회는 내 삶의 바로미터다. 그러니까 역경의 바로미터랄까. 힘든 일을 겪을 때 교회에 가보면 알 수 있다. 안 울기로 유명한 내 눈에서 눈물이 쏟아진다면 그건 극복할 수 없는 고난이다. 반대로 무덤덤하게 말씀을 듣고 나온다면 그건 감당할 만한 고난이다. 여태껏 힘든 일이 있다고 해서 교회에서 눈물을 흘렸던 적은 없다. 다 감당할 만했고 잘 극복해냈다. 성경에 감당할 만한 사람에게 그에 맞는 고난을 준다는 구절이 있다. 내가 좋아하는 성경 구절 중에는 또 이런 것이 있다. "나의 가는 길 오직 그가 아시나니 나를 단련하신 후에 내가 정금같이 나아가리라"(욥기 23장 10절). 오늘 교회에 가서 암이라는 고난이 내가 감당할 만한 것인지 아닌지 알아볼 생각이다.

아내는 어제 청천벽력 같은 이야기를 듣고 잠을 한숨도 못 잔 거 같다. 아침부터 눈물 바람이라 달래주었다. 나는 나을 것이고, 이 싸움이 조금 길긴 하겠지만 지지 않을 것이다. 호수, 단이 대학 가는 것도 보고, 장가가는 것도 볼 것이다. 이렇게 말했더니 더 우는 것은 어쩔 수 없다. 그냥 울게 두고 거실로 나와 호수 방을 한 번 들여다보고, 단이 방을 한 번 들여다봤다. 든든하고 착한 우리 큰아들 호수, 귀엽고 다부진 막내 단이.

안방에는 우는 아내, 애들 방에는 1분 이상 보면 울음 벨이 될 것 같은 호수와 단이. 내가 있을 공간은 거실이다. 거실에 앉아 다시 내 상황을 떠올려봤다. 현실감이 전혀 안 든다. 그래도 아내와 처가 식구들이 알게 됐고, 생각보다 잘 받아들이는 것 같아 마음이 한결 나아졌다. 폐 CT는 내일 찍는다. 오늘 할 일은 교회에 가는 것.

아내가 교회 갈 채비를 시작했다. 침대가 비어 내 자리에 다시 누웠다. 휴대전화기를 만지작거렸다. 어제 아내에게 소식을 알린 뒤 SNS에도 암에 걸렸다는 소식을 올렸더니 댓글이 달려 있었다. 응원 메시지가 줄을 이었지만, 전혀 위로가 되지 않았다. 멍하니 있을 수만은 없어 지인들과 대화를 나누었다. 암 진단 소식에 주변은 부산한데 나는 고독했다. 지독하게 고독하다는 표현은 이런 때 쓰는 거구나.

교회는 평소와 같았다. 주차장은 차로 가득했다. 예배당에 들어서 자리를 안내받았는데, 하필 앞자리다. 아내가 주춤한다. 아마도 눈물을 쏟을 거 같아 꺼려지나보다. 자리가 없으니 방법이 없다. 자리를 찾아 앉았다. 내가 좋아하는 찬양이 나온다. 약간 울컥했는데 다행히 눈물은 흐르지 않았다.

설교가 시작되기 전에 목사님들이 주보에 쓴 글을 읽었다. 이번엔 부목사님이 쓴 생활 속 신앙 경험담이 담겨 있었다. 집에서 유리잔이 깨진 일이 주제였다. 깨진 유리잔을 사모님과 치우는 데 말귀를 못 알아듣는 아이가 다가왔다고 했다. "○○야. 여기 오면 안 돼!" 평소 고음 발성이 안 좋다던 부목사님이 여태 내질러본 적 없는 큰 소리로 아이에게 소리를 질렀다고 했다. 아이가 놀라 울음을 터트렸지만 유리 조각을 밟는 참사는 피했다. 이게 우리네 모습일 수 있다는 신앙 고백이 이어졌다. 우리가 잘못된 길을 가고 있을 때 하나님은 우리에게 고함을 쳐서라도 멈추게 하신다. 그렇게 하지 않으면 천지 분간 못 하는 우리는 잘못을 뉘우치지 못하고 유리 조각을 밟을 테니까.

그날 설교보다 이 글이 계속 마음에 남았다. 글을 묵상하면서 이런 생각을 했다. 베이징에서 삼차신경통을 얻어 귀국한 뒤에도 나는 일을 멈추지 않았다. 아마도 낙향한 내 모습이 마음에 들지 않아서 그랬겠지 싶다. 괜한 자존심 때문이었다. 그게 몸을 갉아먹었고, 암이 커지게 된 이 상황을 만들었다. 지금 나를 암 3기로 때리지 않으면 멈추지 않을 것이라 하나님은 생각했을까? 나를 늘 고난의 구렁텅이에서 꺼내시는 분. 이번에도 그럴까? 제발 그랬으면 좋겠다고 생각했다.

다행히 예배가 끝날 때까지 눈물이 나지 않았다. 눈가에 눈물이 맺히긴 했지만, 흐르지는 않았다. 그나마 조금 안정이 된 상태로 교회를 나왔다. 아내가 장인어른을 만나 이야기를 나누는 사이 나는 교회 주차장에서 차를 빼내 도로 가에 세웠다. 이제 밥을 먹으러 가야 했다. 원래 동행하지 않는다던 장인어른도 점심 식사를 함께하기로 했다. 아직 장인어른은 내 암 진단 사실을 모른다. 식사하며 다들 울지 말아야 할 텐데. 걱정이 앞섰다.

점심을 먹기로 한 식당에 도착했다. 나와 아내, 장인어른이 먼저 도착했고, 처가 가족들이 뒤따라 도착했다. 장인어른 말고는 다들 내 소식을 들은 듯했다. 부안에 함께 갔던 큰 처형은 나를 보자마자 눈가에 눈물이 맺혔다. 위기다. 큰 처형 눈물이 터지면 연달아 눈물이 터질 터다. 얼른 다른 주제를 꺼냈다. "회사 은퇴하면 경주김씨 계림군파 종친회장을 해보면 어떨까요?" 하고 장인어른께 너스레를 떨었다. 다행히 종친회장으로 주제가 바뀌고 시끌벅적 주문한 메뉴가 나왔다. 다들 신경 쓸까봐 소바 면발을 후루룩후루룩 밀어 넣었다. 그 모습을 보더니 작은고모가 갑자기 눈물을 흘렸다. 처형들도 울고, 아내도 덩달아 울었다. 내막을 모르는 장인어른은 어안이 벙벙하신 듯했다.

장인어른을 댁에 내려드리고, 작은 처형네로 갔다. 세 여인의 질문 공세가 이어졌다. 나는 솔직히 내 생각을 이야기했다. 나는 강단 있고 야무지고 아픈 것도 잘 참으니까, 우리 부모님이나 아내, 아이들, 다른 가족 누가 이 병에 걸리는 것보다 내가 걸리고 내가 치료하는 게 제일 나은 거 같다고 말했다. 이 말에 세 여인이 또 눈물을 흘린다.

이제 사흘째인데 주변 사람의 눈물에 너무 지친다. 아무리 스스로 기합을 넣어봐도 누구 하나가 울면 기운이 빠지는 거다. 그래서 나는 울지 않는다. 내가 울면 다들 더 불안해하고, 나도 힘들고, 모두가 힘든 상황이 생기니까.

내일 검사 결과만 좋으면 된다. 내일 아침 사무실에 들어가서 보고하고, 폐 CT 찍고, 결과 듣고, 후배에게 업무 인수인계하고……그러면 된다. 그렇게 하루하루 버티고, 해나가면 된다.

3기와 4기 사이 ——————— 2023. 8. 21

나흘째다. 가족들에게 알리고, 주변에 알리면 좀 나아질 줄 알았는데 그렇지도 않다. 여전히 고독한 싸움이 지속되는 중이다.

오늘은 아침 일찍 폐 CT를 찍는다. 폐로 전이가 일어났다면 예후가 상당히 안 좋다고 한다. 지금은 3기지만 4기로 올라가는 것이다. 4기면 사실상 치료를 할지 말지 결정해야 하는 상황이라고 봐야 한다. 물론 서울 집을 팔아 치료를 해볼 수 있겠지만, 그러면 남은 식구들은 어떻게 될까. 그나마 내가 살면 다행이지만, 치료도 못하고 돈만 다 쓰고 죽으면 호수와 단이는 앞으로 어떻게 살까. 행여 병을 고친다 해도 나 때문에 힘들게 살아갈 가족들을 보는 것이 오히려 지옥일 것이다. 어린 시절 겪었던 가난을 생각하면 그것만은 꼭 피하고 싶다.

갈수록 잠을 못 잔다. 어젯밤엔 특히 못 잤다. 오늘도 5시께 눈을 떠 뒤척였다. 여전히 왼쪽 신장 위쪽에 뻑뻑한 이물감이 느껴졌다. 암 때문일까, 심리적인 이유일까? 오늘 복부 CT도 찍으니 묵직한 느낌의 원인이 무엇인지 알 수 있겠지. 몸을 일으켜 샤워를 하고 나와 병원 갈 채비를 했다. 병원에 가기 전에 회사에 먼저 들러 임청 선배에게 자세히 상황을 알리고 회사에서 배려받을 수 있는 것이 있는지 확인해야 한다. 준비를 마치고 거실로 나왔다. 호수가 벌써 일어나 소파에 앉아 있었다. 단이는 여전히 꿈나라다. 호수에게 아침 인사를 하고 꽉 껴안아줬다. 단이 방으로 가 자는 단이를 한참 보다가 집을 나섰다.

　차를 몰아 사무실로 갔다. 가는 사이 베이징 형에게 전화를 걸었다. 오늘은 좀 떨린다고 말했다. 말을 하고나니 기분이 좀 나아졌다. 사무실에 도착해 임청 선배에게 지금까지 상황과 현재 내 상태를 설명했다. 휴직이나 병가는 되도록 미루고 싶다고 했다. 그래야 월급이 최대한 나오기 때문이다. 그간 회사에 헌신한 것을 생각하면 이 정도 배려는 받을 수 있을 것이라 생각했다. 임청 선배도 흔쾌히 그러라고 했다. 이제는 네 몸만 생각하라는 말도 해주었다. 목숨이 달린 일이니 다른 건 신경 쓰지 말고, 꼭 그러라고 했다. 취재국장인 백도인 선배도 함께 앉아 위로를 건넸다. 선배들의 마음이 전해져 감사했다. 본부원들에게 늘 피해만 주는 것 같아 송구하다고 이야기하고 사무실을 나왔다. 내 출입처는 내 첫 후배이자 믿음직한 기자인 임채두가 맡기로 했다. 그렇게 정리하고 바른영상의학과로 향했다. 시간은 이제 9시를 막 지났다.

너무 이른 시간인지 병원에 환자가 나밖에 없다. 폐와 복부 CT를 찍기 위해 옷을 갈아입었다. 검사할 때 같이 있어주겠다던 승만 선배는 아침 기사를 막느라 아직 사무실에 있는 모양이다. 혼자 준비를 마치고 첫 환자로 CT 기계에 누웠다. 손을 머리 위로 들고 이상한 자세로 기계에 빨려 들어갔다. CT라면 수도 없이 찍어봤지만, 이번엔 달랐다. 평소 강심장이라 자부했지만 떨렸다. 한 차례 촬영이 끝난 뒤 조영제를 넣고 다시 촬영이 시작됐다. 조영제의 차가운 느낌이 혈관을 타고 온몸으로 퍼지더니 방광까지 싸한 느낌이 전해졌다. 그렇게 10분 정도 더 안내음을 따라 숨을 들이마시고 내쉬었더니 촬영이 끝났다.

이제 떨리는 검사 결과 상담이 남았다. 밖으로 나와 옷을 갈아입고, 승만 선배한테 전화를 걸었다. 거의 다 왔다고 하더니 정말 1분도 안 돼 엘리베이터에서 승만 선배가 내렸다. 거의 매일 만나고 연락하는 사이인데도 새삼 반가웠다. 승만 선배는 오자마자 목소리 톤을 높여 괜찮을 거라고 내 어깨를 두드렸다. 목소리 톤이 올라가는 것은 선배가 긴장할 때 나오는 습관이다. 나보다 선배가 더 긴장한 눈치다.

잠시 뒤 진료실로 들어오라는 정진영 교수의 호출이 울렸다. 이상영 교수는 아직 출근 전이라 정진영 교수가 진료를 대신했다. 긴장한 상태로 정진영 교수 앞에 앉았다. 정 교수는 폐 CT 영상을 켜둔 화면을 나에게 보여주며 말했다. "폐에 결절이 하나 있기는 한데 다행히 0.34센티미터예요. 이 정도로는 전이가 됐다고 의학적으로 판단하지 않습니다."

승만 선배는 나보다 더 기뻐하며 내 등을 연신 두드렸다. 기침이 나올 정도로 세게 두드려 마른기침이 나왔다. 결국 정진영 교수한테 "폐로 전이 안 됐다고 그렇게 좋아할 상황은 아니다."라는 소리를 듣고서야 승만 선배의 호들갑이 멈췄다. 폐뿐 아니라 복부에서도 전이 소견은 나오지 않았다. 그나마 다행이다. 이제 확실히 3기 판정을 받았다.

인간이란 참 재미있다. 암 3기가 좋은 것이 아닌데, 4기 문턱에서 3기로 내려앉았다는 게 그렇게 기쁠 수가 없다. 그래도 치료는 해볼 수 있게 됐으니 힘을 내야 할 때다. 처음 암에 걸렸다는 것을 알았을 때, 앞으로 지난한 과정이 있을 텐데 절대 일희일비하지 말자고 생각했다. 하지만 아무리 다짐을 해도 사람인지라 일희일비하지 않을 수 없었다. 승만 선배의 호들갑 때문일까. 오늘은 기쁨을 마음껏 누리고 싶었다.

검진 결과를 아내에게 알렸다. 내가 알리기도 전에 승만 선배가 먼저 카톡을 보내둔 모양이다. 전화를 받자마자 아내가 "너무 다행이다."라며 울음을 터뜨렸다. 그만 울자고 하고, 이제 치료하면 되니까 걱정하지 말라며 전화를 끊었다. 베이징 형에게도 전화를 걸었다. 뛸 듯이 기뻐하는 게 승만 선배와 다름없었다. 암 3기에 이리 기뻐하는 사람들이 있다니 놀라울 따름이다. 임청 선배에게도 전화를 걸었다. 정말 다행이라고, 얼른 서울로 가서 치료 잘 받자고, 도울 수 있는 건 최대한 돕겠다고 했다. 모두 고마운 사람들이다.

지난 나흘은 내 인생에 반드시 기억돼야 할 시간이다. 그 폭풍 같은 시간을 절대 잊지 못할 것 같다. 오늘은 잠을 좀 편히 잘 수 있을 것 같다. 집에 돌아와 호수와 단이에게 아빠표 소시지 알리오올리오를 만들어줬다. 호수는 물론이고 단이까지 그릇을 싹싹 비웠다. 여태껏 먹은 스파게티 중 가장 맛있다는 칭찬이 쏟아졌다. 오랜만에 맛있게 식사를 했다. 얼마만의 화기애애한 식사인가. 이제 한숨 돌렸으니 본격적으로 치료를 시작해야 할 때다.

보험료 ──────── 2023. 8. 22

닷새째 아침이 밝았다. 전이되지 않았다는 결과를 듣고 잠을 푹 잘 거라 생각했는데, 막상 그러지 못했다. 그래도 신기하게 왼쪽 신장의 뻑뻑한 느낌이 가셨다. 심리적으로 만들어낸 통증이 아닐까 싶었다.

이번 주는 업무에서 제외돼 출입처에 인사를 돌 생각이다. 한동안 자리를 비워야 하기 때문에 인사는 해야 할 것 같았다. 아침을 먹고 출입처 중 한 곳인 전북교육청으로 차를 몰았다. 기자실에 있는 타사 선후배 기자들에게 인사하고, 대변인실로 가 내가 쓴 책을 선물하면서 직원들과 인사를 나누었다.

마침 점심시간이 걸려 아내를 불렀다. 그렇게 먹거리와 관련된 책을 쓰고, 온갖 미식 여행을 하고 다녔음에도 정작 아내와 마주 앉아 식사한 적은 손에 꼽는다. 이제는 메뉴도 마음대로 고를 수 없으니 더더욱 그럴 일이 없겠지. 그래서 오늘은 꼭 함께 먹어야겠다 싶었다. 메뉴를 골라보라니 평소 친구와 가던 솥밥집을 택한다. 아내를 집에서 픽업해 함께 솥밥을 먹으러 갔다. 식당에 들어서 보니 전에도 한 번 같이 왔던 곳이다. 맛이 별로라고 타박했는데 맛있다고 해줄걸.

나는 문어 솥밥, 아내는 연어 솥밥을 주문했다. 잠시 뒤 음식이 나왔다. 될 수 있으면 암 이야기는 하지 않고, 옛날 연애 시절 이야기만 하면서 밥을 먹었다. 그러다 말이 끊기면 눈시울이 빨개지는 아내와 그걸 멍하게 바라보는 나. 그럴 때면 둘이 고개를 그릇에 박고 밥을 꾸역꾸역 밀어 넣었다.

우연히 옆 테이블을 보니 KBS 후배들이 보였다. 한 친구는 오정현 기자였고, 한 친구는 연차가 낮은지 얼굴이 낯설었다. 밥을 다 먹고 계산하려는데 오정현 기자가 카운터로 뛰어가더니 우리 밥값을 계산했다. 기자 선후배 사이에는 불문율이 있다. 굶어 죽어도 선배가 후배 밥을 사는 것. 오정현 기자도 물론 그 불문율을 잘 안다. 오 기자는 매번 선배에게 얻어먹었는데 이번은 꼭 사고 싶다고 했다. 좋은 일로 실랑이하는 것도 그렇고, 그 마음이 예뻐서 그러라고 했다. 사실 오 기자를 뿌리칠 기운이 없었다. 아내는 얻어먹은 밥이 좋았는지 "와, 오빠 인기 많다."고 추임새를 넣었다.

아내를 집에 데려다주고, 전북대로 향했다. 전북대는 내가 참 좋아하는 출입처다. 막내 시절부터 출입해 인연이 오래되기도 했고, 직원분들 한 명 한 명 모두 열성적이고 성실하다. 양오봉 총장에게 인사하며 항암치료에 좋은 팁도 몇 개 들었다. 그러고나서 지유명차로 차를 몰았다.

지유명차에 가면 그나마 지친 심신을 쉴 수 있다. 공간이 아늑하기도 하고 늘 날 걱정해주는 주인 내외분과 늘 찻집에서 만나는 단골손님들이 있어서다. 무엇보다 이곳에 오면 잡생각을 그나마 줄일 수 있다. 사실 집에서 아이들을 보거나 힘들어하는 아내를 보는 것은 여간 힘든 일이 아니다. 이곳에 오면 짊어진 짐을 잠시 내려놓고 차를 마실 수 있다. 찻집에 앉아 이런저런 이야기를 나누며 한참 차를 마셨다. 그러다 문득 치료 계획을 세우려면 내 여력이 어느 정도인지 알아야겠다는 데 생각이 미쳤다.

손해보험협회 홈페이지에 들어가 그간 들어놓은 보험을 추려보았다. 개인보험도 있고, 회사 단체보험도 있었다. 암은 진단비가 어느 정도 나와 크게 부담이 없다고 하던데, 내가 암보험을 들었는지도 알 수가 없다. 지인들이 가끔 부탁하면 보험을 들었던 것 같은데 기억이 나질 않았다. 보험금이 얼마나 나오는지 알아보려니 일괄적으로 알려주는 곳은 없고 일일이 보험회사에 전화해 알아봐야 했다.

일단 개인보험을 확인했다. 가장 많이 쓰는 실비보험에는 안타깝게도 암 특약이 없었다. 0원. 그나마 암보험이 하나 있었다. 진단비 2,000만 원. 다음은 회사 단체보험 담당자에게 전화를 걸었다. 실비보험에서 임원진이 아닌 일반사원의 암 진단비는 0원. 암보험에는 다행히 1,000만 원이 있었다. 도합 3,000만 원. 하지만 뼈암에 걸렸을 때 받는 고액암 특약이 하나도 없었다.

경제적으로 상당히 부담이 되는 상황이다. 치료비야 어떻게든 보험금으로 충당하면 되겠지만, 수술과 항암치료, 재활로 몇 달간 쉴 때 필요한 생활비가 부족했다. 또 치료비 외 교통비나 기타 비용도 상당이 많이 든다는 이야기를 들었다. 뼈암이 고액암인 이유가 재발이 많고 항암치료도 쉽지 않기 때문이라고 하니, 걱정이 안 된다면 거짓말이다.

여태까지 아프다는 소식을 듣고 도움을 주겠다는 연락이 꽤 왔다. 하지만 돈이 얼마나 들지, 치료는 가능한지 몰라 죄다 거절했다. 무엇보다, 나는 아직 여력이 있지 않은가. 차를 팔고 대출도 받으면 되니까. 물론 앞으로 생활이 힘들어지겠지만, 그래도 내 능력 안에서 해결할 수 있으리라 생각했다.

그런 생각이 안이했다는 것을 보험금을 계산해보고 알았다. 나 진짜 대책 없이 살았구나. 지금껏 살아 있는 게 용할 정도로 아무 대책이 없었다. 간이 약한 아내를 생각하면 더욱 그렇다. 아내도 나와 같은 보험 리스트를 가지고 있는데 도대체 어쩌려고 이러고 있었는지. 당장 고액암 특약부터 넣자고 아내에게 전화를 넣었다.

보험료를 계산하고보니 지유명차 단골인 ㅎ님의 이야기가 떠올랐다. "암에 걸리면 돈이 없으면 죽고, 돈이 있으면 산다. 암이 2기인지 3기인지가 중요한 게 아니다." 맞는 말 같다. 회사로부터 지원금이나 추가 대출을 받을 수 있는지 노조에 문의해둔 상태인데, 그것부터 확인하는 게 좋겠다고 생각했다.

그래도 대충 틀이 잡힌 거 같아 마음이 편해진다. 보험금이 적든 많든 일단 낫는 게 중요하지 않을까. 이런 생각을 할 때쯤 노조위원장 현태 선배에게서 전화가 왔다. 현태 선배도 뇌종양 판정을 받고 5년 만에 완치 판정을 받은 사람이다. 현태 선배가 인사부에 문의한 결과는 실망스러웠다. 이미 내가 회사 대출을 한도까지 받은 상황이라 추가 지원책은 없단다. 회사가 내놓은 대답은 퇴직금 중간 정산을 받는 것이었다. 중간 정산 금액은 6,000만 원. '회사가 그렇지 뭐.' 하고 생각했다.

이제 출발 준비는 됐으니 좌측 골반에 있는 암 덩어리를 퇴치하러 가보자.

서울대병원 그랜드슬램 ——————— 2023. 8. 23

여전히 잠은 잘 못 잔다. 괜찮다, 괜찮다 밤새 스스로를 다독여봐도 잠이 안 오는 게 신기하다. 여태 살면서 수면장애를 겪어본 적이 없는데 암이 센 센가보다. 전이가 없다는 약식 판정을 받았으니 이제 전원을 해야 한다. 서울의 병원으로 가 본격적으로 치료를 시작해야 하는 것이다.

오늘은 초진 날이다. 아침 8시 20분 익산에서 출발하는 용산행 기차표를 예매해뒀다. 먼저 이 분야에서 인정받는 명의인 서울대병원 정형외과 김한수 교수의 진료를 받기로 했다. 원자력병원 정형외과 전대근 교수와 더불어 뼈암 분야에서 가장 인정받는 전문가다.

내가 서울대병원을 택한 이유는 여럿이다. 12년 전 신장 수술을 받은 병원이자 12년간 내 집처럼 드나들었던 병원이라 익숙한 것이 첫 번째 이유다. 협진 시스템과 좋은 의료진, 최신 설비도 선택의 이유다. 무엇보다 12년 전 신장 수술을 한 뒤로 고혈압, 고지혈증, 통풍, 삼차신경통 등등 종합병원 같은 내 몸을 여태껏 살려준 곳이 서울대병원이다. 뭔가 신뢰가 있다고 할까. 익숙한 곳에 가야 그나마 항암치료든 수술이든 견디기가 수월할 것 같았다. 그동안 수없이 오가서 전주서 서울대병원까지 눈 감고도 갈 수 있을 정도다. 12년 전 어린이병원에서 소아비뇨의학과 박관진 교수에게 수술 받은 뒤 본관에서 순환기내과 박경우 교수에게 고혈압 관리를 받아왔고 이제 암병동까지 가게 됐으니, '서울대병원 그랜드슬램'인가.

오늘은 초진이라 금식 공지는 없었다. 그러나 큰 병에 걸린 사람이라면 이것 하나를 꼭 기억하길. 병원을 오래 다닌 사람은 대부분 알겠지만, 큰 병으로 병원에 갈 때는 무조건 금식을 하고 가야 한다. 혹시 모를 긴급 상황(촌각을 다투는 상태)이 생기거나 검사 예약에 빈자리가 생겼을 때 금식을 한 상태여야 일의 진행이 빠르다. 간호사가 "혹시 금식하셨어요?"라는 질문에 "아, 아뇨." 했던 경험이, 큰 병을 앓는 사람이라면 한 번은 있을 것이다. 나도 그런 이유로 전날 저녁부터 금식 상태를 유지했다.

아침 6시 40분 자리에서 일어나 병원 갈 준비를 했다. 전날 밤

샤워를 했지만, 아침에 일어나 한 번 더 샤워했다. 간혹 상처가 나는 검사를 할 경우 장기간 몸을 씻지 못하는 상황이 올 수 있기 때문이다. 몸을 구석구석 깨끗이 씻고, 보디로션을 바르고, 스킨과 로션을 바르고 옷을 챙겨 입었다. 단정하지만 최대한 가볍고, 입고 벗기 편한 옷을 입어야 검사 받을 때나 진료 받을 때 좋다. 준비는 끝났다. 아침밥은 거르고, 최소한의 물로 매일 복용하는 혈압 약, 고지혈증 약, 통풍 약만 챙겨 먹고, 영양제는 빼놓는다. 시계가 7시 20분을 가리킨다. 이제 가자.

익산역 뒤편 역골주차장에 차를 대고, 백팩에 든 MRI와 CT CD, 진료의뢰서, 영상판독 리포트 등을 다시 확인했다. 마스크 착용 의무가 해제되고 한 번도 마스크를 끼고 기차를 탄 적이 없는데, 암 환자로 전업한 나는 마스크까지 야무지게 챙겨서 역으로 향했다. 서울에 강연이나 행사가 있을 때 수도 없이 오가던 길인데, 이번엔 주변 공기가 다르게 느껴졌다. 약간 긴장이 될 땐 베이징 형과 통화를 하면 조금 긴장이 풀린다. 짧게 통화를 마치고 역 플랫폼으로 내려갔다. 곧 용산행 기차가 플랫폼을 따라 미끄러지듯 들어왔다. 자리를 찾아 앉은 뒤 노트북을 펼쳤다. 멍하니 있는 것보다 투병일기를 쓰는 것이 심신 안정에 도움이 된다. 노이즈 캔슬 기능을 켠 아이팟을 끼고 한참 일기를 쓰다보니 어느덧 기차가 용산역에 날 내려놓았다.

용산역에는 베이징에서 사업 미팅 때문에 들어온 만교 형님이 나를 기다리고 있었다. 며칠 후 베이징으로 돌아간다기에 미리 연락을 드려 역에서 잠시 뵙고 병원에 가려고 약속을 잡은 터였다. 베이징에서도 늘 나를 예뻐해주던 형님이다. 형님은 나를 보자마자 꼭 안아주었다. 내 등을 두드리는 형님의 손길에 약간 울컥하는 감정이 치솟았지만, 서로 민망할까봐 마음을 다잡았다. 이른 시간이라 그런지 문 연 카페를 찾기가 쉽지 않아 형님은 병원에 데려다주겠노라며 택시를 타자고 했다. 멀리서 와준 형님이 고마워 집에서 가져온 마오타이 한 병을 건넸다. 형님은 극구 사양했지만, "저는 이제 먹을 일도 없어요."라는 말에 어쩔 수 없이 술병을 받았다.

함께 택시를 타고 가며 그간 못 한 이야기를 한참 동안 나눴다. 대화가 재밌어서였을까, 어느새 택시가 서울대병원 본관에 도착해 있었다. 나는 익숙하게 형님을 안내해 지하 1층 카페로 갔다. 주문한 음료를 받아 자리를 잡고 앉아 드디어 암에 대한 이야기를 시작했다. 형님의 어머니도 몇 해 전 암 3기 판정을 받았다. 암 환자의 가족답게, 형님은 나에게 여러 가지 팁을 알려줬다. 의사의 말은 무조건 따르되 90퍼센트만 믿어라, 긍정적으로 생각해라, 집에서 10분 거리에 언제든 달려올 수 있는 한의사 1명과 양의사 1명을 수소문해 둬라, 수술 전에는 잘 먹고 항암치료는 체력전이니 몸 관리를 잘해라…… 형님의 조언은 끝없이 이어졌다.

그리고 내 경제 상황도 조심히 살피셨다. 보험이 몇 개인지, 보험금은 얼마인지 꼼꼼하게 물었고, 나중에 비싼 항암제나 치료제를 써야 할 수도 있으니 그런 점도 염두에 두라고 일러줬다. 그러면서 외벌이인 내 사정을 잘 헤아려 "돈 걱정은 말고, 형들 있으니까. 무조건 회복하는 것만 신경 써."라고 말해줬다.

　다른 어떤 말보다 이 말이 내게는 천금 같았다. 형님이 나를 도와주든 그러지 않든, 지난주 금요일 암 진단을 받은 뒤 들은 말 중에 가장 큰 위로가 되었다. 물론 형님의 재력이 받쳐주니 그런 든든한 느낌을 줬을 거다. 형들 있으니까 너무 걱정하지 말고, 항암치료든 방사선 치료든 병원 근처에서 통원해야 하면 형들과 상의하고, 경제적으로 힘들어도 형들과 상의하라고 형님은 몇 번이고 신신당부했다.

　한참을 도란도란 이야기를 나누다보니 어느새 정오가 됐다. 형님을 보내드려야 할 시간이다. 형님과 지하 1층 에스컬레이터에서 인사를 나누고 헤어졌다. 뭔가 든든하면서도 가슴이 따뜻해진다. 형님의 뒷모습이 에스컬레이터 사이로 사라질 때까지 서 있다가 암병동으로 향했다.

　암병동은 내가 다니던 대한외래(외래진료센터)나 본관과는 완전히 분위기가 달랐다. 무엇보다 혼잡스러움이 덜했고, 암 환자들이 다니는 곳이어서인지 조금 더 조용했다. 이제 한동안 다녀야 하는 곳이라 생각하니 뭔가 답답함이 느껴지기도 했다. 암병동은 처음이라 첫 진료 안내 데스크를 찾았다. 이곳에 오면 자료 등록부터 수납까지 잘 안내해준다. 준비한 서류에 문제가 있다면 이곳에서 대책을 찾아주기도 한다. 나도 진료의뢰서가 잘못된 것을 발견하고 전주에 있는 병원에 전화를 걸어 팩스로 서류를 다시 받았다. 신속한 자료 등록 절차와 외래 도착 신고가 끝나자 일사천리로 진료가 이뤄졌다. 기다리는 환자들의 줄이 생각보다 짧았고, 능숙한 간호사들이 안내해서인지 생활의 달인을 보는 듯한 진료가 이뤄졌다. 내 차례도 금세 돌아왔다.

전문의로 보이는 의사가 먼저 내 상태를 살폈다. 옆방에서는 나 같은 절차를 거친 다른 환자가 김한수 교수의 진료를 받고 있었다. 잠시 뒤면 저 문으로 김한수 교수가 들어오겠지. 내 목숨을 살릴 의사 선생님.

김한수 교수는 정확하고 군더더기 없는 몇 가지 질문으로 나의 상태를 확인했다. 수술을 할 수 있을지가 관건이기 때문에 나는 몇 번 없는 질문 기회 중 하나를 "근데 수술을 할 수 있긴 한가요?"에 사용했다. 돌아온 대답은 "수술할 수 있으니 오라고 했죠."였다. 답을 들으니 칠흑 같은 어둠에 한 줄기 빛이 내리는 것 같았다.

5분이 채 안되는 진료시간이었지만,

수술할 수 있다는 말에 희망을 안고 나왔다.

김 교수는 내 상태가 상당히 심각해 보인다고 했다. 수술이 복잡할 것 같다는 말도 했다. 그리고 골반을 살릴 수 있을지 없을지는 아직 확신하기 어렵다고 했다. 절망의 말들이 이어졌지만, 일단 수술을 할 수 있다는 말에 안도한 나는 "네, 네, 알겠습니다."만 반복했다. 어떤 준비를 해야 하고, 운동을 어떻게 해야 하는지, 수술 준비로 뭘 하면 좋은지는 나중에 간호사에게 물어도 충분했다. 약 5분간의 진료가 끝나고 김한수 교수가 들어왔던 문을 열고 건너편 진료실로 사라졌다. 꿈과 같은 5분. 나는 수술이라는 실낱같은 희망을 손에 쥐었다. 희망을 손에 쥔 채 간호사의 안내를 받아 조직검사를 하는 본과 초음파실로 씩씩하게 발걸음을 옮겼다.

"억울하지 않아요?" ──────── 2023. 8. 26

이틀 연속 잠을 잘 잤다. 수면 시간이 길지는 않지만 수면의 질은 상당히 높아졌다. 마음이 편안해져서 그렇겠지. 항암치료를 시작하면 다시 우울해진다고 하던데, 그건 그때 가서 생각해야겠다. 암 환자들, 특히나 나처럼 3기 이상의 환자들은 이런 생각을 많이 한다고 한다. '내가 그렇게 열심히 살았는데 억울하다! 왜 나한테 이런 몹쓸 병이 생긴 거지?' 집안에 암 환자가 있거나 암에 걸렸던 경험이 있는 사람을 만나면 꼭 이런 질문을 받는다. "형은 억울하지 않아요?" 그럼 이렇게 답한다. "나도 양심이 있지. 나같이 사는데 암에 안 걸리면 암이 억울하겠다."

그렇다. 이제 와 생각해보면 나는 암에 걸리고 싶어 환장한 사람처럼 살았다. 먹는 걸 워낙 좋아하는 탓에 몸에 좋든 나쁘든 신기한 음식, 새로운 음식, 맛있는 음식을 보면 입으로 집어넣었다. 음식으로 책을 세 권이나 썼다면 말 다하지 않았나. 그리고 술! 담배는 단 한 번도 입에 대본 적이 없다. 술은 재수하면서부터 마시기 시작했으니 스무 살부터 20여 년간 주야장천 마셨다. 2011년 기자 일을 시작하고나서 한 3년간은 거의 매일 마시다시피 했다. 점심에도 늘 반주를 했고, 저녁에는 폭탄주로 폭음했다. 신장 수술을 한 후 몸이 좋지 않아 잠시 술을 끊었지만, 예전만큼은 아니어도 술을 어지간히 마셨다. 술을 많이 마시지 못하니 위스키나 바이주 같은 독주를 즐겨 마셨다.

그래도 암에 걸리는 데 가장 큰 기여(?)를 한 것은 일일 것이다. 나는 소위 워커홀릭이라고 불리는 부류의 사람이다. 퇴근하고도 기사 계획을 세우느라 머리를 쉴 틈이 없었고, 지인들과 대화하면서도 현안이 있으면 늘 기사에 관해 생각했다. 여기에 일과 관련된 사람들과의 저녁 자리, 당연히 이어지는 술자리, 낮에는 커피 자리…… 일이 영향을 끼쳤으면 얼마나 끼쳤겠어 할 수도 있지만, 기자의 일이란 편하려면 아주 편하고, 힘들려면 아주 힘들다. 이유는 일과 생활이 딱 분리되지 않기 때문이다. 나처럼 사람 만나기 좋아하고 일을 컨트롤하고 싶어하는 사람은 기자 일을 하면 안 된다. 24시간 중 15시간 정도 늘 일을 하게 되는 것이다. 여기에 최근 3년간 책을 세 권 썼다. 공저한 앤솔로지까지 합치면 네 권. 이러니 몸이 안 망가지는 것이 용하다.

더 옛날로 거슬러 올라가보자. 1997년 우리 아버지는 IMF 금융

위기의 칼날에 실직한 후 거의 일을 하지 않았다. 대신 나와 어머니가 집안을 이끌어왔다. 물론 나보다 어머니가 더 고생했지만, 나도 스무 살이 되면서부터 경제활동을 했다. 재수할 때는 사촌동생네 머물며 사촌동생 과외를 해가며 재수학원에 다녔다. 삼수 때는 과외 알바를 하면서 집 근처 익산시립도서관에서 공부했다. 2001년 대학에 합격했지만, 당연히 학비는커녕 생활비가 없어 대학에 다니지는 못했다. 입학금은 교회와 할머니가 반반씩 마련해줬지만, 자취방을 얻을 돈까지는 없었다. 휴학하고 곧바로 입대했다. 다행히 고졸 신분이라 상근예비역으로 여산 육군부사관학교에서 취사병으로 근무할 수 있었다. 취사병은 상근예비역끼리 근무하는 게 아니라 일반병과 같이 생활했다. 새벽같이 버스를 타고 출근하고, 오후 6시에 퇴근해 오후 7시까지 집 근처 학원에 나가 강의를 했다. 11시에 근무가 끝나면 상위권 학생 두 명을 대상으로 고액 과외를 했다. 일이 끝나면 새벽 1시. 집에 와서 씻고 자리에 누우면 새벽 2시가 다 됐다. 하루를 꽉 채워 사는 3JOB 생활은 2005년 말까지 이어졌다.

사람들은 묻는다. 암에 걸리니 힘들지 않느냐고. 아이들이 아빠 없이 자랄 수도 있다는 걱정만 빼면 그리 힘들지 않다. 왜냐하면, 스무 살부터 스물세 살까지 겪었던 어둡고 끝이 보이지 않는 저 가난의 터널을 빠져나오는 것보다는 지금이 훨씬 희망적이기 때문이다. 가끔 내 사정을 아는 불알친구들은 그때 어떻게 버텼느냐고 묻는다. 지금 생각해보면 멋모르는 20대니까 버티지 않았을까. 그때도 지금처럼 긍정적으로 생각하며 끝이 어딘지 모를 그 터널을 묵묵히 견디고 나아갔던 것 같다. 이렇게 하다보면 언젠가 좋은 날이 오겠지 생각했다. 누나의 뇌하수체 종양 오진 사고, 어머니의 뺑소니 사고 등으로 복학이 두 번이나 밀릴 때도 그렇게 생각했다. 그때마다 대학 안 가고 이대로 학원 강사로 남아도 좋겠지 하면서 버텼다.

내가 쓰러지면 우리 집은 무너진다는, 마치 벼랑 끝에 서서 큰 돌을 떠받치고 있는 것 같은 중압감. 20대의 나는 그런 환경에서 살아가고 있었다. 우리 가족은 당시 방 2개짜리 17평 주공 임대 아파트에 살았다. 작은 방은 누나가 쓰고, 나는 성인이 돼서도 부모님과 안방에서 함께 잤다. 이제 와 고백하자면, 어머니 옆에 지친 몸을 누이면서 하나님께 여러 번 기도한 적이 있다.

하나님, 사실 조금 힘듭니다. 지금 잠들면 네 시간 뒤에 또 일어나서 부대로 가야겠지요? 지금 잠들어 일어났는데 천국이면 정말 감사할 거 같습니다. 죄송합니다, 이런 기도를 해서. 이제 잘게요. 일어나서 어머니의 잠든 옆모습이 보인다면 다시 열심히 나아갈 테니 걱정하진 마세요.

결국 나는 내가 삼수하며 졌던 빚 3,000만 원을 다 갚고, 학비와 생활비를 모아 2006년 1학기에 복학에 성공했다. 내 나이 스물네 살. 아직 한참 어린 나이였지만, 나는 이미 상당히 어른스러웠고, 무척 공부에 굶주려 있었다. 저 암울했던 경험은 01학번인 내가 남들보다 5년이나 늦게 대학에 갔던 이유이자 지금까지 나를 지탱해준 힘이다. 이렇게 살아왔으니 암에 안 걸리는 게 비정상이다. 이제 걸린 것이 암한테 미안할 정도다. 그렇게 나는 살아왔다. 나는 이렇게 독하고, 독하게 긍정적이고, 굳은 사람이다. 그래서 이번에도 이겨내리라 내 자신을 믿는다. 암 3기는 내 인생 난이도에서 중상 정도의 에피소드다.

어쩌면 행운 ———————— 2023. 8. 27

사흘째 잠을 잘 잤다. 심지어 어제 10시 30분에 잠들어 아침 7시에 일어났다. 그간 잠을 못 자 피곤하기도 했고, 가족들 다독이느라 마음이 지친 것도 있다. 대충의 준비가 끝나고나니 긴장이 슬슬 풀리는 것도 한 이유인 듯하다. 다음 주부터 수술 때까지 일단은 출근하기로 했다. 기획 취재나 힘든 현장 취재는 못 하고 아마도 보도자료 기사 몇 개를 쓰지 않을까 싶다. 회사 선후배들의 배려가 고맙다.

아침에 일어나 기도를 마치고, 지금까지의 일을 가만히 복기해봤다. 어느 정도 정신이 돌아오고나니 보이는 것들이 있다. 이런 말이 어떻게 들릴지 모르겠지만, 얼마나 다행인지 모른다.

암 3기 진단을 받은 것은 비극적인 사건이자 내 인생의 큰 질곡이다. 그러나 지금이라도 암을 발견한 것, 내가 병원을 자주 들락거린 것, 서울대병원 김한수 교수 진료를 곧바로 예약할 수 있었던 것,

그리고 전북대병원에서 30년 근무한 김정렬 교수가 우리 동네에서 개원해 엑스레이만 보고 암을 진단한 것, 잼버리에 파견되어 허리가 아팠던 것. 이 모든 것이 나를 사망의 골짜기에서 꺼내시려는 하나님의 뜻같이 느껴졌다. 나처럼 무딘 사람은 암이 몸 안에서 11센티가 될 때까지 자라든, 다른 장기로 퍼지든 눈치채지 못했을 것이다. 더군다나 뼈에서 자라는 암을 발견했을 가능성은 0에 가깝다.

가장 처음 나의 암 투병 퍼즐이 시작된 것은 언제였을지 곰곰이 생각해봤다. 아마도 2021년 3월 베이징 특파원으로 첫 임기를 마치고 귀임하면서부터인 것 같다. 당시 나는 임기를 연장하려고 부단히 애를 썼다. 가장 큰 이유는 경제적인 것이었고, 두 번째 이유는 기자 경력을 위해서였다. 세 번째 이유도 있었다. 그때 나는 상당히 지쳐 있었고, 가족과 떨어져 혼자 지내는 베이징 라이프에 만족하고 있었기 때문이다. 그러나 인사팀은 선례가 없다는 이유로 일방적으로 귀임 명령을 내렸다. 사장 교체 시기였던 회사 상황도 특별한 사례를 만들 수 없는 이유였다. 그때는 회사의 이해할 수 없는 결정에 화가 난 데다 환송회와 잇따른 저녁 자리로 통풍 발작이 심하게 왔다. 엎친 데 덮친 격으로 대상포진까지 생겨 몸이 거의 만신창이가 됐다.

'원대 복귀' 인사 원칙에 따라 서울이 아닌 전주로 발령이 났기 때문에 5년 넘게 떠나 있던 전주로 돌아가는 것도 스트레스였다. 선배들은 내가 소속 정리를 하지 않아 전북본부의 정원을 하나 잡아먹고 있다고 여겼고, 이번 귀임 때 내가 소속을 정리할 것이라고 생각하고 있었다. 그런 내가 돌아오는 것이 선배들도 못마땅했겠지만, 나도 상당히 겸연쩍었다. 회사에 이런 사정을 말해봤지만, 주인 없는 회사는 '원칙상 어쩔 수 없다.'는 답신만 보내왔다.

전주로 돌아와서 몸을 좀 회복한 뒤에는 베이징으로 다시 나가려고 애를 썼다. 격무에 금전적 보상도 시원찮은 베이징 근무를 원하는 사람이 없었기 때문에 길면 2년, 짧으면 6개월 후면 다시 베이징에 나갈 수 있다고 생각했다. 내 생각대로 2021년 11월 다시 베이징에 부임하게 됐다. 연합뉴스 창사 이래 유례없는 일이었지만, 베이징의 위상은 그랬다. 코로나19가 한창 창궐하던 시점이기도 했다.

이 시기에 마음고생을 많이 했는데, 암을 이때 얻지 않았을까 생각한다. 몸도 안 좋았지만, 마음이 너무 엉망이던 시기였다. 입신양명에 실패하고 낙향한 선비 같은 기분이랄까. 나를 보는 시선이 그렇게 느껴져 기를 쓰고 다시 베이징에 가려 했던 것 같다.

베이징에 돌아가서의 생활은 나쁘지 않았다. 여전히 나의 베이징은 그대로였고, 친구들과 회사도 그대로였다. 8개월 만에 재입성한 나는 개선장군이라도 된 것마냥 베이징을 돌아다녔다. 모든 생활은 이전과 같았고 달라진 게 있다면 코로나19 하나였다.

코로나19의 공포가 가득한 베이징에는 비상계엄 이상의 삼엄한 분위기가 흘렀다. 그렇게 코로나 한복판에서 나는 43일간 격리되었다. 그러니까, 집 밖에 나가지도 못하는 격리 생활 말이다. 사람이 그런 생활을 하다보면 몸이 나빠질 수밖에 없다. 아파트 한 동에 한 명이라도 확진자가 나오면 아파트 전체가 봉쇄됐다. 중국의 봉쇄는 한국의 봉쇄와 달랐다. 매일 두 차례 PCR 검사를 받아야 했고, 문

밖으로 나가려면 경보가 울려 위생관리원이 집으로 찾아와 문을 연 이유를 확인했다.

답답한 생활 속에서도 회사의 격무는 그대로였다. 미중 관계가 악화하고 한중 관계도 슬슬 삐거덕대던 시점에 코로나19 발원지로 지목된 중국에 세계의 이목이 쏠린 탓이다. 방구석에 들어앉아 일만 하는 시간이 지속되면서 몸은 더더욱 엉망이 돼 갔다. 많은 양은 아니지만, 다시 술도 마시기 시작했다. 주로 위스키와 바이주를 마셨다. 그리고 내 인생에서 가장 고통스러운 병인 삼차신경통이 찾아왔다.

삼차신경통이 어떤 병인지 알고 싶다면 인터넷에서 검색해보기 바란다. 나는 통증에 어지간히 둔감한데, 처음 발병했을 때 반나절을 움직이지 못할 정도로 끔찍한 고통을 겪었다. 굳이 표현하자면 통증 발작이 오는 오른쪽 얼굴에 잘 끓인(?) 쇳물을 계속 들이붓는 정도의 고통이랄까. 암 때문에 서울대병원 김한수 교수에게 진료를 받을 때 받았던 질문이 생각난다. "이 정도면 상당히 아팠을 텐데 여태 몰랐나요? 진통제 안 먹고 있나요?" 나는 그때 속으로 '이 정도는 삼차신경통에 비하면 통증이 거의 없는 것과 마찬가지'라고 생각했다. 인간이 느낄 수 있는 통증의 강도가 1에서 10까지라면 뼈암의 통증은 3~4 정도다. 삼차신경통은 10, 아니 그 이상이라고 봐야 한다.

삼차신경통은 두 번째 베이징 임기를 조기 귀임으로 마치게 한 원인이 됐다. 임기를 겨우 1년 마친 시점에서 모든 커리어를 포기하고 돌아와야 했을 때, 나의 심정은 말로 할 수 없을 정도로 참담했다. 어떻게 다시 간 베이징인데, 어떻게 다시 이은 커리어인데, 이걸 포기해야 하나. 내 손으로 그 끈을 잘라내야 했을 때 나는 무기력에 빠졌다.

약한 내 몸이 싫었다. 내게 왜 이런 시련을 주는지, 왜 나에게만 이런 고통을 주는지 하늘을 원망하며 하루하루 비관 속에 살았다. 마음의 병도 이때 더 심해졌다. 고통이 너무 심해 귀임과 동시에 병가를 내고 병휴직에 들어갔다. 매일 세 시간 이상 걸으며 쉬었는데, 일을 놓아서인지 몸은 점차 좋아졌다. 다시 몸이 회복되고, 가족의 사랑 속에 마음도 회복됐다. 외벌이인 내가 할 수 있는 것은 전북본부로 복귀해 다시 삶을 꾸리는 것이었다.

이번엔 회사가 서울 발령을 종용했다. 임기를 다 마치지 않았기 때문에 몸이 회복되면 다시 베이징에 가야 한다는 것이었다. 이때는 회사에서 베이징에 가겠다는 사람을 구할 수 없는 상황이었다. 하지만 나는 완강하게 거부했다. 지난번 첫 임기가 끝나고 '원대 복귀' 원칙을 적용한 것을 꺼내 들었다.

이번에 전북본부에 돌아왔을 때 내 태도와 생각은 이전과 많이 달라졌다. 삼차신경통이라는 시한폭탄을 안고 있는 내가 다시 베이징에 가는 것은 폭발장치를 누르는 짓이었다. 발작이 오면 생명을 담보할 수 없는 상황이었다. 이제 전주에서 편안히 지내면서 후배들을 가르치고, 선배들이 퇴직할 때까지 중간 허리 역할에 최선을 다하겠다고 다짐했다. 체력이 슬슬 올라올 때쯤에는 '호식탐탐', '대학

人'이라는 연중 기획도 시작했다. '호식탐탐'은 내가 좋아하는 먹거리에 대한 기획을 농촌진흥청과 함께 진행하는 프로젝트였다. 전국을 돌며 식재료를 소개하는 '호식탐탐'은 낙향한 인사의 마지막 자존심 같은 것이었다. '대학人'은 후배들에게 일을 가르치는 교보재 같은 기획이었다. 일을 잘하는 후배들이었지만, 연중기획이나 큰 이슈를 다루는 능력은 아직 조금 미숙했다. 후배들을 잘 가르쳐 나중에는 나처럼 특파원으로 보내고도 싶었다. 후배 기자가 모든 본부원의 환송을 받으면서 특파원으로 나가는 그런 장면을 상상하며 혼자 뿌듯해하던 날들이었다. 그렇게 나의 전주 생활은 안정돼가고 있었다. 암에 걸리기 전까지는 말이다.

문제의 발단은 잼버리였다. 문제가 아니라 도화선이라고 해야 맞겠다. 두 개의 연중기획을 진행하며 후배들을 이끄는 내 모습이 좋게 보였는지 임청 선배가 내게 후배 기자 정경재를 주며 '2023 새만금 제25회 세계 스카우트 잼버리' 취재팀장을 맡겼다. 교육청과 농촌진흥청을 출입하는 내게 왜 이런 직책을 맡기나 의아해 한 번 거절했으나 임청 선배는 손이 빠른 경재와 내가 가면 그래도 일이 수월할 거라고 판단한 듯했다.

당시 우리가 잼버리를 어떻게 생각했는지 알 수 있는 일화가 있다. 잼버리 출장 덕에 여름휴가가 잘린 나는 휴가를 당겨 잼버리 개막 전날과 개막일 이틀간 휴가를 냈다. 첫날은 큰 행사가 없기 때문에 개막 기사를 내가 미리 작성해두고 경재에게 일을 맡겼다. 휴가 이틀 동안 아이들과 물놀이를 갔다. 임청 선배도 흔쾌히 허락했기 때문에 큰 문제는 없었다.

휴가가 끝나고 출근해 2일째에 들어선 잼버리 현장으로 가봤다. 내가 생각하던 이미지는 전주국제영화제 같은 지역 행사였다. 막상 현장에 와보니 잼버리는 인원 규모만 놓고 봐도 특파원 시절 취재했던 2022 베이징 동계 올림픽보다 훨씬 큰 행사였다. 그 넓은 새만금 간척지에 4만 명이 넘는 사람이 들어차 있었다. 게다가 대부분 어린아이였다. 8월 2일 윤석열 대통령이 참석하는 개영식에서 온열 질환자가 무더기로 발생하면서부터 잼버리는 초강력 허리케인으로 부풀었다. 팀원도 일곱 명으로 늘었다. 팀장으로서 몸이 아프다고 현장을 내버려둘 수 없었다. 그 뒤로 폭풍 같은 14일이 이어졌다. 결국 잼버리는 준비 미흡으로 전체 대원이 조기 철수하며 막을 내렸다.

잼버리는 이제 국제대회가 아니라 여야가 전북도와 중앙정부를 두고 다투는 국내 정쟁이 되었다. 일은 더 밀려들었다. 나와 후배들은 지칠 대로 지쳤지만, 전국적인 이슈가 된 잼버리를 방치할 수는 없었다. 그사이 내 몸은 망가질 대로 망가졌다. 허리가 너무 아팠다. 광복절이 됐는데도 통증이 가시지 않았다. 허리 쪽에 혹까지 만져지기에 심상치 않다고 생각했다. 아마도 류머티즘 같은 거겠지 짐작했다. 걱정만 하기보다는 얼른 병원에 가야겠다고 결정했다. 후배에게 양해를 구하고 잼버리 보상 휴가를 먼저 사용했다. 그렇게 8월 18일 병원을 찾았다. 그리고 암 3기 진단을 받았다.

2021년 3월 베이징에서 귀임하면서부터 일어났던 모든 일은 폐로 전이돼 목숨을 잃기 전 내게 암을 알리려는 누군가의 흔적 같다. 첫 파견에서 임기가 연장됐더라면, 두 번째 파견 때 베이징 봉쇄가 없었다면, 삼차신경통이 발작하지 않았다면, 잼버리 취재팀장을 맡지 않았다면, 아마도 나는 손을 쓸 수 없는 지경에서야 암을 발견했을 것이다. 4기 혹은 말기. 침대에 누워 이런 생각을 하니 감사의 기도가 샘솟았다.

살려주셔서 감사합니다. 아이들 곁을 지키게 해주셔서 감사합니다. 그런 일을 겪지 않았다면 저는 멈추지 않는 폭주 기관차로 살아갔을 겁니다. 저를 멈출 수 있는 마지노선은 암 3기, 딱 이 정도인 것 같습니다. 감사합니다.

고마운 사람들 ——————— 2023. 8. 28

닷새째 잠을 잘 잤다. 아침에 일어나면 치유의 기도를 하고, 코미디 영상을 본다. 웃음이 암 치료에 좋다고 한다. 그리고 암세포에게 오늘도 잘 지내보자고 인사한다. 아직까지 나를 아프게 하지 않는 것도 기특하다. 언젠간 이별하겠지만, 암도 억울할 수 있으니 최대한 잘해주고 있다. 오늘은 오랜만에 출근한다. 그러니까 출근해서 기사를 쓸 생각이다. 보도자료 몇 개를 처리하는 정도지만, 그래도 나름 루틴을 짜는 것이니 어느 정도 강도까지 내가 버틸 수 있는지 시험해

볼 좋은 기회다.

여전히 일을 놓을 수 없는 걸 아내가 많이 힘들어한다. 이 정도면 나 같은 민완 기자에게는 아무것도 아니라고 아내를 달랜다. 솔직히 말하면 다 놓고 쉬고 싶은데, 그러면 마라톤보다 더 지리한 이 싸움에서 이길 수 없다. 기자 연차 14년 차. 우리 회사의 연봉은 남들이 그리도 부러워하는 1억 원을 웃돈다. 각종 수당까지 합치면 그보다 훨씬 많을 것이다. 이게 없으면 내가 원하는 치료를 마음껏 하지 못한다. 어떻게 해서든 일과 쉼의 균형을 맞춰야 한다. 최대한 몸에 무리가 가지 않는 선에서 말이다.

아내가 세브란스병원에 중입자 치료기가 있다는 의료 기사를 찾았다. 상당히 효과가 좋고 몸에 무리도 가지 않아 '꿈의 암 치료기'라고 부른단다. 그런데 비용이 한 번에 5,000만 원이다. 기회가 되면 이 치료도 해볼 생각이다. 처음에는 집안 기둥뿌리를 뽑는 일이라 주춤했지만, 내가 사는 게 집을 지켜내는 것보다 더 중요하다는 아내의 말에 마음을 슬슬 돌려먹고 있다. 물론 일과 치료를 병행하며 최대한 집을 팔지 않고 지키는 게 목표다. 절대 무리하지 않을 생각이다. 정 힘들면 형들에게 도움을 요청하면 된다.

살면서 많은 사람을 도우며 살았다. 어머니의 가르침 때문이다. 내가 초등학교 5학년 때까지 우리 집은 육교 아래 슬레이트 지붕이 얹어진 사글셋방이었다. 그때도 어머니는 고물 파는 아저씨, 냄비 때우는 수리공, 하수처리 차량 아저씨가 주인집 마당에 찾아올 때마다 집에 있는 식혜나 찐 옥수수, 하다못해 냉수라도 대접했던 분이다. 없이 산다고 힘든 사람을 모른 척해서는 안 된다는 게 어머니의 오랜 삶의 철학이다.

나도 그렇게 살았다. 아무리 힘들어도 내 힘이 닿는 한 남을 도왔다. 학원 강사일 때는 맞벌이 가정 아이들이 탈선하지 않도록 수업이 끝난 뒤에도 학원에 잡아두고 다른 과목을 가르쳤다. 대학 때는 돈이 넉넉했기 때문에 형편이 어려운 후배들 밥을 자주 사줬다. 기자가 되고는 남을 돕는 일이 좀 더 수월해졌다. 누군가 도움을 청하면 모든 인맥을 동원해 돕고 또 도왔다. 특히 힘없고 돈 없는 사람들을 도왔다. 물론 간절히 부탁하면 힘 있는 사람도 도왔다.

아내는 이런 내게 늘 불만을 토로했다. 가족은 팽개쳐두고 남 못 도와 안달 난 것 같은 내가 좋아 보였을 리 없다. 내가 그런 이유는 딱 하나다. 너무 힘들 때 누군가 아주 작은 도움만 줘도 다시 일어날 힘을 쥐어짜낼 수 있기 때문이다. 뜻밖의 사람이 정성 어린 도움을 주면 한 사람의 인생을 바꿀 수도 있다. 내가 그랬다. 도움이 필요한 사람을 볼 때면 20대의 내가 떠올라 그냥 지나칠 수 없다.

암에 걸리고 알았다. 내가 어려움에 부닥쳤다고 하자 수많은 사람이 돕겠다고 나섰다. 아직 괜찮다고 해도 막무가내로 달려와 무언가를 던져두고 갔다. 지친 마음을 위로해주는 사람, 진심으로 나를 걱정하는 사람, 형편껏 돈을 보내는 사람, 후원하겠다며 치료에만 전념하라고 말해주는 사람, 뭐든 자기와 상의하라는 형님들, 뼈암에 대해 나 대신 공부를 시작한 누나들, 체력이 있어야 버틴다며 맛있는 음식을 만들어주는 지인들, 그리고 나보다 더 간절히 나의 회복을 위해 기도하는 사람들.

감동이 밀려오는 순간을 매일 마주하며 나는 다시 한 번 용기를 낸다. 한 분 한 분 연락이 올 때면 내가 이분께 무엇을 해드렸을까 떠올려본다. 굵직한 사건이야 기억이 나지만, 대부분은 기억조차 희미한 작은 에피소드에 불과하다. 그래도 연락이 올 때마다 과거의 나를 칭찬한다. 그리고 반성한다. 여태까지 지인들의 암 진단 소식에 무덤덤했던 나를 말이다.

처음에는 도움을 받는 것이 쑥스러웠다. 계좌번호를 불러달라는 말에 완강히 거부 의사를 밝혔고, 무작정 돈을 보낸 분께는 끝까지 계좌번호를 물어 다시 돌려드렸다. 현실을 자각하고나서는 그렇게까지는 못 하고 있다. 그러지 못하는 내가 조금 싫어지기도 했다. 넙죽넙죽 받고 싶은 마음이 굴뚝같지만, 아직은 괜찮다. 아직은 버틸 수 있다. 누군가 내게 힘이 돼주고 싶어한다는 걸 아는 것으로 충분하다. 게다가 나를 돕겠다고 나서는 분들 대부분은 나보다 형편이 좋지 못한 분들이다. 그 마음이 너무 따뜻

내가 도와줘야겠다

뭐!

진방이가!

암이라고!

내 소식을 듣고 많은 사람들이 돕겠다며 나섰다.

해서 이미 암세포가 야금야금 줄어드는 느낌이다.

도움의 손길이 도착할 때마다 이런 생각을 한다. 나 정말 잘 살아왔구나. 사실 이런 심정적인 안위가 물질적인 도움보다 훨씬 큰 도움이 된다. 과거의 내가 뿌린 씨앗들이 이렇게 열매를 맺어 돌아오는구나. 멀게는 20년 전, 짧게는 지난주, 이날을 위해 나는 도움의 씨앗을 뿌렸구나. 참 잘했다.

남을 도울 때 솔직히 주저하던 적도 있었다. 귀찮을 때도 있었다. 그럴 때마다 20대의 나를 떠올렸다. 지금 조금만 도우면 이 사람의 인생이 바뀐다고 생각했다. 그게 물질적인 도움이든, 감정적 위로든, 도움을 줄 사람을 연결하는 것이든, 내 위치에서 할 수 있는 최선을 다했다.

나라면 어땠을까 생각해본다. 40세, 두 아들의 아빠이자 남편. 부모님은 내가 없으면 삶의 의미가 없는 분들이고 경제적으로도 많이 의지하고 있다. 처가에선 맏사위, 종갓집인 처가의 대소사뿐 아니라 각종 민원을 해결해온 해결사. 이웃집의 큰 기둥이 뽑혀나가는 모습을 보는 심정이 이럴까. 그래서 내 암 진단 소식이 더 안타까움을 자아내는지도 모른다. 나라도 이런 40세 가장의 암 3기 진단에는 눈물을 흘릴 것 같다.

그래서 내게 오는 도움의 손길을 뿌리치지 않기로 했다. 사실 일을 못 하게 될 때의 상황이 조금 걱정된다. 처음 암 소식을 들었을 때의 충격이 가시면서 현실감각이 돌아오고 있기 때문이겠지. 그래, 지금은 나도 받을 때야. 스스로를 다독여본다.

　오늘은 잠을 좀 설쳤다. 요즘 자꾸 듣는 소리가 스트레스가 된 것 같다.

　"산정특례 되면 돈 얼마 안 들어. 그렇게 돈이 든다고? 그러면 집 팔면 되지."라고 말하는 사람들이 있다. 걱정해서 하는 소리겠거니 하고 웃어넘기려 해도 마음에 남는 것은 어쩔 수 없다. 평생 살림만 해온 아내와 이제 열한 살, 열 살 연년생 아들 둘을 남겨두고 떠날 수도 있는 사람에게 저런 말을 함부로 뱉는 것은 공감능력의 부족일까? 물론 나를 아끼고 좋아하는 사람이 하는 소리라 고깝게 듣지 않으려고 애를 쓰고 있지만, 듣는 순간 감정이 스파크 튀듯 팍 튄다.

　나도 이성적으로는 온 집안의 재산을 다 써서라도 내가 사는 선택이 맞는다는 것을 안다. 다만, 만에 하나 내가 그 돈을 다 쓰고 죽어버리기라도 한다면 그 후 어떤 일이 벌어질지도 너무 잘 안다. 가난해보지 않은 사람은 모른다. 호수와 단이가 나와 같은 아픔과 고통을 겪지 않게 하려고 지금까지 달려왔는데, 저런 말을 들을 때마다 내가 모든 일을 망쳐버린 것 같아 잠을 잘 수가 없다. 내가 그때 멈췄더라면, 내가 그때 조금만 욕심을 덜 부렸다면, 내가 그때…… 이런 후회와 회한이 끝도 없이 밀려온다. 그런 생각을 불러일으키는 말이 바로 '집 팔면 된다'다.

　말을 하는 사람이 미워서가 아니라 내가 너무 미워서 저 말을 들으면 미칠 것 같다. 다시 마음을 부여잡고 나는 깨끗이 나을 것이고 이 걱정도 기우에 불과하다고 마인드컨트롤을 하지만, 잠을 설칠 정도로 스트레스를 받는다.

이 글을 보신 분들은 암 환자에게 "산정특례 되면 돈 얼마 안 들어. 안 되면 집이라도 팔면 되지."라는 위로는 절대 하지 말았으면 좋겠다. 그보다는 형편껏 도움을 주고 묵묵히 옆에서 지켜봐주는 것이 더 암 환자를 위하는 길이다. 어설픈 위로는 악담만큼 상처를 준다.

고액암 ——————— 2023. 8. 30

잠을 이틀째 못 잤다. 아마도 이제 현실로 다가온 투병생활이 두렵기 때문일 것이다.

어제는 참 바쁜 하루를 보냈다. 보험회사에 다시 전화를 걸어 내가 든 보험이 암이 재발했을 때 재진단비를 보장하는지 확인했다. 당연하게도 내 보험에 그런 특약은 없었다. 보험 앱을 통해 보험 평가를 해봤다. 그나마 암 진단비가 3,000만 원인 것을 빼고는 뭐 하나 제대로 된 게 없었다. 슬슬 막막해지는 상황. 일단 최대한 급여 항목으로 치료를 받고, 진단비 3,000만 원을 잘 쪼개고 지인들이 지원해준 돈으로 6개월간 휴직을 해야겠다고 생각했다.

점심에는 10년 넘게 이어온 '마목회'(매달 마지막 주 목요일에 만나서) 모임이 있었다. 경찰 형님, 기자 후배들에게 얼른 암보험부터 체크해 알맞은 수준으로 보장을 상향하라고 일러줬다. 어떤 항목을 챙겨야 하고 어떻게 대비해야 한다고 그간 알아본 내용을 설명해 줬다. 다행히 나를 빼고는 다들 넉넉하게 보험을 준비하고 있었다. 내 보험료는 실비 44,000원에 암보험 20,800원, 총 64,800원이 전부였다. 보험을 들 때 실비만 어떻게 처리되면 내가 번 돈으로 치료비를 메울 수 있으리라 생각한 것이 패착이었다. 그래도 실비와 진단비, 지인의 도움을 합치면 반년 이상 버틸 만한 여력은 되니 상관없다고 생각했다. 그 전화를 받기까지는 말이다.

오후에 보험 컨설팅 회사에서 전화가 왔다. 광고 전화겠거니 하고 전화를 끊을까 하다가 문득 아내의 보험을 알아봐야겠다 생각해 상담원의 이야기를 끝까지 들어줬다. 상담원은 내가 든 운전자보험이 제대로 된 보장을 하지 못하고 암과 뇌질환 항목의 보장이 부실하다고 지적했다. 상담원에게 내 보험은 되었으니 아내 것을 봐달라고 했다. 그러자 상담원이 이유를 묻는다. "저는 이미 암에 걸렸습니다."라고 대답했다. 상담원은 현재 내가 든 보험을 통해 받을 수 있는 혜택을 조회해주겠노라고 했다. 개별 보험사에 혜택을 물어보기는 했지만, 종합적인 내용을 파악하지 못했던 차에 잘됐다 싶어 조회를 부탁했다.

내 보험 상태는 생각보다 심각했다. 일단 실비보험에서 보장받으리라 생각했던 5,000만 원을 항암치료에 사용할 수 없었다. 통원 치료로 항암치료를 할 경우에는 무조건 하루 최대 25만 원 보상이 다였다. 서울대병원처럼 입원이 어려운 병원에서는 경제적 부담이 큰 상태였다. 거기에 고액암이라는 특성 때문에 비급여 치료가 많은데, 급여로 받을 수 있는 치료는 사실상 효과가 떨어진다. 벌써 5,000만 원의 손실이 발생해버렸다. 환부가 넓어 수술 전에 항암치료부터 해야 할 것 같은데, 이보다 최악의 상황은 없었다. 수술을 받기도 전에 준비한 돈을 대부분 써야 할지도 모른다. 이때부터 나는 살짝 당황하기 시작했다.

이어지는 상담원의 말은 더 가관이었다. 나는 방사선 치료비도 실비보험 처리가 불가했다. 암보험에도 항암치료와 방사선 치료 관련한 항목은 없었다. 내가 가용할 수 있는 예산은 진단비 3,000만 원이 전부였다. 이게 이렇게 돌아가면 안 되는데, 이래서 고액암인가.

상담원은 "급여 항목으로도 좋은 효과를 보는 환자들이 많다."며 나를 달래려 노력했다. 나는 비급여 치료를 받으려면 평균 얼마의 돈이 드냐고 물었다. 상담원은 약에 따라 다르긴 한데 회당 200만 원에서 300만 원이 드는 게 일반적이라고 했다. 항암치료를 한 번만 받는 뼈암 환자는 거의 없었다. 특히나 나처럼 환부가 넓은 경우는 더더욱 그랬다. 이게 한 회차당 200만~300만 원인지, 한 회차당 8회를 받는다면 각 회에 200만~300만 원인지 다시 물었다. 담당 교수와 상의를 해봐야 알겠지만, 회당 200만~300만 원일 수도 있다는 답이 돌아왔다. 그렇다면 한 회차당 항암치료비만 해도 1,000만 원 이상이 든다. 이제 와 답이 없는 걸 어쩌겠나. 일단 아내 보험을 적절한 수준으로 올리도록 설계를 부탁하고 전화를 끊었다.

머릿속이 복잡해지기 시작했다. 대략 생활비를 포함해 1억

5,000만 원 정도의 비용이 항암치료 한 사이클에 필요하겠다는 계산이 섰다. 그런데 내가 가용할 수 있는 돈은 3,000만 원에 항암치료 후 2차 병원이나 요양원에서 사용할 수 있는 실비 보장 5,000만 원이 전부다. 일단 차를 팔아야겠다는 생각이 들었다. 정 안 되면 집도 팔아야 할 것 같다. 그런데 뭘 팔아서 이 상황이 나아질 것 같지 않았다. 지혜가 필요한 순간이었다.

계획을 수정해야 했다. 2년을 온전히 쉬면서 재발 가능성을 최대한 낮추고 첫 치료에 최선을 다해보는 것은 어떨까. 그게 내가 살고, 가족도 사는 길 아닐까. 2년간 생활비는 어떻게든 마련해보자. 어떻게 마련하지? 형들한테 부탁해야 할까? 동문들에게 경조사처럼 모금을 좀 할까? 체면이 서지 않는데, 그건 좀 아닌가. 이를 어째야 하나. 이러지도 저러지도 못하는 상황이 이런 거구나 싶었다.

한 10분 머리를 비우고 차를 마시는 데 집중했다. 죽음을 앞두고나서는 전보다 머리가 맑아지고 눈빛이 살아났다. 이 정도 문제는

10분이면 답을 찾을 수 있다. 내가 내린 결론은 지인들에게 신세를 한 번 지자는 것이었다. 지금 내게 필요한 돈은 2억 원. 그 정도면 내가 쉬는 동안 생활비와 치료비로 넉넉했다. 발병 후 1년이 지나면 실비보험에 다시 가입할 수 있고, 3년이 지나면 암보험을 다시 들 수 있다는 말을 들었다. 그때까지만 최대한 버텨보자. 이렇게 생각하고 전화를 돌렸다.

먼저 베이징에 있는 만교 형님에게 전화를 걸었다. 솔직히 상황을 설명하고, 정말 죄송한데 이번 한 번만 도와달라고 말했다. 만교 형님은 걱정하지 말라고 답을 주었다. 이걸로 얼마나 돈이 모일지는 모르겠으나 상당 부분 고민이 덜어졌다. 다음에는 고등학교 은사인 송태규 선생님에게 전화를 걸었다. 상황을 설명하고 총동문회에 사정을 좀 전달해달라고 부탁했다. 기자 생활 하면서 동문만큼은 살뜰히 챙겼으니, 다는 아니라도 그중 절반은 반드시 도움을 줄 것이라 생각했다. 다음으로 기자 선배들에게 전화를 돌렸다. 자존심을 굽히는 일이었지만, 아이들과 아내를 생각하면 무릎을 열 번이라도 꿇을 수 있다. 선배들에게 혹시나 기자협회에서 모금이 시작되면 널리 알려달라고 했다. 같이 모임을 하는 선배들에게도 전화를 돌렸다. 경조사가 있을 때 내가 꼭 챙겼던 사람

그럼, 이번 한번만.

들에게만 상황을 전달하고 도움을 청했다. 이 요청에 얼마나 응답이 올지는 모르지만, 내가 살아온 발걸음이 그렇게 매정한 상황을 연출하지는 않을 것이라 믿었다.

상황을 어느 정도 수습하고, 집으로 돌아왔다. 마침 장모님이 와 계셨다. 경황이 없는 아내가 자꾸 실수를 해, 낮에 집안을 좀 돌봐달라고 장모님께 부탁했다. 장모님이 계시니 아내도 한결 안정을 되찾은 듯했다. 오늘 하루 있었던 일을 숨길까 하다가 이런 내용은 가족도 알아야 할 것 같아 아내와 장모님에게 현재 상황을 설명했다.

이래저래 해서 치료비와 생활비가 부족한 상황이다. 애초에 6개월만 쉬고 복직해 치료비를 마련할 생각이었는데, 그러다 암이 재발하면 돈이 더 들 것 같으니 2년을 쉴까 한다. 내 계획에 잘 따라와줬으면 좋겠다. 돈은 내가 어떻게 해서든 마련할 것이고, 살아오면서 남에게 처음으로 큰 신세를 지려고 결심했다. 인생에서 딱 한 번 쓸 수 있는 카드를 써서라도 이번 기회를 잡아야 내가 살 수 있고, 그러지 않으면 우리 집도 온전치 못할 거 같아 이런 결정을 했다.

아내와 장모님은 내 말에 안도하는 듯했다. 사실 내게 얼마만큼의 도움이 도착할지는 모른다. 이제는 내가 살아온 삶의 궤적을 믿어보는 수밖에. 늘 홍반장으로 살았던 내가 이제 수많은 홍반장들의 도움을 받을 차례가보다.

달라지는 것들

어제는 여덟 시간을 푹 잤다. 수면 패턴이 이틀간 못 자면 사흘째는 푹 자는 그래프를 그리고 있다. 그만큼 체력이 떨어졌다는 뜻일 터. 오늘은 서울대병원에서 PET-CT(양전자 단층 촬영) 검사를 받는 날이다. 다른 곳에 전이가 있는지 정확히 확인하기 위한 검사다. 폐에 전이가 없는 것으로 확인됐지만, 조금 떨리는 것은 어쩔 수 없다. 앞으로 PET-CT 검사를 할 때마다 같은 마음이 들겠지. 전이도 전이지만 재발이 잘되는 암이니 검사 때마다 이런 감정을 느껴야 한다.

지난번 외래 진료를 받을 때 하루에 전주와 서울을 오가려니 체력이 달렸다 그래서 이번엔 하루 전에 올라와 서울대병원 근처 호텔에서 묵었다. 확실히 체력적으로 부담이 없고 병원에 가기도 편하다. 항암치료를 할 때도 종종 이 방법을 이용해야 할 것 같다. 비용이 부담되면 근처에 사는 친구 집에서라도 자면 되니까 어떻게든 되겠지.

큰 병이 다 그렇겠지만, 암에 걸리고나면 삶에 많은 변화가 찾아온다. 암 진단을 받기 전후의 삶이 완전히 바뀐다고 보면 된다.

일단은 먹을 것에 제약이 많이 걸린다. 물론 항암치료를 받기 전에는 뭐든 맛있게 잘 먹으면 된다. 살집이 있어야 버티기 좋으니 살을 좀 찌우라고 조언하는 말도 종종 들었다. 문제는 항암치료가 시작된 이후다. 이때부터는 면역력이 떨어지기 때문에 혹시 모를 기생

충 또는 균이나 바이러스가 몸에 들어오는 것을 경계해야 한다. 그래서 회 같은 날것을 피하고, 육류도 날것으로 먹으면 안 된다. 생채소도 될 수 있으면 피하라는 말도 들었다. 같은 맥락에서, 폐렴을 유발하는 호흡기 질환이나 감기도 경계해야 한다. 코로나 같은 전염병은 말할 나위도 없다. 마스크 착용은 필수가 되며, 사람이 많은 곳은 피해야 한다. 나 역시 항암치료를 받기 전인데도 사람이 많은 식당에 가면 마스크를 자연스럽게 쓰게 됐다. 아직 치료를 시작도 안 했는데 코로나에라도 걸리면 치료 스케줄에 영향을 줄 수 있기 때문이다.

또 다른 변화는 주변 사람들이다. 앞서 말한 바와 같이 나는 양가 대소사를 처리하는 홍반장 역할을 맡았다. 그래서 가족들이 많이 의지하고, 지인의 부탁도 많이 받는다. 물론 나도 귀찮거나 힘들 때가 있지만, 그래도 내가 가장 잘 처리할 수 있으려니와 나밖에 할 수 없는 일도 있어 그렇게 해왔다. 누나가 외국에 살다보니 부모님 생신이나 명절, 이사 같은 것도 나 혼자 챙겼다. 집에서도 마찬가지였다. 대출, 보험, 은행 일 등은 모두 내가 맡아서 해왔다. 아내가 이런 일에 익숙하지도 않고 집에서 연년생 아들 둘을 챙기기도 버거우니 내가 하는 게 편했다.

하지만 이제는 달라졌다. 나는 아픈 내 몸을 챙기기도 바쁘다. 치료비 마련하느라 이리저리 뛰어다녀야 하고, 항암치료 후 쉴 요양원도 알아봐야 한다. 전에는 내가 아니면 안 된다고 생각했는데, 막상 내가 할 수 없는 상황이 되니 각자 알아서 형편껏 하고 있다. 물론 내 성에 차게 일을 깔끔하게 처리하지는 않지만 어쩌겠나. 이제 나도 가족들도 이 상황에 적응해야 한다.

일을 대하는 내 마음에도 변화가 생겼다. 나는 회사에서도 내가 주도해 일을 처리하는 것을 좋아했다. 기획 기사도 그렇고, 큰 사건이 터졌을 때도 그렇다. 지금도 사건비상연락망에 들어가 수시로 사건·사고를 챙기고 제보자들의 제보를 '열성적으로' 받는다. 어지간하면 내가 처리하지만, 후배들이 맡은 출입처 제보는 후배들에게 토스하기도 한다.

사실 내 연차에 이런 일을 할 필요는 없다. 할 필요가 없다고 단정해서 말할 수는 없지만, 아무튼 그래도 된다. 하지만 나는 여태까지 그렇게 하지 않았다. 어느 정도 연차가 되면 일에 열정이 식는 선배들을 보면서 나는 나중에 저러지 말아야지 하고 막내 때 생각해서 그런지도 모르겠다.

이제는 그렇게 하지 않는다. 일에 영향을 주지 않는 선에서 마무리한다. 더 욕심을 내고 싶을 때에도 최대한 참고, 참고, 또 참는다. 그렇게 일하다가 몸이 이 모양이 됐으니 일 욕심을 낼 때가 아니라고 마음을 다잡는다. 처음에는 무척 어색했는데 점점 익숙해지고 있다. 태업인 듯 태업 아닌 태업 같은 애매한 상태이긴 한데, 지금은 잠시 쉬어가야 할 때니 이렇게 할 수밖에 없다. 기자 일은 하기로만 하면 퇴근도 없고 주말도 없고, 한마디로 끝이 없다. 욕심껏 하기 시작하면 삶을 온전히 바쳐야 한다. 이제는 그렇게 하지 않으려 한다. 저녁 약속도 이제는 잡지 않는다. 당연한 일이지만, 그렇게 하기로 결심했다.

　그리고 술. 이제 술을 마실 수 없게 됐다. 암 환자 중에는 완치 판정을 받고나서 술을 마시는 사람도 있다. 나는 너무너무 술이 마시고 싶지만, 그러지 않으려고 한다. 담배도 피우지 않는 내 인생에서 술까지 사라지다니. 삼차신경통 진단을 받고나서도 금주해야 한다는 의사의 이야기를 듣긴 했지만, 이번처럼 아예 술을 끊어야 한다는 것과는 결이 달랐다. 실제로 컨디션이 좋은 날은 와인 한 잔, 맥주 한 모금, 위스키를 입술에 적시는 정도로는 즐겼다. 그런데 지금은 암 3기. 술을 절대 입에 대서는 안 되는 상황이다. 암 환자가 술을 마셔도 된다는 논문이라도 찾아보고 싶을 정도로 나의 절망감은 크다.

　베이징에서 쓰러지고 난 뒤 2년 넘게 술을 거의 입에 대지 않았다. 그때는 언젠가 몸이 좋아지면 다시 마실 수 있으리라는 희망이 있었다. 이제는 '거의'가 아니라 '완전히' 끊어야 한다. 앞으로 내 인생의 여흥은 무엇에서 찾아야 하나. 글쓰기도 있고 산책도 있다. 하지만 술이 주는 즐거움, 술자리에서 서서히 취해가며 꽃 피우는 동지애를 다시 느끼기는 어렵겠지. 음식도 가려 먹어야 하고, 술도 끊어야 한다……. 나의 절망이 과하다고 할 수도 있다. 누가 들으면 미쳤다고 할 수 있다. 하지만 내 인생에서 음식과 술이 주는 즐거움은 절대적이었다.

　마지막으로, 이건 건너건너 들은 이야기인데 항암치료를 하면 높은 확률로 발기부전이 된다고 한다. 시간이 지나면 나아진다고는 하는데, 이건 그냥 참아보겠다. 하지만 술과 음식은…… 다시 생각해도 너무 가혹한 형벌이다.

PET-CT ————— 2023. 9. 1

오늘도 잠을 잘 잤다. 아마도 PET-CT를 찍기 위한 긴 금식과 오랜 대기로 인해 몸이 지쳤던 모양이다. 검사가 끝나고 혜화칼국수에 가서 칼국수와 생선튀김을 먹었다. 그리고 용산역 근처 호텔에 짐을 풀고, 레스토랑 루블랑에 가서 비프웰링턴을 먹었다. 체력이 회복되는 속도가 좀 더디다. 이것이 암의 영향인지, 노시보 효과nocebo effect인지 알 길이 없다.

바로 전주로 내려가지 않고 하루 더 서울에서 머무른 것은 항암치료를 할 때 바로 전주로 내려가는 게 좋을지 아니면 서울대병원 인근이나 용산역 근처 호텔에서 머무는 게 나을지 알아보기 위한 예행연습이다.

체력이 떨어지니 무리하게 움직이는 것보다 하루 쉬면서 정비를 하고 움직이는 게 좋을 거 같다. 문제는 역시 숙박비. 병원 근처 호텔이 가격은 저렴한 편인데 다음 날 전주로 이동하기에는 용산역이 좋다. 항암제를 맞으면 이튿날부터 약기운이 돈다고 하는데, 차라리 항암치료 받은 당일 내려가는 게 나으려나. 익산역에서 집까지 운전

할 수 있을까? 아직 일어나지 않은 일이지만, 철저히 준비해두지 않으면 안 되기에 지금부터 점검하고 연습해봐야 한다.

어제 찍은 PET-CT는 몸의 다른 부위에 암이 전이됐는지 알아보기 위한 검사다. 폐와 복부 CT를 이미 찍어 확인했기 때문에 크게 걱정하지는 않았지만, 그래도 검사는 검사라 신경이 쓰인다. 신장 수술을 받을 때는 PET-CT를 찍지 않았다. 주로 암 환자들의 전이를 확인하기 위한 검사라 그런 것 같다.

첫 경험이라면 첫 경험인 PET-CT는 나쁘지 않았다. 방사성 물질인 바륨으로 만든 조영제를 체내에 주입하고 한 시간 정도 몸에 퍼지기를 기다렸다가 20분간 촬영한다. 검사 과정은 일반 CT나 MRI와 비슷했는데 조영제가 들어갈 때는 약간 기분이 이상했다. 수술한 뒤에도 주기적으로 PET-CT를 찍어야 한다니 익숙해져야 한다.

검사를 마친 뒤 감은 나쁘지 않았다. 전이됐다면 다른 증상이 이미 나타났을 터. 요즘은 일반 CT 장비가 좋아져서 그때 안 나온 전이가 PET-CT에서 추가로 발견되는 일은 거의 없다고 한다. 검사 결과는 이르면 사흘 뒤에 나온다고 한다. 다음 외래 진료가 9월 6일이니 그 전에 나오는 셈이다. 조직검사 결과도 이미 나와 있지 않을까 싶다.

검사를 마치고 암병동에서 창경궁 방향 출구로 나왔다. 병원 내 상가에 가발을 판매하는 상점이 있었다. 의식하지 않으려 했지만 눈길이 갔다. 아쉽게도 여성용 가발은 있는데 남성용은 없다. 남자들은 그냥 머리를 빡빡 밀어서 그럴까. 나도 항암제 부작용으로 탈모가 된다면 시원하게 밀어야겠다. 한쪽에는 스크래치로 멋을 좀 내볼까? 겨울에는 털모자를 써야겠지? 여름에는 굳이 모자를 쓰고 싶지는 않다. 두상이 예뻐서 그냥 다녀도 이상해 보이지는 않을 것이다. 물론 기자회견장에서는 좀 튀긴 하겠다. 가지고 있는 모자라고는 골프 캡이 다인데, 그거라도 뒤집어쓰고 다녀야 하나. 이런 걱정이 무색하게 탈모 부작용이 없는 항암제이기를 기도해야지.

용산역에서 아침 8시 40분 기차를 타고 익산역으로 향한다. U랩 김현진 대표와 베이징에서 달려온 베이징 형이 동행할 예정이다. 전주에 한 번도 놀러 와본 적 없다는데, 그건 핑계라는 걸 잘 안다. 내가 외롭지 않게 동행해주려는 마음이 너무 고맙다.

어머니 ——————— 2023. 9. 2

어제 11시쯤 잠들어 새벽 3시 40분에 깼다가 다시 잠들어 5시 30분께 눈을 떴다. 서울에 가 있는 동안 일을 하면서 검사를 받은 탓인지 피곤했던 모양이다. 어제저녁에 지인이 직접 만들어 보내준 오이소박이, 양파김치, 열무김치, 멸치볶음 덕에 밥을 아주 잘 먹었다. 사라진 입맛이 돌아오는 기적. 항암치료를 시작하면 젓갈 들어간 김치는 못 먹는다는데, 그 전에 많이 먹어둬야겠다.

오늘은 어머니를 만나 투병 사실을 알릴 예정이다. 자꾸 미루다보면 어머니가 나중에 더 슬퍼할 것 같아서다. 나와 비슷한 증상을 가진 사람이 수술 후 40일 넘게 입원했다고 하니, 결국에는 드러날 일이다. 혹시나 치료 과정에서 일이 잘못되면 부모님에게 너무 가혹한 시련이 될 것 같아 알리기로 결정했다. 아버지에게는 따로 이야기하지 않을 생각이다. 어머니에게 전해달라고 할 거다. 어머니는 그래도 버틸 수 있을 테지만, 아버지는 크게 낙담하실 것 같다. 아버지는 요즘 대상포진에 메니에르병까지 앓고 있어 몸이 많이 약해졌다. 내 투병 소식까지 들으면 건강을 더 해칠까 걱정이다.

어머니, 아버지에게 나는 어떤 존재일까? 아마도 두 분에게는 집안을 일으켜 세우고 모든 대소사를 전담하는 내가 하늘과 같은 아들일 것이다. 자신의 목숨을 내놓아서라도 목숨을 구해달라고 할 그런 아들. 나도 호수와 단이를 그렇게 생각하기 때문에 그 심정을 잘 알 것 같다. 아니, 어쩌면 나에게 아이들보다 두 분의 삶에서 내가 차지하는 것이 훨씬 클 수 있다.

강건한 어머니가 잘 버텨줘야 할 텐데. 아버지도 조금 덜 울면 좋을 텐데. 말을 전하기도 전에 걱정이 앞선다. 누나는 어머니 걱정은 말라고 했다. 어머니는 강한 사람이라고. 하지만 내 생각은 다르다. 어머니가 강할 수 있는 건 내가 있기 때문이다. 그리고 어머니도 나이가 들었다. 60세를 넘어서면서 예전의 강한 모습은 점점 사라지고 소녀 같은 모습이 많이 보인다. 멀리 떨어져 사는 누나는 어린 시절 봤던 어머니의 모습이 각인돼 있어 그렇게 생각할 것이다. 그래서 걱정이다. 아내도 이제 겨우 정신을 수습하고 일상생활을 힘겹게 지탱

하고 있는데, 어머니는 오죽할까.

주변에서 둘도 없는 효자라는 소리를 들어왔는데 이보다 불효자가 없다. 부모님보다 오래 사는 게 목표가 될 줄은 꿈에도 몰랐는데, 내가 또다시 원망스럽다.

아침 일찍 어제 함께 전주에 온 김현진 대표와 베이징 형을 숙소에서 픽업해 남부시장에서 콩나물국밥을 먹이고, 배웅하려고 익산역으로 향했다. 밥을 먹는 동안에도, 기차역으로 가는 동안에도 '엄마에게 어떻게 말을 하지.'라는 생각밖에 없어 대화에 집중하지 못했다. 둘을 기차역에 내려주고, 어머니 집으로 향하며 전화를 걸었다.

"엄마 어디야?"

"어. 나 양말방."

"알았어. 거기로 갈게."

어머니 집 거실에 걸 그림을 바꿔주려고 가는 것이라 둘러댔다. 어머니의 일터인 양말방에 잠시 뒤 도착했다. 코타키나발루 여행을 다녀와 얼굴이 살짝 탄 어머니가 미싱 앞에 앉아 있었다. 일흔 살이 돼서도 쉬지 않는 저 근면함, 내가 어머니를 닮았다.

집으로 가자며 어머니를 차에 태웠다. 어머니는 내가 벤츠를 산 뒤로 내 차 타는 것을 무척 좋아했다. 아들이 성공한 것처럼 보여서였을까, 그냥 차가 좋아서였을까. 기분 좋아하는 어머니에게 차마 입을 떼지 못하고, 어머니 집까지 한담을 나누며 갔다. 평생 집 없이 이리저리 부평초처럼 떠다니는 어머니가 안타까워 내가 사드린 아파트. 내 평생 한 효도 중 가장 잘한 일이다.

집에 들어가 가져간 매화 그림을 걸었다. 원래 걸려 있던 그림은 코끼리 한 마리가 스모그가 자욱한 배경에서 걸어 나오는 정성준 작가의 판화였다. 코끼리의 모습이 그 험난한 세월을 이기며 묵묵히 걸어온 어머니 같아서 내가 가져다 걸어둔 것이다. 이 그림의 메시지는 환경오염의 심각성을 알리는 것이지만 나에게는 고독한 가장의 모습처럼 보인다. 내 투병 소식을 들으면 나처럼 어머니가 그림에서 내 모습을 볼까봐 걱정됐다. 어머니가 행여나 아들이 고생해 암을 얻었다 생각하고 그 탓을 당신에게 돌릴까봐.

수평을 맞춰 그림을 걸고 소파에 앉았다. 어머니는 내 옆에 앉아 여행 다녀온 이야기를 해줬다. 평소 말이 없는 어머니지만, 나한테는 말을 길게 하는 걸 좋아했다. 맞장구를 쳐주는데 고모 이야기가 나왔다. 고모 댁에 최근 문제가 생겨 고모와 자주 통화했다. 어머니가 고모가 어제 전화를 걸어 내 걱정을 많이 했다는 말을 했다. 나와 통화할 때 내 목소리가 좋지 않았다고 했단다. 아, 잘됐다. 이제 말해야지.

"어, 병원 다녀왔어. 내가 검사 받는데 전화가 와서 목소리가 좀 잠겼었나봐."

"그래? 안 그래도 엄마가 고모한테 아마 삼차신경통 정기검진 갔을 거라고 했는데. 그래서 병원 갔어?"

"아냐, 엄마. 다른 거 때문에 갔지."

"왜? 허리 많이 아파서 갔어? 서울까지 갔어?"

어머니는 어머니다. 뭔가 이상하다는 것을 직감으로 안다. 나의 직감과 통찰은 어머니한테서 왔지, 새삼 생각했다.

"엄마, 나 암이래. 근데 괜찮아."

어머니의 눈빛이 흔들리기 시작한다. 나와 똑같은 갈색 눈동자의 테두리가 묘하게 흐릿해지는 게 보인다. 어머니는 잘못 들었다는 것을 확인 받고 싶어 재차 물었다.

"보청기를 양말방에 놓고 와서 엄마 잘 안 들려. 장난하지 말고."

"엄마, 나 암이래. 근데 나을 수 있어. 수술도 할 수 있대."

"참말이여? 참말로 암이라고? 무슨 암인데 그래? 아이고, 이게 무슨 일이야."

"엄마, 괜찮아. 그때 잼버리 다녀와서 허리 아팠잖아. 근데 그게 암이래."

"아니, 그게 무슨 암이야? 이리 봐봐. 허리 봐봐."

좀처럼 볼 수 없는 어머니의 흥분한 모습에 눈물이 날 것 같아, 얼른 몸을 돌려 허리를 어머니 쪽으로 보이며 암이 만져지는 부분을 가리켰다. 어머니가 만져봐야 빨리 받아들이실 것 같다. 허리를 만져본 어머니는 그제야 당신 아들이 암에 걸렸다는 걸 실감하는 듯했다. 다시 어머니의 눈동자를 봤다. 아까보다 더 황망한 표정이 됐다.

"엄마, 아들 믿지? 엄마 아들 이런 거에 지는 사람 아니잖아. 조금 쉬면 되고, 형들이 돈도 마련해준다고 했어. 한 2년 쉬면 돼."

이제는 내가 말이 많아졌다. 어머니는 보청기 때문인지 내 뒷말은 못 듣고 무슨 암이냐, 언제부터 아팠냐 물었다. 그 사이사이 "애를 너무 고생시켜 그래. 아이고, 내가, 너네 아빠가. 아이고, 이게 무슨 일이야." 낮게 읊조리는 말이 나를 더 힘들게 했다. 나는 금방 나을 거라고, 걱정하지 말라고 장담했고, 어머니가 건강하게 잘 버텨야 나도 이겨낼 수 있다고 협박도 했다. 어머니는 내 걱정, 아내 걱정에 정신이 없었다.

눈물 없기로 유명한 두 사람이 눈에서 눈물만 흐르지 않을 뿐 대성통곡하듯 대화를 이어갔다. 보청기가 없어 잘 못 알아듣는 어머니와 목이 쉬어 목소리가 잘 나오지 않는 아들의 대화는 그렇게 한참 이어졌다.

"엄마, 나 이제 갈게. 아빠한테는 엄마가 말 좀 해줘. 아빠, 나한테 들으면 울고불고 난리 날 테니까."

"알았어. 엄마가 할게. 엄마가 말할 테니까, 아빠한테 암말 말어."

"알았어. 엄마 꼭 말해. 아빠 나중에 죄책감 느껴."

"엄마가 할 테니까. 너는 몸이나 챙겨. 엄마 다시 양말방 태워다 줘, 아가. 엄마 잘 안 들려서 양말방 가서 이야기혀."

'아가'라는 말을 들으니 뭔가 안심이 됐다. 내가 어머니보다 작아보일 때 어머니는 나를 '아가'라고 부른다. 신장 수술 받을 때, 60세까지 살 거라는 의사의 말에 어머니는 "아냐, 아가. 엄마가 알어. 너 더 살아."라고 했는데, 그 뒤로 12년 만인가.

차를 몰아 양말방으로 가는 5분. 집으로 향할 때와는 완전히 다른 공기가 흘렀다. 어머니에게 계속 말을 걸며 달랬는데, 어머니 얼굴은 이미 흙빛으로 변해 아무 소리도 들리지 않는 듯했다. 양말방에 도착한 어머니는 보청기를 찾아 끼고 아까 물었던 것을 재차 다시 물었다. 나는 다시 한 번 천천히 쇳소리를 내며 설명했다.

"백혈병이 아니고 골육암 맞지?"

"어, 엄마. 백혈병이면 엄마한테 말 안 했지."

"기수는 안 나왔지?"

"아직 안 나왔어. 2기나 될까."

"그래. 걱정 말고, 밥 잘 챙겨 먹고, 일도 조금 하고, 걷고, 약 잘 챙겨 먹어. 알았지?"

"엄마 나 갈게. 경원이 만나기로 했어."

"알았어. 엄마가 일단 알았어. 아가, 몸 챙겨라. 조심히 가."

양말방을 나와 차를 몰았다. 양말방에서 직진, 잠시 뒤 좌회전, 남성고 후문에서 다시 좌회전. 운전하기가 조금 힘들었다. 여기서 사고 나면 다 물거품이다. 암 때문에 골반 골절이 잘된다고 했다. 길가에 잠시 차를 세웠다. 어머니의 눈빛이 떠올랐다. 황망한 그 눈빛. 내 몽골에서 본 사막 같은 그 눈빛. 눈물이 그렁그렁하던 그 눈빛. 아, 너무 불효다. 집을 사드리면 뭐하고, 여행을 보내드리면 뭐하나. 후회가 밀려오면서 아까부터 참았던 감정이 목구멍으로 차올랐다. 시동을 껐다. 시동을 끄면서 올라오는 감정을 막고 있던 이성의 벽도 무너졌다. 그리고 눈에 눈물이 가득 찼다.

"엄마, 미안해. 내가 아파서 미안해."

눈물 두 방울이 눈에서 떨어졌다. 눈을 연신 비벼봤지만, 눈물이

다시 한 줄기 흘렀다.

"엄마, 내가 미안해요. 금방 나을게."

그렇게 차에 한참 앉아 있었다. 눈물은 역시 도움이 되지 않았다. 두 줄기지만, 기분이 좋지 않았다. 다시 마음을 다잡았다. 열일곱 살 이후 처음인가? 다시 정신을 차리고 차의 시동을 켜고 핸들을 움켜잡았다.

감사 또 감사 ———————— 2023. 9. 4

오늘은 잠을 다섯 시간 정도 잤다. 어제 10시 30분쯤 잠들어 새벽 4시께 일어났다. 수면 시간을 늘리려 일찍 잠자리에 드니 일어나는 시간이 일러진다. 목이 부었다가 조금씩 좋아지고 있는데 기침이 심해졌다. 폐로 전이되지 않았다고 생각하지만, 감기에도 신경이 쓰인다. 목감기 약을 약하게 5일분 받아 왔다. 잘 챙겨 먹고 얼른 나아야지.

부모님께도 투병 사실을 알렸고, 가족, 직장 동료, 친구들 대부분이 알게 되니 한결 홀가분하다. 이제 편히 내 치료에 집중할 수 있다.

어제는 서울대병원 진료를 앞두고 잇따라 지인들을 만났다. 수원에서 윤정이 누나, 용석이 형, 재석이 형이 왔다. 내가 좋아하는 레스토랑 파인에서 같이 식사했다. 오너셰프 최영 님이 항암치료 시작하면 제대로 식사를 못 한다면서 점심 예약인데도 디너 코스로 제공해주셨다. 형들과 누나에게 차와 술을 하나씩 선물했다. 최영 셰프에게도 보이차 한 덩이를 건넸다. 어딜 가나 분에 넘치게 친절과 사랑을 받는데, 갚을 수 있을 때 조금이라도 갚고 싶었다.

수다를 떨다보니 언제 시간이 갔는지 모르게 세 시간이 훌쩍 지나 있었다. 언제 이렇게 모여 도란도란 이야기할 수 있으려나. 아쉬운 마음에 카페를 나서는데, 윤정 누나와 용석 형이 봉투를 꺼내 내 주머니에 넣는다. "이거 형 누나가 주는 용돈이야. 너 맛있는 거 사 먹어. 앞으로 볼 때마다 줄 거야." 하는데 거절할 수 없었다. 주차장으로 가는 길에 윤정 누나가 잘 참았던 눈물을 터뜨렸다. 엉엉 우는 누나 덕에 나까지 눈물이 날 뻔했다. 피 한 방울 안 섞인 사람이 나를 위해 이렇게 울어줄 수 있구나. "누나, 나 금방 나을 거야. 걱정하지 마. 자주 놀러 오면 되지."라고 말하며 누나를 다독였다.

그러고나서는 고등학교 친구들을 만났다. 재승이, 광복이, 정진이. 고등학교 때부터 붙어 다니던 5인방 중 세 명이다. 드문드문 1년에 한 번 만나도 마음 편하고, 눈빛만 봐도 내 마음을 아는 친구들이다.

여전한 장난기 뒤로 걱정하는 마음이 보인다. 광복이는 소식을 전해 듣고 내게 전화해 많이 울었다. 고등학교 때 어머니가 암으로 돌아가셔서 광복이에게는 소식을 알리지 않았는데, 오늘 못 온 봉식이가 소식을 전한 모양이다. 친구들에게 내 병이 어떤지, 어떻게 치료하고 있으며, 어떻게 대비하고 있는지 말해주었다.

내 경제적 상황을 조심스레 물어보고, 자기들이 할 수 있는 일을 가늠해보는 친구들이 참 든든했다. 고등학교 때도 그랬다. 누군가에게 힘든 일이 생길 때마다 서로를 돌보고 의지하며 지냈다. 내가 어떻게 살아왔는지 잘 아는 친구들은 그 누구보다 지금 상황을 안타까워했다. 그리고 아내를 어릴 때부터 봐온 친구들이다보니 가족들 걱정도 컸다. 팍팍하게 삶을 꾸리는 친구들이기에 더 고마웠다. 그나마 내가 형편이 제일 나은 편이었는데 나마저 이렇게 되고보니 뭔가 크게 잘못한 것 같은 기분도 들었다.

헤어지는 자리에서 광복이가 에코백에서 봉투를 하나 꺼냈다. 십시일반 모아 전해주는 마음, 아니 사랑이겠지. 고맙게 받았다. 나중에 갚으면 된다.

아침에 교회에 가서 예배를 드렸다. 기도 시간에 내 입에서 이런 감사가 쏟아졌다.

하나님, 저는 낫습니다. 재발해도 반드시 나을 겁니다. 우리 가족 중 다른 누가 아니라 제게 이 환난을 주셔서 정말 감사합니다. 호수나 단이가 아니라, 아내가 아니라, 부모님이 아니라, 지금 너무 지쳐 있는 제 사랑하는 친구들이 아니라 저여서 감사합니다. 그들이 건강하고, 밝고, 풍족한 삶을 영위하게 해주세요. 그들에게 강건한 마음을 주시고, 그리하시고도 남거든 제게도 힘을 주세요. 다른 누가 아닌 제게 이 고통을 주셔서 감사합니다.

엘리 엘리 라마 사박다니 —————— 2023. 9. 5

오늘은 여섯 시간 정도 잤다. 늘 새벽 2~3시쯤에 깨는 것만 아니면 좀 더 좋은 컨디션을 유지할 수 있을 텐데, 쉽지 않다. 10시에 잠드는 게 보통 일이 아니다. 낮에 마시는 차의 양을 조금 조절해봐야겠다. 몸이 약해져서 그런지 각성 상태가 오래가는 것 같다.

오늘 서울로 올라간다. 병원 근처 숙소에서 하루 묵고 내일 서울대병원으로 가 조직검사와 PET-CT 결과를 받는다. 혜화동이 벌써 지긋지긋하다. 혜화역 3번 출구를 언제나 벗어나려나. 그래도 인근에 노포가 꽤 있어서 다행이다. 제발 항암제가 잘 맞아서 입맛이 살아 있기를.

8월 18일 암 진단을 받은 후부터 아침에 눈을 뜰 때마다 이게 꿈인지 현실인지 확인하는 습관이 생겼다. 눈을 뜨면 가장 먼저 아픈 왼쪽 골반에 손을 얹는다. 그리고 눌러본다. '안 아픈데, 이게 다 꿈인가?' 손을 허리 쪽으로 가져가 튀어나온 데를 만져본다. '아, 꿈은 아니네.' 현실이라는 게 확인되면 기도를 한다.

주님, 이 암 덩어리를 씻은 듯이 낫게 해주세요. 공짜로 말고, 많이 아파도 되니까 낫게만 해주세요. 뭐든 잘 참을 테니까, 그렇게 해주세요. 항암치료도 잘 받고, 수술도 잘 받고, 약도 잘 먹겠습니다. 빡빡머리가 돼도 좋고, 다리를 절어도 좋습니다. 아니, 다리를 자른다 해도 낫기만 하면 괜찮습니다. 낫는 게 어렵다면 호수, 단이 군대 갔다 올 때까지만이라도 살아서 돈 벌게 해주세요. 그것도 안 된다면 엄마 아빠 돌아가실 때까지만이라도 부탁드립니다. 아멘.

기도를 마치고나면 다시 허리를 만져본다. 여기에 어떻게 그렇게 큰 암이 있을까. 신기하기도 하지. 그렇게 뒤척거리다가 어느 순간 머리가 맑아지면서 잠이 싹 달아난다. 그러면 침대에 누운 채로 여름 이불을 목까지 끌어올리며 나지막하게 읊조린다. "엘리 엘리 라마 사박다니. 나의 하나님, 나의 하나님, 어찌하여 나를 버리시나이까."

혼자 이불 속에서 뱉은 말이지만, 누가 들었을까 싶어 주변을 두리번거린다. 원망하는 것이 아님을 증명이라도 하듯 다시 감사 기도를 드린다. 내 안에 있는 연약한 자아가 뱉은 말이겠거니 하고 말을 주워 담는다. 예수님께서도 십자가에 매달려 그러셨으니까 내가 이런 말을 한다고 해도 이상할 것은 없다.

우울한 생각이 스미기 전에 이부자리를 박차고 일어나 화장실로 가 세수를 한바탕 하고 나온다. 방으로 돌아와 책상 앞에 앉는다. 노트북을 꺼내 편집 프로그램을 켠다. 수면 상태가 어땠는지 기억을 더듬으며 자판을 두드리기 시작한다. 투병일기를 쓰고나면 기분이 한결 나아진다.

엘리 엘리 라마 사박다니. 이 정도 고난에 내뱉을 말은 아니다. 다시 마음을 다잡는다. 앞으로의 힘든 여정은 이 정도 각오로 넘어서기 어렵다. 열심히 치료해 암 덩어리를 제거해도 다시 재발할 수도 있다. 아니 재발할 것을 어느 정도 생각하고 준비해야 한다. 아직 첫

발도 떼지 않았는데 벌써 원망의 말을 해서는 안 된다. 아직은 감사할 때, 힘을 모을 때, 기도할 때, 그리고 나를 바로 세울 때. 그런 때다.

한 줄기 빛 ———— 2023. 9. 6

오늘은 조직검사와 PET-CT 결과를 확인하고, 앞으로의 치료 스케줄을 정하는 날이었다. 이미 병명은 나와 있고, 골반에 11센티미터 크기의 암 덩어리가 있는 3기. 상당히 절망적인 상황이었다. 함께 병원에 오겠다고 고집을 부리는 아내를 전주에 떼어놓고 오느라 정말 고생했다. 나쁜 소식을 의사에게 바로 듣게 하고 싶지는 않았다.

오후 1시 30분 첫 타임 진료. 간호사의 호명에 각오를 다지고 최대한 씩씩하게 진료실 문을 열고 들어갔다. 사형 선고를 기다리는 피고인의 심정이 이런 것일까. 약간 긴장한 자세로 진료실 의자에 앉았다. 진료실 책상 앞에는 김한수 교수가 먼저 와 앉아 있었다. 워낙 무뚝뚝한 스타일인 김 교수가 뭔가 미소를 짓는 듯한 얼굴로 나를 바라보고 있었다.

"조직검사 다 하셨고, PET-CT도 찍으셨죠? 어디 보자. 여기 여기에 종양이 있어요. 악성 종양 나왔는데……"

아 진짜구나. 이제 아내한테 말해야겠구나. 최대한 열심히 치료 받겠지만 정말 힘들 수 있다, 최선을 다해 치료하겠지만 혹시 결과가 잘못되더라도 우리 깨끗이 승복하자.

이런 생각을 하는 순간, 김한수 교수가 정말 의외의 말을 했다.

"림프암이라고 들어보셨어요? 림프종이라는 건 골수에서 생기는 병인데, 이건 뼈 자체에서 생기는 골육종, 연골육종 이런 육종암이 아니라 골수세포 중에서 림프 세포에서 생기는 종양이에요. 그러니까 생긴 장소가 뼈 골수이지만 이 종양 자체는 뼈암이라고 하지 않고 혈액 종양이라고 합니다. 림프종은 항암치료를 하는 거예요. 항암치료를 하면 많이 좋아져요."

"좋은 건가요?"

"그래요. 다행이에요. 육종암인 것보다 이렇게 나온 게 차라리 나아요."

김 교수는 암이 뼈 속에도 있고 뼈 밖으로도 튀어나와 있지만, 복부 내장 장기에는 특별한 이상이 없다고 했다. 수술을 하지 않고 항암치료만 해도, 방사선 치료만 추가로 해도 될 거라고 말했다. 악성 종양인 건 마찬가지지만 육종암보다는 림프종인 게 다행이라며, 약물 치료를 할 수 있는 내과로 연결을 해준다고 했다.

김한수 교수의 설명이 끝나고도, 이것이 무슨 상황인지 인지하는데 한참이 걸렸다. 중간중간 내가 했던 질문은 기자의 직업병적 행위에 가까웠다. 요약하자면 나는 골육종 3기가 아니고 림프종 3기다. 그리고 치료 후에도 걸을 수 있다. 사실상 가망이 없어 어느 정도 삶을 내려놓았던 내가 다시 살 수 있다는 그런 말이었다. 오, 하나님 감사합니다.

진료실을 나오자마자 병원에 함께 와준 베이징 형에게 큰 목소리로 "나 림프종 3기래!" 하고 기뻐서 외쳤다. 다른 환자들은 '저 미친 놈이 아파서 돌았나?' 하는 표정으로 나를 쳐다봤다. 암 3기에 저리 기뻐하는 환자를 본 적이 없겠지. 하지만 그 순간 나는 림프종 3기가 그렇게 사랑스러울 수 없었다. 내 말을 들은 베이징 형은 눈물부터 터뜨리며 "그게 뭔데? 좋은 거야?"라고 물었다. 이제 살 수 있다고, 림프종이어서 천만다행이라고 의사가 말했다고 전했다. "고마워. 함께 와줘서 고마워. 걱정했지? 나 수술 안 할 수 있대. 이제 잘 치료해 낫기만 하면 된대. 나 걸을 수도 있대."

구름을 탄 기분이 이런 것일까. 병원비를 계산하러 1층으로 올라가기 위해 에스컬레이터에 탄 내 기분이 그랬다. 사실 지난번 진료 때 "골반에 암이 생겨서 상황이 힘들 수 있다."는 소리를 듣고 이리저리 검색을 해보니, 내 생각보다 상당히 절망적이었다. 어떻게 해서든 치료하겠다는 마음과 어느 정도까지 하다가 놓아야 할까 하는 두 마음이 대치하고 있었다. 두 마음은 6 대 4였다가 오늘 진료실 문턱을 넘을 때는 5 대 5가 됐다. 잠깐이라도 삶을 포기하려 했던 나 자신에게 미안했다. 내가 그런 마음으로 병을 대하면 나을 수 없을 것이다. 하지만 골육종이라는 암은 그런 병이었다. 수술을 마치고 실밥을 풀러 가면 다시 재발해 있는 그런 암. 지독하고 고통스러운 그런 암. 골반에 생기면 10여 차례 수술과 항암치료를 반복하다 결국에는 진이 빠져 환자가 포기하게 한다는 그런 악독한 암이었다.

10년 전 림프종 4기 진단을 받고 지금은 완치해 복귀한 한국경제신문 이미아 선배에게 전화를 걸었다. 인턴 시절부터 내 사수였던 사람이다. 이미아 선배는 정말 축하(?)한다며 림프종에 대해 이것저것 알려줬다. 그리고 서울대병원 홍준식 교수를 추천해줬다. 바로 다음 날로 홍 교수의 외래 진료 예약을 잡고 병원을 나왔다.

　　2023년 8월 18일 한 번 죽었던 나는 9월 6일 다시 태어났다. 그리고 내 질병코드는 C40에서 C83.3으로 바뀌었다.

2부

항암치료를 받다,
암이 바꾼 일상에 적응하다

항암치료 준비 ——————— 2023. 9. 8

　오늘은 다섯 시간 정도 잠을 잤다. 어젯밤 늦게 집에 도착해 내 상태를 궁금해하는 아내에게 병명이 바뀌게 된 경위와 앞으로의 치료 스케줄 등을 설명하느라 잠자리에 늦게 들었다. 다음 주 수요일부터 시작되는 항암치료는 어떻게 진행되고, 집에서는 어떤 준비를 해야 할지에 관해서도 이야기를 나눴다. 그러고나서 언제 잠이 든 지도 모르게 스르르 잠이 들었다.

　수면 시간이 한 시간 줄었지만, 골육종이 아니라는 것을 안 이후 수면의 질이 올라갔다. 중간에 깨는 일 없이 잠이 깊이 든다. 생존율이 몇 배는 높아졌지 않나. 불안감이 줄어든 것이 당연하다. 그래도 림프종 3기가 쉽지 않은 병임을 잊지 않으려고 노력하고 있다. 만약 골육암 소동이 없었더라면 림프종 3기 판정에도 크게 낙담했을 텐데, 이 무슨 조삼모사 같은 상황인가 싶다. 그래도 좋은 건 좋은 거다. 아내도 안심하는 것처럼 보였다.

어제, 앞으로 내 항암치료를 담당해줄 홍준식 교수의 진료를 처음 받았다. 외래 진료를 통해 본 홍준식 교수는 바르고 진중한 인상이라 신뢰가 갔다. 이런 의사를 만난다는 것은 환자의 큰 복이다. 내가 흔들릴지라도 흔들림 없이 치료 방향을 정하고, 굳건히 밀고 갈 것처럼 보였다. 내가 딱 바라던, 그런 의사의 모습이었다.

항암치료를 다음 주부터 시작하기로 하고 간호사에게 여러 가지 안내를 받았다. 병원이라면 이골이 난 나지만, 혼자서 하기에는 조금 버거울 정도로 챙겨야 할 것이 많았다. 베이징 형이 함께 와줬기 때문에 일을 나눠서 볼 수 있어 금방 끝났지, 혼자였으면 시간이 몇 배는 더 걸렸을 것이다.

먼저 해야 할 일은 항암낮병동에 가서 진료 스케줄을 잡는 것이었다. 내가 받아야 할 항암치료는 R-CHOP이다. 3주 1사이클로 여섯 차례 치료가 진행된다. 대략 6개월이 걸리는 항암치료다. 림프종 환자들이 가장 기본적으로 하는 치료로, 안정성이 큰 것으로 알려져 있다. 다만 약이 조금 독하다고 한다. 탈모와 피부색이 검어지는 부작용이 있다고 한다. 나는 두상이 이뻐서 탈모는 크게 신경 쓰지 않는다. 탈모와 피부색 모두 항암치료가 끝나면 돌아온다고 하니 걱정할 문제가 아니다. 항암치료 과정이 고달프기는 하겠지만, 골육종 진단을 받았을 때 더 험난한 투병을 예상했기 때문에 이조차 감사하게 여겨졌다.

1차 항암치료는 9월 13일에 진행된다. 그 전에 항암제를 투여하기 위해 케모포트라는 장치를 시술하기로 했다. 정맥을 통해 심장 가장 가까운 혈관까지 관을 삽입하는 시술이다. 혈관이 터지거나 주삿바늘이 빠져 독한 항암제에 암이 없는 신체가 노출되면 영구적인 손상을 입을 수도 있다. 그런 일을 방지하기도 하고, 장기간 항암치료를 할 때 매번 주사를 꽂지 않아도 되는 이점이 있다. 고혈압 약을 장기 복용하면서 혈관이 약해져 최근 들어 혈관이 터지는 일이 잦았다. 그래서 케모포트 시술을 하기로 마음먹고 항암치료 하루 전으로 예약을 잡았다.

날짜를 따로 잡은 것은 아직 익숙하지 않은 항암치료 때문이다. 첫 항암치료를 하는 날부터 케모포트 시술과 항암치료를 동시에 진행하는 것은 좀 불안했다. 병원 인근에서 묵으면서 12일 케모포트 시술을 받고, 13일 아침 일찍 항암치료를 하면 될 것 같다. 암병동의 채혈실은 그리 북적거리지 않아서 좋았다. 항암낮병동 간호사에게 케모포트 시술 시 주의사항과 항암치료 전 받을 교육에 관해 안내를 받고 베이징 형과 함께 병원을 나왔다.

채혈검사까지 마치고 베이징 형의 차를 타고 가는데 뭔가 허탈한 마음이 밀려왔다. 치료에 대한 걱정과 스스로에 대한 격려가 오가는 싱숭생숭한 마음을 다독이고 있는데 한강이 보였다. 차창 밖으로 보이는 한강이 꼭 도토리묵같이 생겼다. '이 와중에 도토리묵이 당기네. 항암치료 부작용 중에 구토와 입맛 상실이 있던데, 나는 걱정 없겠구나.' 이런 생각을 하니 웃음이 나왔다. 미소를 짓고나니 아직 못 챙긴 게 떠올랐다. 항암치료를 받은 뒤 머물 요양병원이었다.

베이징 형이 두 곳의 요양병원을 골라놓았다. 그중 한 곳은 고형

암 환자 전문이라 림프종 환자는 제대로 케어해주기가 어렵다고 난색을 보였다. 면역력이 많이 떨어지는 림프종 환자의 응급상황에 대처하기 쉽지 않은 듯하다. 인터넷의 사진으로 보기에는 밥이 제일 맛있어 보였는데 아쉽다. 다른 한 곳은 인터넷에 올라온 리뷰가 좋았다. 내가 요양병원을 고르는 조건에 딱 맞았는데, 그 조건은 친절함이다. 최대한 정신 차리고 예의 바르게 행동하겠지만, 항암치료 중 감정 기복이 심해지는 경우가 간혹 있다고 한다. 그럴 때 친절한 분을 만나면 마음을 좀 다스릴 수 있을 것 같아서다. 전화를 걸었다. 상담실장이라는 분이 아주 친절하게 응대를 해줬다.

이용료가 조금 비싸긴 했지만, 1차와 2차 항암치료 때는 요양병원에서 일주일 정도 머물다 전주에 내려가는 게 좋겠다고 생각했다. 1차 항암치료가 시작되는 13일은 자리가 없어 3인실을 예약하고, 2차 항암치료 때인 10월 초에는 1인실을 예약했다. 이 요양병원은 지인들이 많은 강남에 있다. 응급상황이 생기거나 내가 필요한 게 있을 때 언제든지 도와줄 사람이 많은 곳이다.

요양병원까지 정하고나니 조금 마음이 편해졌다. 이제 진짜 시작이다. 어르신들도 하는데 이제 막 40대인 내가 못할 리 없다. 마음을 다잡고 또 다잡았다.

아이들 ———————— 2023. 9. 9

오늘은 다섯 시간을 잤다. 어젯밤에는 언제 잠든지도 모르게 잠이 들었다. 낮에 보험료 청구, 요양병원, 입원 준비 등등 처리해야 할 일이 많아 꽤 피곤했던 모양이다. 덕분에 깊은 잠을 잤다. 어쨌든 림프종 진단 이후로는 수면의 질이 아주 좋아져서 다행이다.

1차 항암치료 후 입원할 서울의 요양병원에 1인실에서 묵을 수 없는 게 마음에 걸려 전주에 새로 생긴 한방병원을 알아봤다. 시설도 아주 좋고, 가격도 합리적이고, 무엇보다 밥이 좋았다. 첫 항암치료라 집에서 가까운 곳에서 지내는 게 좋을 것 같기도 했다. 가족들이 수건이나 속옷 같은 것을 가져다주기 편하고, 혹시 토할 때 잠깐씩 도움을 받기도 좋을 거 같아서다. 인간이 간사한 게 죽을 고비 넘겼다고 생각하니 구토가 다 걱정이 된다. 그리고 이제야 아이들 얘기를 할 수 있게 되었다.

암 진단을 받고나서 마음을 가장 무겁게 했던 것은 아이들이었다. 부모님도 걱정됐고 아내도 걱정됐지만, 호수와 단이가 가장 걱정이었다. 내 인생이 허무하게 끝이 난다 하더라도 큰 후회는 없다. 지금까지 열심히 살았고, 가족과 지인들 살뜰히 챙겼고, 사회적으로 이룬 성취도 만족스러웠다. 다만, 늘 바쁘게 일만 하던 아빠가 훌쩍 떠나버렸을 때 남겨질 아이들이 걱정이었다. 골육종 진단을 받은 뒤 집에 있지 못했던 이유도 아이들이었다. 보고만 있어도 눈물이 흐를 것 같았다.

늘 바쁘다는 핑계로 아이들과 제대로 놀아줘본 적이 없다. 나처럼 고생하지 않게 키워야 한다는 생각에 밖에서 열심히 일하는 게 아빠 역할이라 생각했다. 하고 싶은 거, 먹고 싶은 거, 사고 싶은 거 뭐든 차고 넘치게 채워주는 게 아빠 역할이라고 생각했다. 아프기 전에 아이들이 "아빠는 매일 일만 하잖아. 집에 와서도 컴퓨터만 하니까."라고 말한 적이 있다. 아프고나서 그 말이 머리에 맴돌아 힘들었다. 그렇게 일만 하다가 아이들을 두고 떠나는 게 아빠의 역할인가. 후회가 밀려왔다.

치료 계획을 짤 때에도 아이들이 마음에 걸렸다. 얼마까지 돈을 써야 할까. 집은 어떻게 해야 할까. 호수와 단이 대학 마칠 때까지 돈이 얼마나 들까. 나는 어느 시점에서 치료를 멈춰야 할까. 아이들은 나를 어떤 아빠로 기억할까. 호수와 단이에게 언제 아빠가 많이 아프다고 말해야 할까. 치료를 시작하면 아이들이 알까, 수술할 때 알게 될까. 여린 아내가 아들 둘을 잘 키울 수 있을까.

이런 생각을 하고나면 내가 무슨 짓을 한 건가, 내가 다 망쳤구나 싶어 스스로가 원망스럽고 아이들에게 너무 미안했다. 살면서 누군가에게 이렇게 미안해한 적이 있던가. 내 소중하고, 예쁜 아이들. 존재 자체가 사랑이고 축복인 아이들. 아무것도 할 수 없는 시간이 오면 삶의 마지막까지 주님의 이름으로 축복을 부어주리라 다짐하고 또 다짐했다.

골육종에서 림프종으로 진단이 바뀌고나서 가장 먼저 머리에 떠오른 것도 아이들이었다. 이제 잘 치료하면 호수, 단이 옆에 오래오래 있어줄 수 있겠구나 싶어 마음속으로 기쁨의 눈물을 흘렸다.

서울에서 사흘이나 머물게 돼 집을 오래 비웠다. 돌아온 날도 밤늦은 시간이라 아이들의 자는 모습만 봤다. 잠든 아이들을 보니 괜히 울컥했다. 다음 날 아침 일어나 아직 잠에서 깨지 않은 아이들 옆에 가서 누웠다. 말랑말랑한 단이를 껴안았을 때 그 따스함. 손을 뻗어 호수의 두툼한 손을 잡았을 때 전해 오는 듬직함. 하나님 감사합니다. 아이들 곁에 있게 해주셔서 감사합니다. 침대에 그렇게 한참을 누워 있었다. 이 시간이 영원하기를 바라면서.

출근 준비를 하고, 거실 소파에 앉아 호수와 단이가 일어나기를 기다렸다. 일어나면 어떤 말을 해줘야 할까. '아빠 다 나았어.' 아니지. '아빠 이제 금방 나을 거야.' 아닌가? '아빠는 슈퍼맨이라 금방 나았대.' 아, 뭐라고 해야 하나.

8시가 되자 호수와 단이가 거실로 나왔다. 단이는 나를 보자마자 "아빠~" 하며 와서 안겼다. 호수는 부끄러워하면서 헤헤 웃으며 다

가왔다. 단이를 꽉 껴안아주고나서 호수에게 두 팔을 벌렸다. 호수
는 먼저 와서 안기는 법이 좀처럼 없는데 쭈뼛거리며 다가와 안겼다.
엉덩이를 토닥여주고 앉았는데 단이가 물었다.

단이 아빠 이제 안 아파?

나 단아, 아빠 이제 괜찮아.

단이 어, 알어. 아빠 괜찮아졌대, 엄마가.

호수 맞아. 김단. 어제 엄마가 전화 끊고 울었어. 이번엔 좋아서
울었어.

나 아빠 머리 빡빡 밀면 금세 낫는대.

단이 밀지 마. 밀지 마. 밀지 마. (눈물 뚝뚝) 밀지 마.

나 호단이도 아빠랑 같이 밀래?

단이 밀지 마. (눈물 뚝뚝) 아빠, 아직 아파?

나 아빠 다 나았는데 왜 울어. 아빠 아픈 거 알고 있었어?

단이 어. 엄마가 매일 울어서 알았지.

나 아빠가 말 안 했는데도 알았네. 우리 똑똑이.

단이 우리도 다 알아. 아빠.

나 아빠 하늘나라 갈 뻔했는데 호단이 때문에 다시 왔지. 아빠
엄청 힘센 거 알지?

호수 맞아. 아빠 힘 엄청 세서 괜찮아, 김단. 그리고 아빠 교장 선
생님이랑 친구래.

단이 아냐. 교육감 아저씨랑도 친구야.

호수 교육감이 뭔데?

단이 학교에서 제일 센 사람.

나 그럼. 아빠가 누군데 이런 걸로 쓰러지지 않지. 아빠 치료도 잘 받을 테니까 엄마 말 잘 듣고 있어.

단이 아빠 또 어디 가? 가지 마. 안 가면 안 돼?

호수 김단 그만 울어. 아빠는 아빠가 아픈데 한 번도 안 울었어. 진짜 멋있어.

나 맞아. 아빠는 안 울지. 호단이 아플 때 아니면 아빠는 안 울어.

웃으면서 이런 대화를 다시 할 수 있어서 너무 감사하다.

머리는 맑아지고 판단은 명확하게 ——— 2023. 9. 10

오늘은 여섯 시간을 잤다. 중간에 한 번 깨긴 했지만, 그건 어제부터 통증이 좀 심해져서 그런 것이고, 잠을 못 잘 정도로 신경이 예민해서는 아니다. 심리적인 문제보다 육체적인 문제를 바로잡기가 훨씬 쉽다. 통증이 심하면 진통제를 먹으면 되고, 병원에 가서 조치를 받으면 된다.

요양병원에 갈 채비가 생각보다 복잡하다. 챙겨야 할 준비물도 많다. 머리를 깎아야 하느냐 마느냐 가지고도 생각이 많아진다. 베이징 형은 머리카락은 항암치료 후 2~3주 뒤에 빠지니 조금 기다려보자고 했다. 내 생각에는 어차피 빠질 거 깔끔하게 깎고 의지를 다지는 게 더 나을 거 같다.

암에 걸린 후 좋아진 점을 굳이 꼽자면 머리가 맑아지고 상황 판단이 명확해진다는 것이다. 또한 행동은 간결해진다. 골육종 진단을 받은 뒤 아내에게 2억 원을 준비해 치료할 것이고, 그 돈을 다 쓴 뒤에는 치료할 생각이 없다고 말했던 적이 있다. 아내는 펄쩍 뛰었지만, 그때는 그게 맞았다. 암의 재발과 수술이 반복된다면 아무리 내가 젊고 힘이 있다 해도 결국에는 침대에 누운 미라처럼 될 것이 자명해 보였다. 집을 팔아서 치료를 계속한다 한들 스무 번이 넘을 수도 있는 수술과 항암치료를 내가 견딜 수 있을까.

휴직 문제도 마찬가지다. 골육암 진단 때는 2년간 쉬기로 마음먹었다. 그만큼 쉬지 않으면 낫는 게 불가능해 보였기 때문이다. 생활비가 걱정됐지만, 그게 내 상황에서 맞는 판단이었다. 대신 형들에게 도움을 요청했다.

지금은 1년만 쉬기로 마음을 고쳐먹었다. 어젯밤 아내와 산책하면서 6개월 뒤에 회사에 복귀하는 문제로 상의를 했다. 아내는 림프종도 재발 위험이 큰 암 중 하나라며 말렸고, 그래서 조금 더 이성적으로 판단하기로 했다. 베이징 형과도 상의해봤는데 7~8개월 차에 그때 상태를 보고 결정하는 게 좋겠다는 결론이 나왔다. 밤새 고민을 했는데 일단은 1년 쉬는 것으로 하고, 상황을 보는 것이 맞겠다 싶다. 경제적으로야 조금 부담이 되겠지만, 여기서 재발하면 항암치료를 다시 받아야 하니 그게 더 미련한 짓이다. 머리는 맑아지고 판단은 명료해진 덕이겠지.

사실 직장에서 내 연차는 중요한 시기다. 실무자에서 준관리자로 넘어가는 시기. 흔히 데스크라고 하는 그 직이다. 15년 차 차장 승진을 앞두고 있는데, 병휴직에 들어가면 승진이 어렵게 된다. 동기들보다 1년 늦게 승진하는 문제가 생기는 것이다. 이전의 나라면 승진 조건을 채우기 위해 무리하게 복귀를 했겠지만, 지금은 치료에 집중한 후 상황을 보는 게 맞다고 판단했다. 만약 몸 상태가 좋지 않다면 깔끔하게 포기하고 승진을 한 해 정도 미룰 생각이다. 그게 맞는 거고, 좌고우면할 필요도 없는 문제다. 잠시 쉬어가면 되는 일 아닌가.

성공을 위해 경주마처럼 이리 뛰고 저리 뛰던 예전의 나를 생각하면 참 많이 성장했다. 이렇게 생각하니 한결 마음이 편해졌다. 내가 병마와 싸워 깔끔하게 이기고 복귀했을 때 얻는 이익이 훨씬 크다는 것을 이제는 안다. 무모한 행동을 하지 않게 됐다는 것, 이게 연륜이라는 것인가. 암에 걸리고나서 이렇게 크고 길게 보고 행동할 수 있게 된 것이 너무 좋다. 예전의 나였으면 절대 하지 않았을 선택들. 그런 길을 밟아가며 배우는 것이 많다. 암에게 유일하게 감사하는 부분이다. 이런 일에도 감사가 나온다니, 고난과 아픔은 사람을 성장시킨다는 옛말이 허언은 아니다.

　오늘은 잠을 거의 못 잤다. 그제 저녁부터 왼쪽 골반 통증이 심해지면서 허벅지부터 종아리까지 통증이 퍼졌다. 못 참을 정도는 아닌데 다리 움직임이 경직되면서 근육통이 더 심해지는 것 같다. 이 근육통은 신경통과는 별개의 통증이다. 누워 있어도 편치 않아 뒤척이게 된다. 암이 조금 자란 것일까? 내 몸에 생긴 림프종은 빨리 자라는 미만성 거대 B세포 림프종이라고 하니 가능성이 없는 것은 아니다. 이제 11센티가 넘었겠지. 그나마 진단 받고 한 달도 안 돼 항암 치료에 들어가는 게 행운이라면 행운이다.

　다리가 하도 아파 밤에 아이들 재우고 아내와 잠깐 아파트 단지를 돌았다. 운동할 때 스마트폰을 쓰면 낙상 사고를 당할 수 있다고 해서 전화기는 호수 책상에 두고 나갔다. 걸음걸이가 조금 틀어져서 특별히 주의를 해야 한다. 휴대전화를 충전하면서 사용하면 전자파가 많이 나오니 암 환자들은 주의해야 한다는 글을 보기도 했다. 베이징 형은 이참에 전화기를 붙들고 있는 습관을 고쳤으면 한다고 조심스레 말해주었다. 일 핑계 대고 늘 곁에 두는 전화기도 어찌 보면 내 우상이겠지 싶다. 그래서 한번 집에 놔두고 나가보기로 했다. 기자 일을 시작하고 샤워할 때도 늘 곁에 두던 전화기를 두고 나가려니 좀 어색했지만, 이게 맞는 거다.

　어제 낮부터 본격적으로 통증이 시작되어 오후에 한의사인 혜원이 누나에게 침을 맞았다. 그러고나서 잠깐 통증이 가셨지만 저녁이 되니 통증이 더 심해졌다. 암이 커지려고 그러는 것인지, 주기가 있어 통증이 반복되는 것인지는 모르겠다. 여태까지 겪었던 것 중 가장 강한 통증인 것으로 봐서 통증 강도가 갈수록 심해지는 듯하다. 모레 항암치료를 받으면 통증이 좀 줄어드려나.

잠을 못 자니 컨디션이 떨어지고 대상포진이 다시 나타나려고 한다. 꿈에 대상포진이 옆구리 양쪽에서 퍼졌다. 대상포진은 원래 머리를 기준으로 좌우 한쪽으로만 나오기 때문에 꿈속에서도 꿈인 걸 알았지만, 통증이 현실감 있게 느껴져 고통스러웠다. 아픈 다리 쪽으로 몸을 돌려 누워도 아프고, 반대로 몸을 뉘어도 아프다. 반듯하게 누워도 크게 차이가 없다. 오늘 오후에 서울에 가야 하는데 진통제를 먹고 움직이는 게 나을지, 아직 좀 더 참아봐야 하는지 모르겠다.

내 통증의 역사는 길고 길다. 그 시작은 초등학교 때였다. 어려서 아토피 피부염이 심했던 나는 팔과 다리, 목, 얼굴 등에서 진물이 날 정도로 가려움에 시달렸다. 초등학교에 입학하기 전에는 항상 피부염 자리를 긁어서 피가 날 정도로 고통에 시달렸다. 어머니가 온갖 좋은 약을 사다 먹이고 독한 연고도 발라봤지만 증상은 호전되지 않았다. 그래서 자구책으로 선택했던 것이 '긁지 않는 것'이었다. 어머니는 항상 "진방아, 가렵고 아파도 절대 긁으면 안 돼."라고 나를 타일렀다. 어린 마음에도 눈 뜨고 있을 때는 최대한 몸을 긁지 않으려고 참았다. 아토피 피부염에 걸려본 사람이면 알겠지만, 가려움을 참는 것은 상당히 고통스럽다. 긁지 않으면 죽겠다 싶을 정도다. 그래도 고집스럽게 낮 동안은 긁지 않으려고 참았다. 문제는 밤이었는데, 잠이 들면 무의식중에 낮에 참은 만큼 온몸을 사정없이 긁어 피가 뚝뚝 떨어지는 때도 있었다. 이런 인고의 세월은 군대에 가는 스무 살이 될 때까지 이어졌다. 성인이 되어 라면, 빵, 과자 같은 군것질을 줄이자 아토피는 자연히 사라졌다.

통증에 대한 두 번째 기억은 2012년 신장 수술을 하던 때다. 이때의 경험이 아직도 수술을 두려워하는 트라우마가 된 것 같다. 당시 수신증水腎症이 심해져 왼쪽 신장 전체가 커다랗게 부풀어 올랐다. 부푼 물주머니는 허리를 압박했고, 디스크 환자처럼 극심한 고통에 시달렸다. 사실 일상적인 허리 통증은 견딜 만했다. 문제는 수술하면서 나타났다. 원래 예상대로면 2~3시간이면 끝날 수술이, 난이도가 올라가면서 5시간 30분까지 길어졌다. 수술이 끝나고 마취에서 깨어났는데, 무통주사를 달아놓았음에도 멍석말이를 당한 것처럼 온몸에서 극심한 통증이 몰려왔다. 나중에 물으니 한 자세로 오랜 시간 움직이지 않고 수술을 받아 근육통이 심하게 온 것이라고 했다. 상상만 해도 다시는 수술을 하고 싶지 않을 정도로 끔찍한 고통이었다.

세 번째 통증은 2021년 3월 첫 번째 베이징 특파원 임기를 마치고 귀임할 때 찾아왔다. 당시 인사 문제로 인한 스트레스가 쌓인 상태에서 잦은 환송회와 회식이 이어지니 통풍 발작이 심하게 왔다. 엎친 데 덮친 격으로 대상포진까지 왔는데, 아마도 면역력이 심하게 떨어지면서 두 병증이 한 번에 몰아쳐 왔던 것 같다. 통풍 발작은 전에도 가끔 와서 참을 만했는데 그때는 달랐다. 양쪽 발목에 모두 통풍이 오면서 발목 변형이 생겨 일어서서 발을 디딜 수조차 없었다. 이때 살이 10킬로그램 정도 빠졌던 것 같은데, 귀국하는 비행기에서 도저히 참을 수 없어 휠체어 서비스를 신청해 휠체어를 타고 입국장을 빠져나왔을 정도다.

통풍 못지않게 대상포진도 고통스러웠는데, 다른 통증보다 지속적인 것이라 고통스러웠다. 통풍은 발을 내딛거나 옷이나 이불 같은데 쓸릴 때 고통스럽다면 대상포진은 계속해서 쓰라린 통증이 이어졌다. 임팩트로만 치면 통풍이 훨씬 아팠지만, 지속적인 통증은 대상포진이 더 지독했다.

이 정도는 그나마 애교 수준이었다는 것을 그때는 몰랐다. 내 인생 최고의 통증은 삼차신경통이었다. 삼차신경은 얼굴과 머리에서 오는 통각과 온도감각을 뇌에 전달하는 뇌신경인데, 이 뇌신경에 이상이 와 생기는 게 삼차신경통이다. 2022년 7월 처음으로 통증 발작이 왔는데, 이 통증은 이 세상 수준을 넘어서는 강력하고 지속적인 고통이었다. 잠을 자다가 발작이 왔는데, 움직이지 못할 정도로 통증이 강력했다. 숨이 턱 막힌다고 해야 할까. 뇌의 혈관이 터져 뇌졸중이나 뇌경색이 온 게 아닐까 하는 생각이 들 정도로 꼼짝 못하는 상태가 됐는데, 통증 때문이었다. 발작이 온 순간은 쇳물을 얼굴에 들이부으면서 동시에 눈알 안쪽에서 수류탄이 터지는 듯한 통증을 느끼게 된다. 이런 극심한 통증이 통풍처럼 특정한 동작을 했을 때뿐 아니라 지속적으로 이어지는 것이다.

통증은 하루고 이틀이고 삼차신경통 약을 먹기 전까지 계속된다. 신경통이기 때문에 일반 진통제를 먹으면 오히려 고통이 자극된다. 말 그대로 통증으로 인해 발을 동동 구르게 되는데 가만히 앉아 있을 수가 없다. 할 수 있는 방법은 얼음팩을 얼굴에 대는 정도다. 아니면 시원한 물을 계속 마셔서 얼굴 안쪽 열감을 낮추는 게 전부다. 그렇다고 해서 진정 효과가 있는 것도 아니다. 그냥 마음의 위안으로 삼는 정도다.

내가 겪었던 통증 중에서는 삼차신경통을 이길 것이 없다. 인간이 느끼는 통증이 1에서 10까지라면 삼차신경통은 12 정도 된다고 입버릇처럼 말하는 이유가 여기에 있다. 이 병을 앓는 환자 중에는 통증으로 인해 투신을 시도했던 사람이 있을 정도다. 가족들이 환자방 섀시를 튼튼하게 교체하고, 발작이 오면 돌아가면서 지킬 정도로 끔찍한 고통이 이어진다.

그래서 암 진단을 받고나서 내가 가장 먼저 걱정했던 것이 혹시나 삼차신경통이 재발하는 것이었다. 한국에 돌아온 뒤 두 차례 발작이 있었지만, 삼차신경통 약을 장시간 복용한 뒤 발작이 5개월째 찾아오지 않고 있다. 3개월 주기로 발작이 왔는데, 이제 발작이 잦아들어 약을 끊은 상태다. 항암치료를 할 때 스트레스가 심할 수 있는데 그 기간에 삼차신경통이 오면 치료를 진행하기 어려우니 관리를 잘해야 한다고 의사도 이야기했다. 제발 삼차신경통이 항암치료 하는 6개월 동안 찾아오지 않기를 바랄 뿐이다.

미리 삼차신경통 약을 먹는 방법도 있지만, 삼차신경통 약은 간질 약과 성분이 같아 복용 후 거의 반나절은 정신을 차릴 수 없다. 암으로 약해진 몸에 삼차신경통 약까지 복용한다는 것은 면역력을 거의 바닥까지 떨어뜨리는 행위다. 일단 하늘에 맡기고 기도하는 수밖에 없다.

암의 통증을 내 인생 통증표에 집어넣어본다면 통풍과 삼차신경통 사이쯤 되는 것 같다. 그래도 참을 만한 수준이다. 골육종이었다면 더 극심한 고통이 몰려왔을 테고 심리적으로도 더 위축됐을 테니, 이 정도도 감사하다. 어젯밤에도 감사 기도를 올리며 통증을 견뎌냈다. 잠을 조금 못 자는 것이 문제지만, 그건 나중에 의사와 상의해 조치를 받으면 된다.

눈치 ——————— 2023. 9. 12

오늘도 통증이 심해져 밤새 뒤척이느라 잠을 거의 못 잤다. 골반과 사타구니 안쪽 림프절이 퉁퉁 붓고, 통증이 심해 잠을 잘 수가 없었다. 의사는 진통제를 먹어도 된다고 말했지만, 아직은 참을 만하다. 내일까지 잠을 못 자면 진통제 복용을 고민해봐야겠다.

내가 투병을 시작한 지 거의 한 달이 돼간다. 당사자인 나는 지치지 않는데, 주변에서 조금씩 힘들어하는 모습이 보인다. 그럴 때마다 신경 쓰지 않으려고 노력하지만 그게 쉽지 않다. 평생을 남에게 피해

안 주며 살려고 노력해서 그런가, 이런 상황이 스트레스로 다가온다. 주변에서도 조심하느라 하겠지만 본인과 같은 마음일 수는 없겠지. 이렇게 생각하면서 사람들을 이해하려고 노력한다.

어제는 그런 일로 조금 낙심했다. 아침에 병원 가는 준비로 아내에게 짜증 섞인 말을 했다. 출근해서 기사를 쓰고, 오전에 세차하고, 전주 요양병원에 상담을 가야 했다. 취재원과의 약속도 잡혀 있었다. 그래서 서울 가는 준비를 아내에게 부탁했는데 아침까지 아무 준비가 안 돼 있었다. 예전 같으면 그런가보다 하면서 내가 챙겼을 텐데, 뭔가 감정 컨트롤이 되지 않았다. 내 짜증을 아내도 받아주지 못하고 자기도 노력하고 있다며 받아쳤다.

집에서 나와 출근하면서 베이징 형에게 전화를 걸었다. 전날 술을 많이 마셨는지 목소리가 퉁명스러운 것이 기분이 별로인 듯해 얼른 통화를 마쳤다. 오전부터 할 일이 태산이라 시간이 없었기에 상한 감정은 잠시 아래로 밀어뒀다.

마가 낀 날인지, 내가 제일 의지하는 승만 선배와도 트러블이 생겼다. 오랫동안 세차를 하지 못해 이날 오전에 노터치 세차를 하고 세차 타월로 차를 대충이라도 닦으려고 계획을 세웠다. 혼자 하려니 잠을 못 자 피곤하기도 하고, 아직 다리가 편치 않았다. 선배에게 오전에 시간이 되면 세차 좀 같이 해달라고 문자를 보냈다. 내 딴에는 자동 세차를 돌리고 10분 정도 물기만 같이 제거하면 되는 거니 쉽게 생각했다. 돌아온 대답은 "그냥 세차장에 맡겨라."였다. 세차장에 맡기기에는 시간이 부족해 자동 세차를 하려고 한다니까, 몸도 아픈 애가 그걸 언제 하느냐는 타박이 돌아왔다. 평소라면 아무렇지 않게 넘겼을 말인데, 눈치가 보이기도 하고 서운하기도 했다. 알았다고, 혼자 하면 되니 신경 쓰지 말라고 문자를 보냈다. 잠시 뒤 주말도 아니고 아침부터 땀을 빼는 건 불편하다, 내 입장도 생각해달라고 답신이 왔다. 이때 뭔가 툭 하고 마음이 무너지는 것 같았다.

잠시 차에 앉아 내가 너무 어리광을 부리는 것인지 생각해봤다. 암 환자가 된 후 가장 많이 들은 말이 이제 너만 생각하고, 어리광도 부리고, 힘들면 힘들다고 말하라는 것이었다. 그런데 돌이켜보면 지난 한 달간 그렇게 해본 적이 없다. 오히려 우울해하는 주변 사람을 달래느라 바빴고, 치료 스케줄 짜고 병원을 알아보느라 나 자신을 돌볼 시간이 없었다. 어리광이 다 무엇인가. 아픈 것도 내 몸, 아쉬운 것도 내 몸이니 내가 제일 바쁘게 움직이고 서둘러야 했다.

그렇게 조심했음에도, 몸이 아프다보니 나도 모르는 사이 주변 사람들을 평소와 달리 쉽게 대하고 있었다는 생각이 들었다. 사실 내가 힘든 것보다 주변 사람이 나로 인해 힘들어하는 것에 눈치가 보였다. 최대한 신경 덜 쓰게 하려고 조심 또 조심했는데도 나도 모르게 의지했던 모양이다. 원래는 주로 도움을 주는 입장에 있었다보니 그들도 적응이 안 됐을 텐데, 거기까지는 생각하지 못했다. 그래, 나만 힘든 게 아니지.

승만 선배는 내가 아픈 뒤로 폭음을 자주 했다. 선배 아버지와 장모가 암 진단을 받았을 때보다 감정적으로 더 힘들다고 했다. 아내는 말할 것도 없다. 베이징 형도 마찬가지. 다들 내 눈치를 봐가면서 엄청나게 신경이 곤두서 있었다. 나는 나대로 주변 사람들 신경 쓰고 눈치 보느라 신경이 예민해졌다.

이성적으로는 이렇게 생각했지만, 왜 내가 지금 다른 사람들 눈치를 봐야 하는지 회의가 드는 것은 어쩔 수 없다. 그러면서 이런 생각이 들었다. 이건 어쨌든 내 병이고, 내가 잘못 살아서 걸린 병이다. 누구한테 의지할 게 아니라, 내가 먼저 해보고 남한테 의지하자. 그리고 언제나처럼 혼자 씩씩하게 잘 해내면 된다. 언제부터 남의 도움을 받으며 살았다고 어리광을 부리고 있나. 서운해하지도 말자. 본인 일이 아니면 한 달 이상 어떤 일에 집중하기 어렵다. 그건 당연한 일이고, 남을 탓할 일도 아니다. 내가 조금 더 이해하면, 그리고 배려하면 지금처럼 좋은 관계를 유지할 수 있다.

이렇게 스스로를 다독여도 좀처럼 마음이 풀리지 않아 SNS에 짧게 속마음을 정리해 올렸다. 많은 암 환자가 나와 비슷한 경험을 한 것을 알게 됐다. 거봐, 나만 그런 게 아니고 내 주변만 그런 게 아니지. 이것도 항암치료 하면서 겪는 아주 일상적인 일일 뿐이야 하고 마음을 다잡았다. 서운해하지도 말고, 기대지도 말고, 남이 내 맘 같을 거라고 생각하지도 말고, 혹시나 도움을 받으면 꼭 고맙다고 표현하자. 눈치를 볼 게 아니라. 눈치 보이게 행동을 하지 말자. 그래야 이 길고 긴 싸움에서 이길 수 있다.

케모포트 —————— 2023. 9. 13

오늘은 여덟 시간이나 잤다. 어제 하도 잠을 못 자서 작정하고 몸을 피곤하게 만들었다. 그리고 케모포트 시술을 받으러 병원에 간 김에 진통제를 처방 받았다. 진통제를 먹으니 걸음걸이도 한결 편해지고 누워 있을 때 통증도 덜하다. 진즉 먹을걸.

항암치료를 하루 앞두고 케모포트 시술을 받았다. 몸에 뭔가 심는 것이 그리 좋은 경험은 아니다. 전에 신장 수술을 받았을 때 막힌 신우요관을 절단하고 관을 삽입해 꿰맨 적이 있다. 그 조그마한 관이 삽입됐는데도 이물감이 상당했다. 케모포트는 500원짜리 동전만 하던데, 앞으로 6개월간 상당히 거치적거릴 것 같다. 관리도 까다로워서 초기에는 통목욕도 금지된다. 그래도 매번 혈관을 잡아 항암제를 맞는 것보다는 훨씬 편하기 때문에 스트레스를 덜 받는 케모포트 시술을 받는 것이다. 수술이 아니라 시술이라 국부마취만 해서 금식을 하는 등의 준비는 필요 없었지만, 아침 일찍 항암낮병동에 입원해야 하기 때문에 그제 오후에 일찍이 서울로 올라왔다.

베이징에서 늘 붙어 다녔던 CBS 김중호 선배가 용산역으로 마중 나와 밥을 사줬다. 용산역 근처의 한 양식당에 갔는데 맛이 좋았다. 아내가 너무 맛있게 먹어서 깜짝 놀랐다. 소위 '소식좌'라고 불리는 아내가 이렇게 양이 많았나 싶었다. 그간 혼자 온갖 맛 좋은 음식을 먹으러 다닌 게 미안할 정도였다. 요즘 독박 육아에, 내 뒷바라지에 스트레스가 심했을 테니 조금이라도 기분 전환이 됐으면 좋겠다.

저녁을 먹고 서울대병원 근처 호텔에 체크인했다. 연박을 예약했더니 스위트룸으로 업그레이드까지 해줬다. 큰 방에 묵게 됐다며 신나하는 아내가 참 해맑다는 생각을 했다. 남편의 항암치료나 그제 입원 준비로 인한 다툼은 까맣게 잊은 듯한 모습에 웃음이 절로 났다. 진작 좀 데리고 다닐걸 후회도 됐다. 늘 좋은 호텔, 좋은 음식, 좋은 경치를 혼자 보러 다녔구나. 다음에 항암치료 받을 때도 기회가 되면 데려와 여기저기 구경을 좀 시켜줘야겠다.

케모포트 시술은 간단한 것과 달리 통증이 꽤 컸다. 누울 때, 일어날 때, 팔을 돌릴 때, 상체를 일으킬 때마다 절개 부위가 당겼다. 사실 아픈 것보다 혹시 관이 빠지거나 잘못될까봐 신경이 쓰였다. 이제 이 500원짜리 크기의 케모포트와 6개월간 호흡을 맞춰야 한다. 미우나 고우나 한몸이 됐으니 잘해봐야겠다.

어제 오전에 케모포트 시술을 받고 오후에 대학로에서 김우정 형을 만났다. 대종상 총감독이자 생각식당 대표로, 풍류를 아는 사람이다. 멋쟁이인 데다 인맥도 넓어서 그동안 도움을 많이 받았다. 형은 요즘 대학로에 상주하며 업무를 보고 있다고 했다. 이날은 우정이 형이 아내에게 해줄 말이 있다며 차를 한잔 마시자고 했다. 케모포트 시술을 마치고 숙소에 들러 짐을 부려놓은 뒤 형이 기다리는 카페로 향했다.

우정이 형도 형수가 6년 전 암 진단을 받고 오랜 시간 환자 가족으로 살아왔다. 형수가 암에 걸린 뒤 자신의 생활이 어떻게 바뀌었는지, 마음가짐이 어떻게 달라졌는지를 아내에게 진솔하게 이야기해줬다. 그중 기억에 남는 말은 이거였다.

"제수씨가 강해져야 해요. 좋은 기운을 뿜어야 이 새끼가 살아요. 서로 긍정적인 에너지로 서로를 대해야 합니다. 기운을 전달해주는 거죠. 우울한 날도 있을 텐데 노력해야 합니다. 그래야 진방이가 마음 편히 치료에만 전념할 수 있어요."

맞는 말이다. 내가 투병을 시작한 뒤 주변 사람들이 나로 인해 힘들어하는 것이 가장 신경 쓰인다. 나도 사람인지라 감정 기복이 생기고 투정을 부리고 싶을 때가 있다. 그런데 나보다 더 우울해하는 사람들에게는 투정을 부릴 여백이 없었다. 한번 해볼까 싶다가도 그런 모습을 보면 '내가 죄인이지.'라는 생각만 든다. 속으로 삭이다보니 스트레스는 더 쌓여서, 아예 만남을 회피하게 됐다. 최대한 집에 있지 않으려 했고, 승만 선배도 만나지 않으려 했다. 베이징 형과 전화 통화를 최대한 짧게 한 이유도 그래서다. 다들 너무 힘들어하니까.

그런 모습을 보면 내가 제일 힘들어서 피했다.

내 눈물은 삼키고 우는 사람을 달래준다.

걱정 마세요

치료하면 돼요

환자는 난데

먼저 알아봤던 강남의 요양병원에 상담하기 위해 자리에서 일어났다. 병원 근처에서 정재훈 약사를 만나기로 했다니 우정이 형이 약속 장소까지 태워다 주겠다고 했다. 우정이 형과 정 약사도 친구 사이다. '호식탐탐' 시리즈를 기획하면서 정 약사께 많은 도움을 받았는데, 암 진단을 받은 뒤로는 처음 만난다. 정 약사는 약사로서의 조언을 해줬다. 일단 의사의 말을 잘 듣는 게 중요하고, 요양병원에서 주는 면역강화제나 비타민 주사 등은 섣불리 맞지 않는 게 좋다고 했다. 지금 내게 가장 필요한 조언이 아닐까 싶다.

암에 걸렸다니 온갖 암에 좋다는 식품, 약, 운동법을 추천해주는 사람들이 있다. 나도 어쩔 수 없는 암 환자인지라 듣다보면 솔깃해지는데, 아직은 그럴 때가 아니라고 마음을 다잡고 거절하곤 했다. 정 약사께서 그런 소리를 들으면 언제든지 자기에게 상담하라고 했다. 논문을 찾아보고 근거가 있는지 확인해주겠다고 했다. 그 뒤로 종종 정 약사께 이것저것 물어보고나서 내린 결론은, 일단 항암제를 주기별로 잘 맞고 항암치료가 끝나고나서 몸에 좋다는 것을 먹는 게 좋겠다는 것. 앞으로도 그렇게 할 생각이다.

문제는 요양병원이다. 요양병원에는 '추가 치료'라는 항목이 있어 실비보험을 든 환자에게 비급여 추가 치료를 권한다. 입원실을 차지하고 있으니 어느 정도 수익을 올려줘야 한다는 논리다. 심한 곳은 추가 치료를 하지 않으면 퇴원을 종용하기도 한다. 다행히 내가 찾은 두 병원은 그런 압박이 없다. 이런 경험을 하다보니 암 환자들이 항암 부작용보다 이런 일들에 더 힘들겠구나 하는 생각이 들었다. 역시 직접 당해봐야 안다.

내가 입원하기로 한 요양병원은 추가 치료 없이 1인실을 사용할 수 있다. 비용이 조금 비싸지만, 환자가 편한 것을 우선으로 하는 느껌이 좋았다. 이번 1차 항암치료 때는 1인실이 없어 예약을 못 하고, 2차 항암치료를 받는 10월 5일로 가예약을 걸어두고 왔다.

이제 진짜 시작이구나. 골육종이 아니라 림프종이라고 알게 되었을 때는 다시 태어난 기분이었는데, 마음이 또 싱숭생숭하다. 인간은 참 간사하다.

1차 항암치료   ——————   2023. 9. 13

1차 항암치료를 받는 날이다. 이날을 어떻게 맞이할까 하다가 나와 가장 어울리는 방식을 찾았다. 바로 기록이다. 1차 항암치료에서는 총 네 가지 약을 투약하는데, 오전 8시에 시작해 빠르면 오후 4시쯤 끝난다. 부작용을 살펴야 해서 그런다고 한다. 내가 할 수 있는 것은 없다. 부작용이 적은 몸이기를 바라는 수밖에. 그래서 나는 1차 항암치료 과정을 모두 기록해보기로 했다. 몸이 썩 좋지 않을 테니 시간 순으로 건조하게 써내려갈 것이다.

오전 7시	기상.
오전 7시 30분	호텔 체크아웃.
오전 7시 40분	병원 인근서 아침 식사를 할 예정이었으나 문을 안 열어 실패.

오전 7시 45분	암병동 1층 수납 창구에서 수납.
오전 7시 55분	암병동 편의점에서 구운 달걀과 두유 먹음.
오전 8시	항암낮병동 입원.
오전 8시 10분	항암제 부작용 예방을 위해 항히스타민제를 케모포트로 투여.
오전 9시	타이레놀, 아킨지오(구토방지제), 스테로이드 경구 투약.
오전 9시 10분	빙크리스틴 항암제 투여(부작용 없음).
오전 9시 30분	아드리아마이신(속칭 빨간약. 부작용 가려움).
오전 10시	엔독산(부작용 거의 없음. 코에서 매콤한 맛이 날 수 있음).
오전 10시 10분	코가 매워짐.
오전 10시 30분	리툭시맙 투여. 부작용이 제일 심함(열감, 오한, 두드러기 심함). 3시간 소요.
오후 12시 10분	머리, 귀, 등, 입안이 간지럽기 시작. 심하진 않음.
오후 12시 30분	가려움증으로 20분 투약 중단(심하진 않음).
오후 1시	리툭시맙 재투여.
오후 1시 30분	갑자기 엄청 졸림(항히스타민제 추가 투여로 인한 증상).
오후 2시 20분	어지러움증이 생겨 투여 속도를 200에서 100으로 줄임.
오후 2시 50분	투약 종료.

가려움과 어지러움으로 투약을 잠시 중단하기도 하고 속도를 늦춘 적도 했지만, 처음치고는 순조로웠다. 간호사도 그렇게 말했다. 무엇보다 노트북을 가지고 업무를 보거나 글을 쓰고, 친구들과 채팅을 한 것이 큰 도움이 됐다. 항암제 떨어지는 것만 보고 있으면 오히려 부작용이 더 심하게 나타난다고 한다. 마치 상상입덧같이. 다행히 R-CHOP에 예민한 몸은 아닌 것 같다. 물론 오늘 밤부터 어떤 지옥도가 펼쳐질지는 아직 모른다. 그저 담담하게 기다릴 뿐. 아무 고통 없이 지나가길 바라는 것은 도둑 심보일 테니 조금 약하게 부작용이 나타나길 기도한다.

용산역 전력질주 ——— 2023. 9. 13

1차 항암치료 첫날은 무척 힘들다는 이야기를 많이 들었다. 나는 환우 카페나 인터넷 게시판 글을 잘 안 보기 때문에 몰랐는데, 주변에서 찾아보고 알려주는 이야기가 그랬다. 내게 제일 힘들었던 것은 의외로 용산역 전력질주 사건이다.

항암치료가 끝나고 보험료 청구를 위한 서류를 챙겨서 병원을 나선 시간이 3시 50분. 익산행 기차는 4시 42분 출발이었다. 택시로 용산역까지 가기에 충분한 시간. 지하철을 타면 넉넉할 텐데 비도 오고 걷기가 불편해 택시를 잡아탔다. 그런데 웬걸 용산역 도착

예상시간이 4시 30분이었다. 뭔가 분위기가 싸했다. 그런 예감은 틀리는 법이 없다. 아모레퍼시픽 건물이 눈에 들어온 게 4시 31분. 용산역 앞 도로는 퇴근시간도 아닌데 꽉 막혀 있었다. 판단을 내려야 했다. 밖에는 비가 오는데 우산도 없다. 정상 컨디션이면 뛰어서 5분이면 갈 거리이지만 지금은 짐도 많고 아내도 챙겨야 한다. 여기서 기차를 놓치면 다음 기차는 한 시간 뒤. 게다가 서대전을 경유하는 기차라 익산역까지 두 시간이 걸린다.

막 항암제를 맞은 탓에 얼른 집에 가서 몸을 누이고 싶었다. 그래 내려서 걸어가자. 택시 요금을 계산한 시간이 4시 33분이었다. 아내에게 잘 따라오라고 하고 용산역을 향해 느린 달리기를 했다. 무거운 짐을 든 아내가 뒤처졌지만, 내 모습이 시야에 들어오게 유지하면서 계속 달렸다. 남은 시간은 4분. 용산역 앞 횡단보도에서 신호에 걸렸다. 머리는 비로 젖었다. 케모포트 시술 받은 자리를 에코백으로 잘 감싸고 달려야 해서 어쩔 수 없었다. 감기에 걸릴까봐 걱정이 됐다. 일단 기차를 탄 후 잘 말리고 버텨보자 생각했다. 신호가 바뀌고 역사까지 빠른 걸음으로 달렸다. 플랫폼에 도착했을 때 시간은 4시 41분. 역무원에게 기차표를 보이고, 지금 뛰지 못해서 그러니 기차에 탈 때까지 좀 봐달라고 했다. 예매한 13호차를 찾아서 올라탔다.

올라타자마자 기차가 출발했다. 자리를 찾아 앉았는데 현기증이 몰려왔다. 얼른 화장실로 가서 티슈로 머리에 묻은 비를 털고, 자리로 돌아왔다. 남은 물기를 작은 담요로 닦아내고 젖지 않은 쪽으로 몸을 덮었다. 에어컨을 켜둔 객실에서 담요를 덮고 그 안온함과 온기로 축 처진 몸을 진정시켰다. 공주를 지나칠 때까지 기억이 없을 정도로 시름시름 앓았다. 한 시간쯤 지나자 몸에 온기가 돌면서 손발저림도 사라졌다. 너무 무모한 짓이었다.

그래도 힘껏 달린 덕분에 내 체력의 한계 그리고 손발저림을 막기 위해서는 걷기 운동이라도 꾸준히 해야 한다는 것을 깨달았다. 아, 외출할 때는 커다란 챙모자와 우산도 필수. 이렇게 항암 환자 생활이 시작되는구나.

시작이 반 ———————— 2023. 9. 14

어제 첫 항암치료를 받고 피곤했는지 밤 10시 30분께 잠이 들었는데 새벽 4시 30분께 눈을 떴다. 노력해도 여덟 시간 수면은 어려운 것 같다. 낮에 한두 시간 낮잠을 자서 수면을 보충하는 게 나을 것 같다. 항암제를 투여 받은 뒤 나타난 증상은 가짓수가 많지는 않았다. 울렁거림, 두통, 약간의 변비 정도. 속이 메슥거린다고 해야 하나. 꼬불꼬불 산길을 고속버스 맨 뒷자리에 앉아 타고 가는 느낌이다. 어떤 분은 속을 다 게워낼 정도로 구토가 심하다고 하는데, 저녁을 먹고 구토방지제를 먹어서인지 아직은 괜찮다. 항암치료 이튿날에도 강한 부작용이 온다는데, 요양병원에 입원해 잘 지켜봐야겠다.

일단 잠이 들면 깊게 자서인지, 부작용이나 통증으로 깨지는 않았다. 몸을 뒤척이긴 해도 크게 부대끼는 느낌은 없었다. 새벽에 잠을 깬 뒤로 울렁거림이 좀 심해졌지만 참을 만했다. 물을 마시고 싶었는데 물에서 비릿한 맛이 느껴져 토할 것 같아 못 마셨다. 물도 많이 마셔야 하고 소변도 참으면 안 된다고 하니, 배뇨감이 있을 때 물을 마시고 화장실에 다녀왔다. 뒤척이느니 앉아 있는 게 편해서 노트북을 켜고 식탁 앞에 앉았다. 어제부터는 아내가 내 상태를 살펴야 해서 호수와 단이가 제 방에서 잤다.

암에 걸리고나서는 내 몸의 소리에 귀를 기울이게 되었다. 이전에는 몸을 함부로 사용했다. 베이징에서 북한 취재를 할 때는 베이징 공항에서 하루 열다섯 시간씩 서 있었고, 김정은 북한 국무위원장이 방중하면 하루 24시간 동행 취재를 해야 하니 잠을 거의 자지 못했다. 압록강철교가 내려다보이는 단둥의 호텔에서도 카메라 장비를 켜두고 낮은 소파에 앉아 구부정한 자세로 밤을 지새웠다. 미중 무역전쟁이 났을 때는 워싱턴 특파원들이 출근하는 밤 12시까지 내근을 하며 상황을 봤다. 정말 살인적인 스케줄이었다.

그래도 그때는 재밌어서 일했다. 기자로서 큰 기사를 쓴다는 것이 그렇다. 잼버리 때 함께 취재한 후배들에게 "베이징은 매일매일 365일이 잼버리 같아."라고 말한 적이 있다. 후배들은 잼버리 취재팀의 기사로 사내 특종상과 한국기자협회 이달의 기자상에 출품했다고 한다. 후배들에게 좋은 선물을 준 것 같아서 취재팀장으로서 뿌듯하다.

　이제는 베이징에서 일했듯, 잼버리 때 일했듯, 내 몸에 대해 알아갈 시간이다. 사소한 것 하나도 기록하고, 정리하고, 분석해서 최대한 내 골반과 림프절에 있는 암 덩어리들을 사라지게 만들어야지. 목표는 내년 2~3월부터 제주도도 가고 교토도 가는, 여행 겸 휴양을 다니는 것이다. 그러기 위해서는 건강해져야 한다. 이제 막 1차 항암치료를 끝낸 3기 암 환자 주제에 꿈이 야무지다. 원래 시작이 반 아닌가, 1차 항암치료를 했으면 3차쯤 왔다고 생각하지 뭐.

　어제 익산역에 세워둔 차를 타고 집으로 돌아오는 길에 아내에게 신신당부한 게 있다. 아내는 늘 걱정이 앞서고, 나는 늘 꿈이 앞서는 사람이다. 때로는 아내의 비관론이 때로는 나를 지치게 하지만, 내가 너무 막 나가는 것을 막아주기도 한다. 하지만 암은 다르다. 계속 희망가를 불러야 내가 힘을 받고 앞으로 나아간다. 내가 "금방 나아, 금방 나을 거야." 할 때마다 아내는 "그래도 조심해. 그런 말 하면 꼭 부작용 온다."라며 걱정 어린 말을 한다.

　차에서 아내에게 진지하게 말했다. "예전에는 당신이 그런 말을 하면 '그래, 그 말도 맞지.' 하고 붕붕 뜬 마음을 다스렸는데, 이제는 그렇게 말하면 당신 말이 실현될 거 같아 기운이 빠져." 아내는 그제서야 자기가 어떤 말을 뱉고 있는지 알았나보다. 내가 스스로를 응원하는 순간마다 날아드는 비관의 말을 받기에는 이제 내 감정과 체력이 부족하다. 옆에 있는 사람이 내가 그런 말을 할 때 "그래 맞아, 낫고말고." 하면서 맞장구를 쳐줘야 내가 나을 거 같다.

이제 다른 사람의 도움이 필요한 시기다. 항암치료를 한 날은 혼자 걷기도 힘들 정도라 어쩔 수 없다. 나도 남에게 도움 청하는 것에 익숙해져야 하고, 가족과 지인들도 나를 위로하는 데 익숙해져야 한다. 미안한 일이지만 조금 뻔뻔해지기로 했다.

요양병원   ——————— 2023. 9. 15

어제 집에서 나와 한방병원에 입원했다. 항암치료 후 이틀 차가 가장 힘들다고 하는데, 어제의 컨디션은 나쁘지 않았다. 요양 생활을 견디기 위해 꽤 인기를 끌었다는 드라마를 추천 받아 봤다. 낮에 고압산소 치료를 받으며 낮잠을 조금 자서 그런지 자정이 되기 직전에야 TV를 끄고 잠자리에 누웠다. 예전 같으면 밤을 새워 봤겠지만 이제 그런 짓은 하지 않는다. 절제력을 길러야 몸도 빨리 낫는다는 것을 이제야 깨닫고 있다.

요양병원 생활은 걱정 반 기대 반이다. 1차 항암치료 때는 서울 쪽 요양병원에 자리가 없어 전주에서 요양을 하기로 하고 미리 알아둔 한방병원에 입원했다. 암 환자 전문 요양병원이긴 하지만, 문을 연 지 얼마 안 되는 곳이라 조금 걱정이 되었다. 막상 와보니 병원장부터 양방 원장, 간호사들, 영양사를 비롯해 모든 직원이 친절하고 잘 대해준다. 입원 절차를 밟을 때 진료도 봐야 하고 서류도 작성해야 해서 바쁘긴 했지만, 오후 치료 일정은 좋았다.

내가 쓰는 방은 동쪽과 북쪽으로 창이 시원스레 나 있다. 원래 다른 암 환자가 쓰고 있었다는데 서울로 입원 치료를 갔다고 했다. 해도 잘 들어오고, 동쪽 창으로 내가 매일 산책하던 삼천이 앞으로 보인다. 북쪽 창으로는 건너편 아파트 놀이터가 보여 사람 냄새가 느껴져 좋다. 병원 1층에 요구르트 맛집이 있어서 입맛이 없을 때 내려가서 먹기도 좋다. 서울 요양병원은 2차 항암치료 후 입원할 예정인데 둘을 비교해본 뒤 괜찮은 쪽으로 정하면 될 것 같다. 아마도 첫날 바로 내려오기가 힘드니 서울에서 한 주, 전주에서 한 주, 이렇게 지내지 않을까.

요양병원 생활은 생각보다 유쾌하다. 아니, 그렇게 보내려고 노력하고 있다. 오후 진료를 받고나서 고압산소 치료를 받았다. 전에 피부과 치료를 받을 때도 고압산소통에 들어가본 적 있다. 들어가 누워 있으면 답답하긴 한데 SF영화에 나오는 수면캡슐 같다고 생각하면 버틸 만하다. 아마 폐소공포증이 있는 사람은 이 치료를 받지 못할 것 같다. 그래도 효과는 좋다. 50분 정도 치료를 받으면 귀가 먹먹한 것 말고는 회복에도 도움을 주고, 활성산소도 제거해주는 기특한 녀석이다.

고압산소 치료를 받은 뒤에는 도수 치료를 받았다. 골반에 암이 들어차 있어 자칫 무리를 하면 골절 위험이 크다. 실력이 좋은 치료사이기를 기도했다. 다행히 아주 훌륭한 치료사를 만났다. 60분간 수다와 힐링의 시간. 치료사에게 진로 상담(?)을 해주고 대신 암 때문에 휘어버린 내 척추 상담을 받았다.

요양병원은 입원비 외에 고농도 비타민제나 면역강화제 등을 주사함으로써 수익을 올리는데, 혈액암은 그런 것을 맞기 어렵다. 다행히 이 요양병원 원장은 그런 눈치를 주지 않고 편하게 하고 싶은 것만 하라고 말해주었다. 그래도 미안한 마음에 항암치료 끝난 후에라도 먹으려고 면역 강화 경구약 몇 가지를 신청했다. 그런데 도수 치료를 받고는 그런 고민이 사라졌다. 매일매일 도수 치료를 받으면 되니까.

도수 치료를 받고나서 저녁을 먹었다. 낮에는 연포탕이 나오더니 저녁에는 프랑스식 해물 요리가 나왔다. 이곳의 영양사는 대단한 손맛의 소유자인가보다. 항암치료를 받은 후 입맛이 떨어져 억지로 욱여넣다시피 먹으려고 노력하지만 그때마다 구역질이 일어 힘들다. 그래도 나으려면 먹어야 한다는 암 환자 선배들의 조언을 전적으로 따르고 있다. 이곳의 음식은 그런 걱정을 조금 덜어준다. 입맛이 없어도 몇 숟가락이라도 밥을 뜨게 만든다. 특히 개운하게 입을 헹궈주는 국이나 부드러운 죽, 신선한 과일 디저트가 좋다.

밥을 먹고 병원 바깥으로 나가 삼천을 잠깐 걸었다. 늘 걷던 곳이라 호수, 단이 생각이 났다. 집까지 쭉 걸어가볼까 했는데 10분도 못 걷고 체력이 바닥났다. 무리하지 말자 생각하며 병원 근처 산책로만 돌다가 병원으로 돌아오는 길에 요구르트 맛집에 들러 만 원짜리 요구르트를 먹었다. 토핑으로는 역한 입안을 씻어주는 오렌지와 골든 키위. 아, 항암치료 이후 먹은 것 중 제일 맛있다!

병원으로 돌아와서는 피부 관리를 받았다. 암 환자들은 항암제 때문에 피부가 매우 건조해진다. 나 역시 그랬는데, 요양병원에서 피부 관리 서비스가 1회 제공된단다. 잼버리 취재부터 시작해 암 진단 소용돌이에 빠져 피부과 못 간 지가 두 달이 넘었다. 피부관리사의 손길에 잠시 천국을 다녀왔다. 관리를 받으며 관리사와 이런저런 이야기를 하다보니 금세 한 시간이 지났다. 관리사가 강조한 암 환자 피부 관리법은 보습, 보습!

방으로 돌아와 어제 보던 드라마를 재생시켜놓고 이 사람 저 사람과 통화를 했다. 부모님과도 통화하고, 전주KBS 이종완 선배한테 전화해 전북기자협회와 이 한방병원의 협력 방안을 찾아볼 수 있는지 물어봤다. 이 와중에 일가친척과 지인의 민원 상담까지 했다. 바쁘게 하루를 보내서 그런지 가장 힘들다던 이튿날이 무사히 지나갔다. 요양병원이 아무리 좋아도 아이들이 없으니 허전하다.

가족의 굴레 ——————— 2023. 9. 16

오늘은 통 잠을 못 잤다. 네 시간 정도 잤을까. 뒤척이다, 자다, 깨다를 반복했다. 오른쪽으로 누우면 케모포트를 이식한 자리가 신경 쓰이고, 왼쪽으로 누우면 림프종이 있는 골반이 압박을 받아 신경이 쓰인다. 반듯이 누우면 잠이 잘 안 온다.

방에서 주로 쉬다가 저녁에 잠깐 산책하러 나갔는데 15분 만에 숨이 차서 돌아왔다. 항암치료 2일 차가 가장 힘들다는데, 나는 오히려 3일 차인 어제가 더 힘들었다. 어제 하루 종일 혈압이 140~160을 유지하면서 컨디션이 떨어졌다. 그래도 다른 환자들의 후기를 전해 들은 것에 비하면 훨씬 견딜 만한 것이, 체력이 올라온 상태에서 암 진단을 받았기 때문인 듯하다. 체중도 68~71킬로그램을 유지하고 있다. 보통 일주일 만에 2킬로그램 이상 빠진다는데 울렁거려도 꾸역꾸역 음식을 욱여넣은 보람이 있다.

어제는 이종완 선배가 병원에 다녀갔다. 기자협회 모금 이야기도 해주고, 내가 주선한 한방병원과의 협력에 관한 미팅도 하고 갔다. 생각보다 모금액이 많다며 "김 부장, 김 부장이 그래도 잘 살았나봐."라고 말해주었다. 액수가 문제겠나. 기운 내라고 그리 말씀하셨다는 것을 잘 안다. 교육청에서 함께 근무한 것은 얼마 되지 않았지만, 다정하게 챙겨주는 선배에게 감사할 따름이다.

잠을 잘 자지 못한 것은 가족들과 작은 트러블이 있어서다. 가족들이 걱정할까봐 입안이 헌 것이나 울렁거림 때문에 식사하기 어려운 내색은 하지 않았다. 대신 이종완 선배가 다녀간 일, 승만 선배 장모가 같은 병원에 입원한 일 같은 소소한 이야기를 가족 단톡방에 농담처럼 던지면서 멀쩡한 척했다.

내가 너무 티를 안 낸 것이 문제였을까. 아내가 "단이 때문에 힘들어 죽겠다."는 말을 단톡방에 올렸다. 그제도 그런 이야기를 해서 내가 아이들과 아내를 힘들게 해서 미안하다고 말했다. 단이는 내가 없으면 불안해하기 때문이다. 평소라면 아내를 한 번 더 달랬을 텐데, 어제는 나도 힘이 들어 "단이 힘들어하니까 영어학원 끊어."라고 싫은 소리를 했다. 그 말에 기분이 상했는지 아내는 "그럼 내가 끌어안고 공부까지 시켜야 하느냐?"고 받아쳤다. 여태 잘 참아왔는데, 많이 힘들었나 싶어 다시 잘 달래고 넘어갔다.

문제는 그다음에 터졌다. 집에서 사용하는 인터넷 속도가 느려 통신사에 인터넷 속도를 올리는 서비스를 신청했다. 오늘 속도 테스트 문자가 와서 처남과 처제에게 퇴근 후 우리 집에 들러 컴퓨터로 속도 체크를 좀 해달라고 부탁했다. 아내는 컴퓨터를 잘 다루지 못하는 데다 내가 노트북을 병원에 들고 와 집에는 컴퓨터도 없다. 처남이나 처제 중 한 명이 우리 집으로 노트북을 들고 가 인터넷 속도를 체크해줬으면 해서 낮에 미리 문자를 보내 부탁한 것이다. 그런데 도와주기로 했던 처남이 노트북만 아내에게 건네주고 갔다는 것이다. 그 얘기를 듣는 순간 그간 쌓였던 감정이 갑자기 올라왔다.

집짓 침착한 척 단톡방에 글을 올렸다. "내가 몸이 안 좋아 누나가 많이 힘들 거라고, 당분간만 좀 도와달라고 몇 번이나 말했잖아. 그거 한번 해주는 게 그렇게 힘들었어?" 아내에게도 한마디 했다. "단이가 짜증을 내도, 그래도 잘 지낸다고 말해줘야 내가 마음이 편할 거 아니냐. 그제부터 너무 마음이 쓰인다. 이제 딱 사흘 지났는데, 벌써 이러면 내가 어떻게 편히 치료할까."

아내도 쌓인 게 있었던지 "아프면 아프다고 말을 해야지."라고 했다. 암 환자가 계속 아프지, 아프다고 말을 해야 아나 싶어 또 화가 났다. "앞으로 집에 택배 온 거 가져다줄 때만 병원에 와. 골육종 아니라니까 다 나은 사람 같아?"라고 쏘아붙였다.

처제랑 처남에게도 "이런 소리 듣기 싫으냐? 금요일이라 놀러 다니는 게 더 중요해? 처음 몇 달만 좀 신경 써주는 게 어렵니? 누나한테 전화해서 힘든 거 없냐고 물어보고 좀 도와주는 게 힘들어? 나중에 힘든 일 당해봐라. 가족밖에 없어, 이 녀석들아."라고 마음에도 없는 소리를 하고 휴대전화를 껐다.

나중에 처제가 미안했는지 단톡방에 장문의 글을 올리며 사과했다. 처제의 사과에 화가 조금 누그러들었지만, 서운한 감정은 지울수 없었다. 한 달도 아니고 겨우 사흘째인데, 이래서야 내가 마음 편히 치료에 전념할 수 있을까? 항암치료 시작하기 전 제일 먼저 아내에게 당부한 게 지치지 않게 체력 관리 잘하고, 나보다 아이들한테 더 신경 써달라는 것이었다. 다른 가족들에게도 아내를 잘 도와달라고 부탁했다.

가족들이 잘 버텨주는 걸 전제로 해야 내 치료에 집중할 수 있을 텐데, 사흘 만에 사달이 나니 힘든 몸에 마음까지 지쳐버린다. 내심 이번 기회에 가족들도 내가 감당하던 무게가 얼마나 무거운지 느끼고, 나도 내가 몸 관리를 못 하면 가족들이 얼마나 힘들게 될지 깨닫는 계기가 되기를 바랐다. 너무 이상적인 생각이었을까. 현실은 더 냉혹하고, 참담했다. 단 사흘. 이게 우리 가족들의 인내심이었다.

새벽에 뒤척이는 와중에 성경 속 두 장면이 떠올랐다. 하나는 신의 아들로 거듭나기 위해 공생애를 떠나는 예수님이 부모인 요셉과 마리아에 대한 애정과 가족으로서 천륜을 거슬러야 하는 상황에 고통스러워하는 모습이었다. 또 하나는 사람을 낚는 어부가 되라는 예수님의 부름에 베드로가 처자식과 장모를 두고 떠나는 장면이었다. 가족의 굴레를 벗어던지는 것은 예수님에게도, 믿음의 화신 베드로에게도 쉽지 않은 일이다. 내가 서운했던 것도 가족에 대한 기대와 애정 때문일 것이다.

한참 묵상을 하는데 이런 응답이 들려왔다.

"네가 가족의 굴레에서 벗어나지 못하는 것은 네가 온전히 서지 못했기 때문이다. 너는 가족을 통해 자기 존재를 입증하려 하고, 그런 역할을 해야만 쓸모 있는 사람이라고 느낀다. 네가 가족의 굴레를 떠나서 홀로 온전히 섰을 때 비로소 가족들도, 너도 온전히 바로 설 수 있다."

맞는 말이었다. 어쩌면 가족들이 이렇게 된 것도 뭐든 해주려 했던 과거의 나 때문일 수 있다. 이번에 투병을 마치고나면, 나를 찾는 여행을 떠나볼 생각이다. 교토든 산티아고든 제주도든 떠나볼 생각이다. 아이들에게 미안하고, 아내에게 미안하고, 가족들에게 미안하지만, 내가 바로 서지 않으면 나는 다시 아플 것이다. 그러면 가족들도 이 고통을 또 겪어야 한다. 이 굴레를 끊어야만 나도 살고, 가족들도 산다.

살얼음　　　　　——————　　2023. 9. 17

　어제 잠을 못 자서 그런지 오늘은 반강제(?)로 다섯 시간을 잤다. 이틀 연속 혈압이 140대에서 머무는 바람에 머리가 아프고 열도 나서 잠자리가 편치 않았다. 암 덩어리 때문에 뒤틀어진 척추를 맞추기 위해 도수 치료에서 배운 대로 반듯이 누워서 자야 하는데, 일단은 자는 게 중요하니 평소대로 옆으로 누워 잤다. 골반에 좀 무리가 와도 어쩔 수 없다. 아침에 일어나니 하중을 받아서 그런지 암이 있는 부위가 시큰하긴 하다. 그래도 잠이냐 통증이냐를 두고 선택해야 한다면 잠일 것이다. 나는 통증에 강하고 혈압에 약하니까.

　항암치료 사흘 만에 대변을 봤다. 축하할 일 맞다. 약을 워낙 많이 먹고 있어서 최대한 변비약을 먹지 않으려 했는데 버틸 수가 없었다. 내 소화기관의 상태는 이렇다. 위의 능력이 떨어져 대충 소화된 음식물이 장으로 들어간다. 그러면 장에서 이 애매하게 소화된 음식물을 설사든 무엇으로든 내보내야 하는데, 장도 기능이 떨어져 붙들고 있다. 음식물이 부패하면서 배 안에 가스가 가득 찬다. 더부룩한 느낌과 함께 장기가 긴장해 통증이 온다. 암 환자는 변비를 잘 관리해야 한다는 이유를 이제 알겠다. 약간의 스트레스만으로도 호중구 수치가 올라간 것을 보면 배변 스트레스 관리도 항암치료에서 중요한 요인이다. 그래도 첫 배변으로 경험치를 쌓았으니, 이제 어떻게 대처하고 어떻게 준비하면 되는지 알았다. 1차 항암치료이니 뭐든지 배우고 익히면 된다.

낮에 가족 단톡방에 사진 하나가 올라왔다. 고가의 로봇청소기 사진이었다. 처남이 아내를 위해 로봇청소기를 주문한 모양이다. 손이 느려 설거지와 빨래를 하다보면 청소는 밤늦게 하게 되는 누나가 안쓰러워 보였나보다. 말단 공무원이 가격이 한 달치 월급에 육박하는 비싼 청소기를 사서 보낸다는 게 어떤 의미인지 잘 안다. 어제 무심하다고 잔소리를 한 게 미안해졌다. 초등학교 1학년 때부터 팔베개하여 재우던 녀석인데, 언제 저렇게 컸는지.

연애 초기 전주에서 과외를 하던 나는 막차를 타고 집이 있는 익산으로 돌아갔다. 가끔 시간이 늦으면 여자친구네서 자고 출근하기도 했다. 처가 다섯 식구에 할머니까지 대가족이 사는 예비 처갓집에 가서 잠을 잔다는 게 지금 생각해도 대단한 넉살이긴 했다. 쑥스러움보다는 전주-익산 왕복 5,400원 시외버스 차비가 아쉬웠던 때였다. 내가 여자친구네서 잘 때마다 처남은 작은 누나 방을 차지하고 나와 함께 잤다. 처남은 장인어른 마흔한 살에 낳은 늦둥인데도 어릴 때 잠시 가세가 기울면서 애정을 별로 못 받고 자랐다. 자기와 놀기에는 누나들은 다 커버린 데다(아내보다 열 살, 처제보다 여섯 살 어리다), 가끔 같이 놀아봐야 남매지간에서 오는 괴리감이 컸을 것이다. 그래서 내가 자고 가는 날이면 처남은 나랑 밤늦게까지 놀다가 꼭 내 팔베개를 하고 잤다. 예나 지금이나 애들 예뻐하는 내 눈에는 처남이 참 귀여웠는데, 이제는 다 컸다고 내 말도 안 듣는다.

청소기 사진을 보고 뭐라 할 말이 없었다. 내가 어제 왜 그랬을까, 조금만 참으면 됐을 텐데. 처남은 얼마나 속상할까. 자기 딴에는 신경 쓴 건데 매형한테 혼이나 나고. 이게 다 내가 아파서 그런 거구나, 내가 안 아팠으면 일어나지 않았을 일이다…… 이런 후회가 또 밀려왔다. 하지만 몸도 안 좋은데 부정적인 생각을 하면 더 안 좋아질까 봐 얼른 마음을 추스르고, 어제 처제 문자 이후로 조용해진 단톡방에 글을 남겼다. "돈도 없는데 뭐하러 저런 걸 사. 이런 건 형이 알아서 할 테니까. 처남은 시간 날 때 호단이랑 한 번씩 놀아줘."

5분 뒤 처남이 "응."이라고 답을 줬다. 한 마디 하면 열 마디 하는 녀석인데, '응' 한 마디만 한 걸 보면 자기도 꽤 미안했던 모양이다. 그 미안함이 전해져 마음이 짠했다.

어제 같은 일은 왜 일어난 걸까. 아마도 현실에 대한 인식 차이 때문일 것이다. 주변에 암 환자가 있다면 알겠지만, 한 다리 건넌 사람이 암에 걸리면 "아이고, 그 젊은 나이에 어째!" 정도가 끝이다. 안타까움. 가까운 사이면 "내가 뭐 도와줄 게 있을까?" 정도다. 연민과 동정. 그리고 환자가 가족이라면 "이를 어쩌나, 왜 우리 집에 이런 일이. 우리 ○○ 불쌍해서 어떻게 해."가 된다. 어느 정도의 공감과 슬픔. 그런데 자신이 암 환자가 되면 블랙아웃 뒤 후회, 슬픔, 두려움, 미안함이 밀려온다. 그것도 쓰나미처럼 밀려온다. 여기서 넘어져 엉엉 우는 암 환자가 있는가 하면 묵묵히 물살을 견디며 버티고 서는 암 환자가 있다.

암 환자 자신이 느끼는 감정 중 가장 큰 것은 가족들에 대한 미안함이다. 그다음은 두려움이다. 슬픔은 아무것도 아니다. 후회는 자신에 대한 원망일 뿐이다. 어제 내가 화를 낸 것은 미안함과 두려움 때문이었다. 한창 달달할 연애를 하며 내년 4월 혼인날을 잡은 처제에게 금요일 저녁은 주중 떨어져 지낸 예비 남편을 만나는 귀중한 시간이다. 이제 막 30대가 된 불나방 같은 처남은 불금에 친구들을 만나야 한다. 그 소중한 시간에 조카들과 누나를 챙기러 온다는 것은 쉽지 않은 일이다. 그런데 내가 아프니 그런 일상이 다 틀어졌다. 그게 너무 미안하면서도 아내의 힘들다는 투정에 '그거 좀 못해주나.' 하는 감정이 불쑥 솟아오른 것이다.

시작은 화보다는 미안함이었다. 내 잘못으로 인해 남에게 피해를 주고 있다는 미안함이다. 가족의 삶을 온통 뒤흔들어버린 무책임한 내 행동들. 이제는 돌이킬 수 없게 된 내 잘못된 선택들. 쏟아진 컵 속의 물과 그 컵마저 깨질까봐 조심조심 붙들고 있는 손. 그게 내가 느꼈던 화의 근원이다.

또 한 가지 차이는 환자 자신과 타인이 느끼는 암에 대한 두려움의 크기다. 1차 항암치료는 그렇다. 아니, 2차 항암치료 때도 그럴 것이다. 나는 상상으로 앞으로 겪을 고통을 체화하는 것을 좋아하지 않는다. 그래서 림프종 환우 카페고 뭐고 단 한 번도 들어가보지 않았다. 내가 알고 있는 림프종에 관한 정보는 주치의가 말해준 것, 상담 간호사가 말해준 것, 가족과 지인들이 찾아봐준 것이 전부다. 너무 많이 알면 내 뇌가 나를 그 고통으로 끌고 갈 거 같아서다. 그래서 항암제가 처음 몸에 들어가면 어떤 변화가 일어나는지에 대해서도 잘 모른다. 사람마다 반응이 다르다고도 한다. 그저 순간순간 내 몸을 관찰하고 집중해서 내게 나타나는 부작용이 무엇인지를 몸소 느끼고 있다.

그제부터 몸에 열이 오르니 상담 간호사가 알려줬던 이야기가 떠올랐다. 열이 오르면 백혈구와 호중구 수치가 떨어진 것일 수 있으니 주의해야 한다. 이런 현상이 두 시간 이상 지속하면 응급실로 가서 백혈구 주사를 맞아야 하는데, 이러면 항암치료 스케줄에 영향을 줄 수 있다. 항암제 부작용이 나타난 경우에는 항암제를 바꿔야 한다. 15년간 취재 판에 있어서인지 그 빠른 상담 간호사의 말이 토씨 하나 틀리지 않고 머릿속에서 재생됐다.

이런 상황에서 아내가 단톡방에 올린 단이에 대한 걱정과 인터넷 속도 체크 문제가 나를 자극했다. 나는 열 하나에도 전전긍긍하고 있는데, 왜 이런 말을 나 들으라고 하는 걸까 하고 화가 났다. 지금 나는 미지의 길을 걷고 있다. 내가 한 번도 가본 적 없는 길이다. 여기서 삐끗하면 나는 사랑하는 사람들을 다시는 만날 수 없을지도 모른다. 마치 가느다란 실에 힘겹게 매달려 있는 가오리연과 같다. 조금만 바람이 세게 불어도, 나뭇가지에 걸려도, 지나가던 사람이 툭 하고 실패를 치기만 해도 나는 힘없이 날아가버리는 연이다.

아내가 받는 육아 스트레스가 미안하고, 처제 처남의 일상을 망친 것이 미안하고, 단이의 틱이 걱정되지만, 내 몸속의 열 1도에도 나는 다 남겨두고 떠날 수 있다. 아주 완벽하고 빈틈없이 모든 것을 해내야 겨우 붙잡을 수 있는 나의 일상이 그냥 무심한 손길 한 번에 다 날아가는 것이다. 마치 살얼음판을 걷는 아이처럼, 나는 그런 상태다.

이런 마음을 아무한테도 말하지 못하는 것은 내가 이런 마음이라는 것을 알면 더 힘들어할 사람들을 위해서다. 그들이 일상을 잘 살아줘야 내가 산다. 이 마음 하나로 버티고 또 버틴다. 나는 살얼음 위를 걷고 있다. 조금만 더 가면 두꺼운 얼음이 나를 받쳐줄 것이다. 조금만 버티고, 내딛자. 잠들기 전에 '내일 아침 눈 뜨면 천국이면 좋겠어요.' 기도하던 20대의 나는 이제 없다. 나는 가느다란 실을 꼭 붙잡고 하늘 속을 날고 있다.

한 달째   ———————   2023. 9. 18

암 진단을 받은 지 한 달. 오랜만에 잠을 푹 잤다. 일곱 시간도 넘게 잔 거 같다.

　진단을 받고, 주변에 알리고, 여러 검사를 받고, 최종진단을 받고, 병명이 바뀌고, 새로운 희망이 생기고, 주변의 도움을 받고, 1차 항암치료를 받고, 부작용을 겪고…… 이 과정에 한 달이 걸렸다. 진단부터 확진, 1차 항암치료까지, 암 환자 중에서도 가장 빠르게 진행했다고 해도 과언이 아닌 나도 이 정도인데, 다른 환자들은 이 긴긴 시간 얼마나 잠 못 이루며 힘들어했을까. 이것은 다른 환자들을 격정해 내가 착해 보이려고 쓰는 표현이 아니라 동지애 같은 그런 감정이다. 얼마나 힘들까.

　최종 진단을 받기까지 보통 두 달이 넘게 걸린다. 심지어 3급 병원에서 PET-CT를 찍기까지도 한 달 반이 걸린다. 내 경우는 골반에 골육종 3기가 예측됐던 상황이라 스케줄이 빨리 돌아갔던 것이니 예외다. PET-CT와 조직검사 결과를 받는 데에만 2주가 걸린다. 항암치료를 받고나서 나처럼 요양병원에 들어와 좋은 관리를 받는 사람도 있지만, 그렇지 못한 사람이 더 많을 것이다. 잠을 푹 자고 일어나 모처럼 맑은 머리로 노트북 앞에 앉아 이런 기도를 올렸다.

　주님, 저는 이미 충분한 사랑을 받았습니다. 저 씩씩하고 튼튼한 거 아시죠. 저한테 쏟아주신 사랑과 위로를 지금 이 시간 다가올 고난에 두려워하고 있을 다른 환자와 가족들에게 부어주세요. 저는 이미 충분히 받았습니다. 이제 혼자 힘으로 잘 해내보겠습니다. 이미 제 옆에 계심을 알고 있습니다. 저보다 연약하고 힘든 자 곁에 거하시고, 저에게는 눈길만 보내주셔도 안심하겠습니다. 항암치료를 견디는 튼튼한 육체 주시고, 의지 주시고, 굳건한 믿음 주심을 감사합니다. 전신갑주를 두르고 나아갈지니 6차 항암치료 끝나고, 언제가 될지 모를 완치의 날까지 지난 한 달간 제가 겪었던 모든 은사를 꼭 기억하겠습니다. 아멘.

이게 입덧이구나 ——————— 2023. 9. 18

어제는 오랜만에 푹 자고 일어나 아침에 속이 좀 괜찮기에 구토방지제를 먹지 않았다. 무슨 자신감이었을까. 내 소개로 같은 병원에 입원한 승만 선배의 장모를 모시고 아침을 먹으러 식당으로 갔다. 가서 음식을 뜨자마자 구역질이 올라왔다. 나보다 더 기수가 높은 암 환자인 승만 선배 장모가 식사를 하셔야 해서 참고 앉아 있었지만, 견디기 힘들 정도로 속이 계속 울렁거렸다. 그나마 입에 맞는 누룽지를 한 숟가락 떠서 입에 욱여넣었다. 조금 속이 진정됐다. 에그 스크램블이 나와서 한 숟갈 집었다. 코 근처로 가져오니 다시 속이 울렁거리기 시작했다. 다행히 선배 장모는 잘 드셨다. 식사가 끝날 때까지 애꿎은 누룽지만 뒤적거리며 기다렸다. 식사가 끝나고 선배 장모를 병실에 모셔다드린 뒤 방으로 돌아와 보이차를 한 잔 우려 마시며 속을 진정시켰다.

아침에 먹지 않았던 구토방지제를 얼른 삼켰지만, 한번 시작된 입덧은 그칠 줄 몰랐다. '아, 이게 입덧이구나.' 연년생 아들을 낳은 아내에게 미안한 마음이 들었다. 막내 기자 시절 일에 푹 빠져서 일 년 열두 달 집에 일찍 간 날을 손에 꼽을 정도였는데, 이런 입덧을 혼자 견뎠겠구나.

구역질은 점심까지 이어졌다. 그때 내 머릿속에 떠오른 음식이 있었는데 바로 삼삼국수. 전주 제일의 잔치국수집인 삼삼국수의 가는 면발과 멸치내장 냄새가 안 나는 맑은 육수 그리고 신 김치. 그걸 먹으면 이 울렁거림이 가실 것 같았다. 점심때는 혼자 병원 식당에 가서 식사를 시도했다. 구토방지제도 정확히 30분 전에 챙겨 먹었겠다, 기대를 가지고 음식을 뜨는 순간 토기가 올라온다. 도저히 안 되겠다. 포기.

식사를 하는 둥 마는 둥 하고 방에 와서 누웠다. 아니 눕지 못하고, 책상 앞 의자에 앉아 보지도 않는 TV를 틀어놓았다. 항암치료를 시작한 뒤로 아침에 투병일기 쓰는 것 아니면 머리 쓰는 일을 거의 하지 못한다. 친구들과 한담도 겨우 하는 수준이다. 울렁거림이 가실 때까지 그렇게 멍하니 앉아서 속을 달랬다. 아침에 남겨둔 보이차를 홀짝홀짝 마시면서 호수 어릴 때 잠투정하던 것 달래듯 속을 토닥토닥 달랬다. 좀 있으면 아이들 보러 갈 시간인데, 계속 이래서는 가기가 어렵겠다. 호수와 단이 생각을 하면서 내 위와 장에게 간절히 빌었다. "나도 애들 좀 보자. 너네가 울렁거리면 내가 호수, 단이를 보러 못 가잖아. 애들 못 본 지가 벌써 나흘째다. 말랑말랑

한 단이 한번 안아보고 싶다. 탱탱한 호수 궁둥이 한번 두드려보고 싶다.” 주문을 외듯 배를 만지며 속을 달랬다. 그랬더니 거짓말같이 속이 진정됐다.

아내와 약속한 오후 3시 30분이 됐다. 집에 갈 채비를 하고, 구토방지제, 진통제, 위 보호제, 경구용 항암제를 챙겼다. 비니를 두고 가려다 아이들이 놀랄까봐 다시 병실로 올라와 제일 예쁜 카키색 비니를 눌러썼다. 귀를 가리는 것이 요즘 스타일이라기에 그렇게 쓰고 내려와 아내가 몰고 온 차에 올랐다.

집에 도착하니 호수와 단이는 TV를 보고 있었다. 무슨 소리를 들었는지, 낮인데 이미 목욕을 마친 상태라 머리가 물에 다 젖어 있었다. 보자마자 달려드는 단이를 안아주고, 쭈뼛거리는 호수의 엉덩이를 토닥여줬다. 암세포가 2개 정도 줄어드는 느낌이다. 울렁거림은 이미 이때 가셨다. 아이들만 봐도 가시는구나. 속으로 ‘아빠가 아파서 너무 미안해. 아빠 금방 나아서 돌아올게.’라고 말하고, 겉으로는 “누가 엄마 말 제일 안 들었을까?” 하고 물었다. 호수가 손가락으로 단이를 가리켰다. 단이는 틱이 조금 더 심해졌다. 전에는 새소리를 냈는데 이제는 염소소리를 내고 있었다. 마음이 너무 아팠다. 아빠가 없으면 항상 불안해하는 단이. 그래도 지금은 슬퍼할 때가 아니라 하루빨리 나으려 노력해야 하는 시기다. 애써 미안함을 누르고 단이에게 말했다.

“단아. 아빠 금방 나을 거니까, 단이도 엄마 말 잘 듣기로 한 약속 지키고 있어. 알았지?”

"어, 알았어. 근데 아빠 나 숙제도 잘하고, 그래. 그냥 학교에서 아침마다 수학 문제집 푸는 게 싫단 말이야. 나 학교를 그만둬보는 건 어떨까?"

"어, 그래. 학교 그만두고 저기 전주천 다리 밑에 가서 살면 되겠다."

"아아~~~ 싫어!"

"그래. 그럼 학교 가서 선생님 말씀 잘 들으세요. 나중에 아빠 낫는 약 개발하는 과학자 된다면서 수학을 그렇게 싫어하면 어떻게 하니?"

"맞아, 김단." 옆에서 보던 호수가 끼어들어 핀잔을 주자 두 비글의 육탄전이 시작됐다.

한참 아이들과 떠들고나니 다시 삼삼국수가 떠올랐다. 집에서 차로 5분 거리. 아내에게 부탁해 국숫집에 가자고 했다. 브레이크 타임이 오후 5시에 끝나니 가자마자 손님 없을 때 바로 먹을 수 있다. 소독된 식기를 챙겨 가는 게 제일 좋지만, 일단 가기로 했다. 가서 정수기 물로 소독해 먹으면 되니까.

삼삼국수에 도착해 잔치국수 2개, 냉국수 1개를 주문했다. 다시 속이 울렁거리지 않을까 걱정하며 면발을 한 젓가락 퍼 올렸다. 그래, 이 맛이야. 울렁거리던 속이 풀리면서 위에 얹혀 있던 음식물이 장까지 쑥 내려갔다. 면 추가까지 해 두 그릇 반을 먹고나서 국숫집을 나왔다.

집에 돌아와 아내가 낮에 준비해둔 치마살을 구워 먹었다. 구운

고기가 어찌나 먹고 싶었는지, 혼자 250그램은 먹은 것 같다. 처제가 이전 일로 미안했는지, 와서 채소도 씻어두고 고기도 구워줬다. 처남이 사준 로봇청소기 자랑을 하는 아내도 내 표정을 살핀다. 모두 내 눈치를 보는 듯해 그날은 나도 몸이 좀 안 좋아서 예민했다고, 다들 노력하는 거 안다고 말해주었다.

저녁을 먹고 잠깐 앉아 있다가 아이들 밥 먹는 것을 보고나서 병원으로 돌아왔다. 병원 두 블록 전에 차에서 내려 운동 삼아 걸어왔다. 병실에 가기 전에 하루 루틴대로 병원 1층 디저트 전문점에 들러 오렌지+멜론 토핑에 요구르트 아이스크림 100그램도 주문해 먹었다. 이 디저트가 병실 생활에 은근히 기쁨을 준다. 이제 이렇게 다섯 번만 더 하면 되려나. 시작이 반이랬으니까, 세 번만 더 한다 생각해야지. 힘내자!

밥 친구 —————— 2023. 9. 19

오늘은 잠을 네 시간 잤다. 잠을 잘 못 잔 원인은 설사였다. 어제 저녁에 병원 밥으로 장어구이가 나왔다. 매운 양념이 아주 조금 묻어 있는 장어구이였다. 양념 된 요리가 대부분 입에 안 맞아 반신반의하며 입에 넣었는데, 웬걸 맛있다. 아침과 점심 메뉴가 입에 안 맞아 대충 먹었던 터라 남아 있는 장어구이를 죄다 떠다 먹었다. 이게 화근이 되었다. 변비에서 벗어난 지 하루도 안 돼 설사의 위기를 맞았다.

매운 양념이 속을 죄다 긁어 더부룩하고, 장에서 소화가 안 되는지 화장실을 계속 들락날락했다. 그러다 언제 잠든지 모르게 잠이 들었다. 새벽 3시 30분에 눈을 떴는데 또 화장실행. 잠을 더 잘 수 없겠다고 판단하고, 누구 깨어 있는 사람 있는지 SNS로 말을 걸어봤다. 야행성 인간인 베이징 형이 마침 잠을 안 자고 있어 한동안 낄낄거리며 떠들었다. 그러자 속이 좀 괜찮아졌다. 문제는 잠이 부족해진 것. 7시에 구토방지제를 먹고 잠깐 눈을 붙였는데, 한 30분 지났을 때 전화벨이 울린다. 승만 선배 장모였다.

선배의 장모는 나 때문에 이 요양병원으로 오게 되었다. 선배 가족은 암의 기수도 높고 연세도 많은 장모를 가족이 가까이에서 살필 수 없는 요양병원에 모시는 것을 꺼리고 있었다. 그 사정을 듣고 내가 나섰다. 사실 나도 첫 항암치료라 내 상태에 자신이 없었지만, 선배의 장모를 옆에서 돕다보면 나도 더 움직이게 될 테니 병실에서만 우두커니 있는 것보다 나을 것 같았다.

선배의 장모지만 나도 그분을 아주 오래전부터 알고 지냈다. 그분은 10년 전쯤 전주혁신도시 인근에서 식당을 하셨다. 당시 승만 선배는 결혼을 앞둔 예비 신랑이었고, 나도 선배를 따라 그 식당에 자주 다녔다. 젊어서 사업을 하셨던 그분은 성격도 씩씩하고 시원시원하셔서 만나면 기분이 좋았다. 내 장모는 아니었지만, 딱히 달리 부르기도 뭐해 나도 그때부터 장모님이라 불렀다. 나중에 원래 하던 식당을 넘기고 자리를 옮겨 우리 집 근처에서 황태요리집을 여셨다. 이때도 주변 사람들과 함께 자주 식당을 찾았다. 그런 인연으로 종종 직접 담근 파김치도 보내주시고, 식당에 가면 맛있는 것도 내주시며 그렇게 지냈다.

지난달인가, 그분이 암 진단을 받았다는 이야기를 승만 선배한테 들었다. 병원을 좀 알아봐달라는 부탁도 받았다. 세브란스병원으로 가야 한다는 이야기에 아는 의사에게 연락을 해두고 선배가 부탁하면 언제든 예약을 넣을 준비를 했다. 이때만 해도 내가 선배 장모와 같이 항암치료를 할 줄은 몰랐다. 그 뒤로 2주쯤 지났을 때 나도 암 환자가 되었다. 물론 선배 장모보다 기수가 한 단계 낮지만, 골육종으로 알고 있었으니 비슷한 마음고생을 했을 것이다.

선배의 장모가 온 날부터 나의 병원 생활은 아주 조금 귀찮아지고, 아주 많이 활기가 생겼다. 그분과 삼시세끼를 같이 먹기로 약속하고, 나머지 시간에는 각자 병실에서 생활한다. 병실에서 이야기라도 들어드리고 싶지만, 내가 기운도 없고 감염에 취약해 어쩔 수 없다. 밤에는 귀를 그분 병실 쪽으로 열어두고 잠을 잔다. 어차피 잠이 잘 안 와서 선잠을 자니 크게 스트레스 받는 것은 없다. 첫날 선배 장모가 열이 올라 새벽에 그분 병실 문 앞을 두 번 다녀오기도 했다. 그래서 귀찮은 게 아니라 이런 처지에도 누군가를 챙길 수 있어 감사하다. 혼자였으면 밥을 몇 번 걸렀을 텐데 혹시라도 선배 장모가 끼니 거르실까봐 입맛이 없어도 모시고 가서 식사한다. 자연히 내 몸도 더 좋아졌다.

진단은 선배 장모가 먼저 받았지만, 항암치료는 내가 하루 먼저 받았다. 그래서 누구보다 그분 상태를 잘 안다. 그래서 형수와 처형(승만 선배의 처형), 나 이렇게 세 명이 단톡방을 하나 만들어 매일 아침 선배 장모의 상태를 알려주고, 응급상황이 생기면 전해주고 있다. 승만 선배는 몸도 아픈 놈이 뭘 그런 것까지 챙기느냐고 성화인데, 내가 좋아서 하는 일이다. 게다가 여태 얻어먹은 파김치가 얼마인가. 이 정도는 충분히 할 수 있다.

사실 내가 이러는 것은 승만 선배 때문이다. 삼차신경통 때문에 베이징 특파원 두 번째 임기 중간에 조기 귀임했을 때 선배가 내게 "너한테 딱 한 번 서운한 적이 있었는데 너는 알지도 못할걸."이라고 말한 적이 있다. 아무리 생각해도 모르겠어서 언제냐고 물었다. 선배와 나는 그동안 티격태격은 해도 싸워본 적이 한 번도 없었기 때문이다.

선배는 의외로 10여 년 전 이야기를 꺼냈다. 당시에 선배 아버지가 동네 사람한테 폭행을 당하는 사건이 있었다. 워낙 기골이 장대한 분이었기 때문에 무슨 큰일이야 있겠나 싶었다. 남원경찰서에 마침 아는 경찰 형님이 있어 상황을 파악하고, 선배한테 "괜찮다는대."라고 말한 적이 있었다. 그때 선배와 아버지 사이가 좀 서먹하던 시기였다. 선배는 내심 내가 본인 대신 나서서 처리를 잘 해줬으면 했나보다. 그런데 내가 '괜찮다는대.' 한 마디 하고 말았으니 많이 서운했던 것이다.

내가 중국에 있을 때, 우리 아버지가 전남에 요양하러 갔을 때,

내가 신장 수술을 받았을 때, 언제나 자기 일처럼 내 부모님과 가족, 그리고 나를 챙겨주던 선배였다. 서운했겠다 싶었다. 그래서 언젠가 내가 갚을 일이 있으면 꼭 갚아야지 하고, 그날 술자리에서 알게 된 선배의 서운함을 간직하고 있었다. 물론 선배는 내가 당신 장모한테 한 것은 갚은 것으로 쳐주지 않겠지만. 그래도 선배 장모가 계셔서 나도 활기가 생기고, 그분도 처음보다 기운을 차리신 것 같아 좋다. 그렇게 나는 70세 밥 친구와 함께 지내고 있다.

이 정도만 돼도 ──────── 2023. 9. 20

오늘은 여섯 시간을 내리 잤다. 새벽에 찬바람이 들었는지 배가 아파 눈을 떴다. 침대에서 일어나 화장실에 다녀오긴 했지만, 2주 차에 접어들면서 몸이 슬슬 회복되고 있다. 아니, 그렇다고 느끼고 있다. 무엇보다 장이 건강을 되찾았다. 위는 아직 모르겠다. 입 안의 구내염은 이미 완치. 이 정도만 돼도 살 만하다. 이 과정을 다섯 번만 더 반복하면 되겠지. 왜 다들 항암치료에 힘들어하는지 알 것 같다. 몸안의 분열이 활발한 모든 세포를 죽인 뒤 다시 살려내는 과정. 어르신들은 두 사이클만 돌아도 체력이 남아나지 않는다고 한다.

여섯 번 죽고 다시 태어난다 생각하자. 항암치료 마치고나면 내 몸도 부활한 것처럼 순백의 건강한 상태가 되겠지. 언제나처럼 묵묵히 또 침착하게, 그리고 눈빛을 잃지 않고 그렇게 가자.

기자 일 ——————— 2023. 9. 21

오늘은 다섯 시간 잤다. 수면 시간을 재다보니 '네 시간은 피곤, 여섯 시간 이상은 개운'이라는 법칙을 발견하게 됐다. 다섯 시간은 애매하다. 낮잠을 자든 저녁에 쪽잠을 자든 잠을 보충해야겠다. 어제부터 위도 슬슬 정상 컨디션으로 돌아가고 있다. 아직은 어림없지만, 이제 항암치료 한 지 일주일이 막 지난 것을 생각하면 좋은 회복 흐름이다.

항암치료를 해보니 평소 위가 약한 사람이 겪는 고통을 조금은 알 것 같다. 늘 이렇게 속이 더부룩하면 항상 먹는 것을 조심해야 하겠지. 여태 먹는 양에 대해서 고민해본 적 없는 나로서는 생경한 경험이다. 그간 마음껏 먹을 수 있는 건강한 위를 가진 것에 감사하게 됐다.

위가 회복되면서 먹고 싶은 것들이 계속 생겨난다. 뜻밖에도 가장 먹고 싶은 것은 중화요리. 그중에서도 짬뽕과 짜장면이 먹고 싶다. 사실 짬뽕이 너무 먹고 싶은데 지난번 장어구이를 먹고 탈이 난 뒤로는 매운 음식 먹기가 무섭다. 중식 전문가 김진방이 짬뽕 하나에

벌벌 떨다니. 이 상황이 아이러니하면서 재밌다. 그간 너무 막 살아온 탓이겠지. 뭐든 새로운 음식, 특이한 음식, 맛있는 음식이 눈에 보이면 입으로 집어넣고보는 주인 만나서 위가 그동안 너무 애썼다.

암에 걸리면, 특히 나처럼 3기 암 환자 정도 되면 자꾸 삶을 되돌아보게 된다. 이유는 딱히 없다. 혼자 있는 시간이 많고, 할 일도 없기 때문이다. 군대에서 근무 설 때와 똑같다. 나도 그렇다. 종일 앉아서 더부룩한 속을 부여잡고 할 수 있는 게 뭐가 있겠나. 옛날 생각하고 옛날 사진 보면서 추억에 잠기는 게 다다. 그렇게 손에서 놓지 못하던 유튜브도 두 시간쯤 보면 질려서 못 본다. 그러면 모듈 침대를 세우고 위액이 역류하지 않게 몸을 기댄 뒤 생각에 잠긴다.

내가 가장 많이 한 생각은 일에 관한 것이다. 내 출입처를 받은 채 두는 교육청 기사 잘 쓰고 있으려나, 농촌진흥청 기획을 다시 해야 할 텐데. 기자상 발표는 언제더라…… 일 생각, 회사 생각이 꼬리에 꼬리를 물고 이어진다. 그러다보면 가끔 출입처 사람들한테 연락이 온다. 대부분은 내 건강 상태를 묻는 전화다. "아이고, 잘 있습니다. 건강해요. 제가 누군데요. 저 복귀하면 각오하셔야 해요. 저 죽었나 확인하려고 연락하셨죠?" 이렇게 농을 치고나면 아직 필드에 있는 것 같은 기분이 들어 한참 동안 싱글벙글한다. 그러다 갑자기 허탈해진다. '암에 걸려서 이게 뭐하는 짓인가. 쉴 땐 쉬어야지. 아직도 일 생각을 하네.' 그러면 산책하러 나갈 채비를 하고 병원 밖으로 나선다. 괜히 답답해서 그런다. 바람이라도 쐬면 좀 덜 답답하니까.

병원 옆에는 삼천이 흐른다. 산책로가 잘 갖춰져 있어 10분씩 걷기 좋다. 숨이 차서 10분 이상은 걷지도 못하니 나한테 제격이다. 산책하면서 좀 전까지 일 생각을 하고 있었던 나에 대해 생각한다. 일도 회사도 지긋지긋하다고 생각했는데, 생각보다 기자 일을 좋아했나 보다. 그래도 14년간 재밌게 일했다. 쓰고 싶은 기사는 썼고, 쓰기 싫은 기사도 참고 썼다. 기획도 원 없이 했고, 베이징공항 취재 기법 개발도 큰 공이지, 암만.

이런저런 생각을 하다보면 문득 서글퍼진다. 내가 일을 참 사랑했구나. 이제 일을 못 하려나.

승만 선배는 이렇게 말했다. "이제 너 월급도둑 하는 거야. 정신 차려. 일 다신 하지 마라. 그냥 남들처럼 편하게 해. 미친놈아. 아파 죽어도 계속 그렇게 살래?" 무슨 말인지 잘 안다. 그래서 계속 고민한다. 이 일을 계속해야 하나, 아니면 그냥 그만둬야 하나. 내 성격에 대충이 어디 있나. 하면 하는 거고, 아니면 마는 거지. 정답은 아직 모른다. 내가 과연 대충대충 일하면서 살 수 있을까? 그러면 그게 기자인가? 그런 사람이 쓰는 기사를 독자가 보는 것은 사회적 공해가 아닐까? 별 생각이 다 들 때쯤 체력이 다 소진됐다는 신호가 온다. 서둘러 발길을 돌이켜 병원으로 돌아와 세수하고 책상 앞에 앉는다.

처음부터 기자가 되려고 했던 것은 아니다. 내가 처음 언론사를 지원한 것은 MBC 프로덕션의 PD직이었다. 〈무한도전〉을 너무 좋아해서 그런 프로그램을 만드는 PD가 되면 좋겠다는 막연한 생각을 했기 때문이다. 운 좋게 생애 처음 지원한 언론사에서 최종 면접까지 가게 됐지만, 결과는 낙방. 한창 MBC 파업이 몰아치던 시기, 자기소개서에 '운동권 동아리 활동'이라고 당당히 기재한 나의 패기가 지금도 대견하다. 당시 김재철 씨가 MBC 사장이었던 시절인데, 운동권 동아리 활동을 한 지원자를 뽑을 리가.

언론사와의 인연은 여기까진가보다 하고 인천공항공사에 들어가 직장 생활을 10개월 정도 했다. 그러다 도저히 적성에 맞지 않아 다시 언론사 시험을 쳤다. MBC 합숙 면접 때 같은 방을 썼던 친구들이 연합뉴스라는 언론사에서 공채 모집을 하는데 거기에 곧 방송국이 생긴다면서 같이 지원해보자고 했다. 당시 9년 사귄 여자친구에게 회사를 그만두는 것을 허락 받은 뒤 입사 시험을 치렀다. 마침 결혼을 앞두고 있던 나는 결혼 준비를 핑계로 필기, 논술, 실무, 토론, 임원면접을 회사 눈치 보지 않고 수월하게 치렀다. 최종면접을 남겨둔 시점인 2010년 11월 27일, 결혼식을 올렸다. 인천에서 전주까지 찾아와준 회사 동료들을 보며 연합뉴스에 합격한들 이직할 수 있을까 고민했던 결혼식장의 기억이 아직도 생생하다.

임원면접 합격 통지를 받지 못한 상태에서 우리 부부는 프랑스와 스위스로 9박 10일 신혼여행을 떠났다. 내 기억에는 최종 면접 일정까지 조금 여유가 있었다. 일단 즐기자 하는 마음에 이메일도 확인하지 않고 프랑스 4박 5일 일정을 마쳤다. 융프라우에 가기 위해 알프스 초입 호텔에 도착한 날 호텔 비즈니스센터에 가서 메일을 확인했다. 임원면접에 합격했으니 모레 최종면접에 오라는 내용이었다. 호텔 방으로 돌아가 아내에게 소식을 전했다. 사실 이때는 인천공항

공사에 그냥 다녀도 좋겠다고 생각했다. 열 시간 넘게 비행기를 타고 돌아가 면접을 보기도 귀찮고, 평생 한 번인 신혼여행을 망치는 것도 바라지 않았다. 무엇보다 알프스 아닌가. 너무 가보고 싶었다. 하이디가 뛰어다닐 그 알프스! 그런데 아내는 "오빠 어차피 인천공항 못 다녀. 그냥 짐 싸자. 알프스는 다음에 오면 되지."라고 말했다.

그길로 짐을 싸서 다음 날 날이 밝자마자 가이드에게 사정을 설명하고, 취리히공항을 통해 한국으로 돌아왔다. 아침에 인천공항에 도착하니 8시 30분. 아내는 인천공항 앞 내가 살던 오피스텔로 가고, 나는 결혼식에서 입었던 예복을 입은 채로 연합뉴스 면접장으로 갔다. 면접을 보기에는 좀 과한 복장이었지만 어쩔 도리가 없었다.

시차 때문에 졸리기도 하고, 이미 직장이 있던 터라 면접을 대충 봤다. 게다가 연합뉴스가 뭐 하는 곳인지조차 몰라 임원들의 질문에 버벅대고 있었다. 통신사는 SK텔레콤 같은 거 아닌가? 이게 당시 내 상태. 면접을 그럭저럭 치르고, 합격 여부를 반신반의할 때쯤 한 임원이 마지막으로 할 말이 있느냐고 물었다.

그때 왜 그런 말을 했는지 모르겠지만 나는 소신껏 이야기했다. "저 신혼여행 중에 돌아와 면접 보는 겁니다." 인천공항공사에 다니는 내 이력 때문에 내 진정성에 의문을 품고 있던 면접관들의 얼굴이 확 변하는 게 느껴졌다. "저 사실 기자가 뭔지도 몰라요. PD가 되고 싶어서 시험을 봤는데, 어쩌다보니 여기까지 오게 됐습니다. 일단 시켜만 주시면 한번 해보겠습니다. 그래도 사회경험도 많고, 웬만한 사람보다는 쓸 만할 겁니다." 합격! 그렇게 나는 기자가 됐다.

처음 2년은 술과 일에 찌들어 살았다. 일 년 열두 달 집에 일찍 들어가는 날이 닷새도 안 됐다. 인천에서 전주로 이사 와서 지낼 곳이 없던 우리는 처가살이를 했다. 그러니 내가 없어도 아내가 혼자 있지 않아서였을까, 아니면 기자 일이 녹록지 않아서였을까. 아무튼 취재원 만나랴 기사 쓰는 법 배우랴 미친 듯이 일만 했다. 이 시기에 승만 선배한테 취재 기법을 배우며 허구한 날 둘이 붙어 다녀서, 형수와 아내는 지옥 같았다고 한다.

그러다 2012년, 왼쪽 신장의 기능이 14퍼센트밖에 남지 않은 지경에 이르렀다. 그쯤 되니 기자 일이 손에 익었다. 신장 수술을 하고 기자 일을 그만둘까 생각했는데, 이미 신장이 망가져 다른 직장 신체검사를 통과하기가 어렵게 돼버렸다. 기자 일을 계속했다. 사람은 적응의 동물이라 했든가 하다보니 기자도 할 만했다. 그렇게 2015년에는 이달의 기자상도 타고, 2016년에는 베이징 특파원으로 선발돼 본사로 올라가게 됐다. 2017년 1월 베이징에 부임했고, 격무에 시달리다 6년 만에 암에 걸렸다. 다시 승만 선배의 말을 떠올려본다. 대충 될까? 아마 안 될 거야. 차라리 그만두는 게 낫지.

하루면 열두 번도 더 이런 생각을 한다.

이제 기자 그만두자. 이만큼 했으면 됐지. 잼버리 취재로 잘 마무리했잖아. 그만하자. 제발 그만하고 이제 다른 일 하자. 그러다 죽어.

정말 그만하고 싶나?

다시 하면 또 병이 생길 텐데. 그럼 가족이랑 주변 사람들 눈에서 피눈물 날 텐데. 호수, 단이는 어떻게 하지? 그만하자. 이걸 놔야 내가 산다.

생각이 끝도 없이 이어진다. 그러다 이런 결론에 다다른다.

아, 기사 쓰고 싶다. 나 엄청 참기자인가봐. 나 내 일을 너무 사랑하나봐.

술과 헤어지기 ──────── 2023. 9. 22

오늘은 여섯 시간을 잤다. 어제보다 상태가 낫다. 지금까지 패턴을 보면 새벽 4~5시 기상, 오전 일정 마치고 점심 식사 후 낮잠 30분, 오후 도수 치료, 저녁 먹고 9시쯤 체력 고갈로 인한 자연사, 아니 자연 수면. 나쁘지 않다. 낮잠 자는 게 좀 마음에 걸리는데, 그래도 총 수면 시간 예닐곱 시간을 확보하고 있으니 일단은 이 상태를 유지하자.

어제부터 음식을 소화하는 능력이 정상 수준의 30퍼센트까지 올라온 것 같다. 여전히 과식은 무리인데, 장모님이 보내준 장닭 삶은 국물을 너무 맛있게 먹었다. 서양에서는 감기에 걸리면 뜨끈한 치킨 수프를 먹는다는데, 왜 그런지 알 것 같았다. 작은 보온병으로 한 그릇을 다 마셨는데 먹는 내내 장모님의 마음이 느껴졌다. 아, 따숩다. 먹고나니 몸에서 땀이 푹하고 쏟아졌다.

다 먹고 장모님께 전화를 드려 맛있게 잘 먹었다고, 감사하다고 말씀드렸다. 예전에는 장모님께 이런 말씀 드리는 게 어색했는데 지금은 아무렇지도 않다. 아프고나서 가족이나 지인들에게 꼭 감사하다, 고맙다, 사랑한다 표현하려 노력한다. 뭐가 쑥스럽다고 여태 표현을 못했는지. 후회가 많이 된다.

암에 걸린 후 무엇이 가장 힘드냐는 질문을 가끔 받는다. 그럼 으레 이렇게 답한다. "가족들이 제일 힘들지. 고생시키니까." 하지만 속마음은 다르다. 술. 술이 제일 힘들다! 지금 이 새벽에도 딱 하나 생각나는 게 있다. 맛있게 익은 마오타이 한 잔. 아니면 내 최애 위스키인 라프로익 한 잔.

술은 암 환자에게 완전히 금지되는 음식이다. 나중에 완치되고도 술은 마시지 않을 생각이다. 그러다 내 나이 일흔이 넘으면 마실 생각이다. 그때는 아이들도 다 크고 부모님도 돌아가셨을 테니까. 그때를 위해 지금 술 창고에 스프링뱅크, 마오타이, 라프로익 같은 술

을 모아두고 있다. 그날을 위해 앞으로 30년만 참자 하고 버틴다.

이제 와 돌이켜보니 내가 아픈 직접적인 원인은 술인 것 같다. 담배나 마약 같은 건 손에 대본 적도 없다. 내가 좋아했던 것은 오로지 술이다. 술 자체도 좋아했고, 술자리에서 나누는 대화가 좋았다. 20~30대에는 소폭을 주로 마셨는데, 맥주의 청량감과 이어 올라오는 소주의 쓴맛이 어찌나 맛있던지. 물론 나중에는 소폭을 마시지 않았다. 나이가 들고 주머니 사정이 좋아지니 비싼 술이 맛있다는 걸 알게 됐다. 베이징에 간 뒤로는 바이주를 정말 많이 마셨다. 마오타이, 루저우라오자오, 우량예, 시펑주, 펀주, 구지궁주, 둥주, 양허다춰…… 생각만 해도 군침이 도는 바이주들. 내가 좋아하는 불도장에 딱 한 잔 곁들이고 싶다. 몸만 하락한다면 지금이라도 술 창고에서 마오타이를 꺼내 한 잔 훅 털어 넣고 싶다.

바이주를 한껏 즐기고 난 뒤로는 위스키를 마셨다. 피트 향 나는 위스키가 너무 좋았다. 그 양호실 향 가득한 잔을 들어서 목으로 넘기면 좌르륵 목젖을 타고 위스키가 뱃속으로 들어간다. 향은 병원 냄새지만, 막상 입에서는 진득한 다크초콜릿 같은 맛이 난다. 한창 위스키에 빠졌을 때는 라프로익, 아드벡, 탈리스커 같은 피트 향 위스키를 하루 반병 이상 반년 넘게 마셨던 것 같다. 몸이 축나는 줄 모를 정도로 맛있었던 위스키들을 한동안 못 보겠지. 그래도 남들 평생 마실 술 다 마셨다고 생각하고 참아봐야겠다. 그래야 낫지.

낮은 곳을 향하여 ———————— 2023. 9. 23

어제는 베이징 형과 일 이야기, 사는 이야기를 하느라 잠을 조금 늦게 잤다. 9시쯤 잤다가 12시쯤 깨어 수다를 떨었으니 다 합치면 다섯 시간 정도 잔 셈이다. 수면이 불안정하면 역시나 컨디션이 나빠진다. 새벽에 투병일기를 써야 하는데 환한 아침에 노트북 앞에 앉았다. 부족한 잠은 낮에 자면 되니까 괜찮다.

아내가 감기에 걸려서 일요일에 외출을 못 하게 됐다. 혹시나 감기에 옮으면 바로 응급실에 가야 할 수도 있다니, 어쩔 수 없다. 어차피 수요일 퇴원이니 아이들은 그때 보면 된다.

림프종은 어쩌면 나한테 딱 어울리는 병이다. 림프종 환자는 감기에 걸려서도 안 되고, 발바닥에 상처가 나도 안 된다. 산책하다가 모기에 물려도 응급실에 가야 하고, 하다못해 손톱을 깎다 손톱이 벌어져도 감염 위험에 떨어야 한다. 면역력이 아주 떨어져 감염에 취약하기 때문이다. 내가 이 병에 걸린 이유가 뭘까, 곰곰이 생각해봤다. 아마도 겸손해지라는 하늘의 계시 같은 것 아닐까.

나는 열일곱 살 이후 한 집안의 가장이었고 결혼 후에는 우리 집뿐 아니라 맏사위로서 양가 모두를 짊어지고 살아가려 노력해왔다. 모든 걸 직접 컨트롤해야만 직성이 풀리는 사람이 나였다. 뭐든지 대비가 안 되면 불안해하고, 일의 순서부터 과정, 마무리까지 직접 하지 않으면 온종일 가만있지를 못했다. 그래서 기자 일과 잘 맞았는지도 모르겠다.

림프종에 걸리고는 그럴 수 없다는 걸 알게 됐다. 내가 아무리 조심한들 모기가 날아와 내 팔뚝을 물면 끝이다. 내가 아무리 차를 조심해도 인도로 올라온 킥보드를 피하지 못하면 죽음에 이를 수 있다. 내가 아무리 사람을 피해 다녀도 마스크 사이로 코로나 균이 들어오면 바로 음압 병실에 입원해야 한다. 잘못되면 생사를 오락가락하는 지경에 빠지는 것이다. 이제 내가 컨트롤할 수 있는 것은 아무것도 없다.

이런 상태가 되고보니 그간 부여잡고 있던 것들을 다 내려놓게 됐다. 아이러니하게도, 그러고나서 평안을 찾았다. 진흙탕에 빠진 돼지 같달까. 어차피 어찌할 수 없다면 더 편하게 온몸에 진흙을 묻히며 지내자! 이게 지금의 내 마음이다. 그리고 겸손함을 얻었다. 나는 아무것도 아니오, 오직 그가 일하시나니. 나는 주께 의지하고, 모든 것을 의탁하리라. 이게 내가 받은 응답이다.

골육종에서 림프종으로 병명이 바뀌었을 때 방송인 허지웅 님이 떠올랐다. 나도 저 사람처럼 병을 극복하고, 나 같은 암 환자들에게 희망이 되어야겠다. 건강이 허락한다면 강연도 다니고 방송도 하고 싶다. "주님, 저를 사용해주세요."라고 기도했다. 그런데 지금은 아니다. 이런 걸 '암 쏘 스페셜I'm so special 병'이라고 한단다. 나는 특별해야 한다! 이건 오만이다. 내가 그런 일을 하지 않아도 더 큰 고난을 겪었던 분들이 이미 그런 일을 하고 있다.

일에 대한 고민을 오래 했다. 하지만 이제 편안해졌다. 완치되면 나는 기자를 그만둘 생각이다. 기자를 계속하면 또 다른 병이 찾아올 것을 잘 안다. 일에 대한 욕심을 스스로는 멈출 수가 없다. 그래서 기자를 그만두기로 했다.

그런 결심을 그제부터 했는데, 어제 두 건의 프리랜서 제안을 받았다. 베이징에 있을 때 내가 많이 도와줬던 동생이 내가 할 수 있는 일을 제안했다. 또 베이징에서 알게 된 김정훈 대표가 외식 프랜차이즈의 중국 총판을 맡았다며 영업과 고문 일을 맡아달라고 했다. 지금 당장 할 수 있는 일은 아니겠지만, 기자 이후의 삶에 대해 찬찬히 고민해볼 작정이다.

그래, 내려놓으니까 뭐든 되는구나. 기자라는 명함이나 따박따박 들어오는 월급에 내가 집착했나보다. 내가 벌지 못하면 내 주변 사람들이 채워줄 것이고, 부족하면 적게 쓰면 될 일이다. 내가 낮아지고 낮아진다면 못 할 일이 없다. 남은 삶이 언제까지일지는 모르지만, 그저 나는 좋아하는 책을 쓰고, 은인들이 주는 일을 조금 하고, 아이들과 캠핑을 다니면서 살아갈 것이다. 오늘도 감사가 넘치는 마음을 주심에 감사한다.

작은 일에도 상처 받아요 ———— 2023. 9. 24

오늘은 잠을 여섯 시간 잤다. 어제 일정이 많아 피곤하기도 했지만, 오늘 오전 10시 외대 동문 후배들이 나를 인터뷰하겠다고 해 잠자리에 일찍 들었다. 확실히 수면 시간을 확보하면 컨디션이 좋다. 10시께 잠을 자는 방법을 생각해봐야겠다. 활동량이 늘면 자연히 그렇게 될 것 같긴 하다. 아직은 10분 조금 넘게 걷는 정도의 체력이지만, 먹는 게 조금 수월해지고 움직임이 많아지면 자연스레 수면 문제가 해결되겠지. 어제 승만 선배와 먹은 짜장면과 고기 튀김에 속이 더부룩하긴 했지만, 두 음식이 주는 한계효용을 생각하면 감당할 만한 고통이었다. 너무 맛있어서 눈물이 날 정도였으니. 항암치료 받은 후 계속 짜장면이 생각났는데 열흘 만에 먹게 되니 이 또한 감사하다. 그래도 당분간 위에 부담을 주는 음식은 조심해야 한다.

어제부터 손가락으로 쓱 빗기만 해도 머리카락이 한 움큼씩 빠지기 시작했다. 예상은 하고 있었지만 막상 닥치고보니 자존감이 많이 떨어진다. 미용실에 가서 머리를 한 번 더 밀어야겠다.

암 환자가 된 이후 감정을 컨트롤하는 것이 무척 힘들다. 불쑥불쑥 찾아오는 고독함은 물론이고, 남들이 무신경하게 한 말이 가슴에 와서 꽂히면서 서러움이 밀려오기도 한다. 평소 감정을 미동 없이 유지하려고 노력했기에 이런 변화가 더욱 견디기 힘들고, 스스로에게 화가 난다. 갱년기 여성의 마음이 이럴까.

그래서 내가 선택한 방법은 되도록 사람을 만나지 않는 것이다. 상대의 무심한 말 한마디에 상처를 받는 것이 싫기도 하고, 내가 상처 받았다는 것을 상대가 알아서 나를 만나기 불편해하는 것도 싫다. 이게 생각보다 스트레스다. 특히나 가족과 친한 친구 사이에서 그런 일이 자주 일어난다.

그런 일을 처음 겪은 것은 항암치료 받은 이튿날이었다. 주로 골프를 주제로 이야기를 나누는 친한 기자 선배들과 함께하는 단톡방이 있다. 항암치료 부작용이 본격적으로 시작되던 날이라 나는 극도로 예민했다. 그날도 어김없이 나의 안부를 묻는 선배들의 메시지에 잘 있다고 답하고, 침대에 누워 쓰린 위를 부여잡고 있었다. 신물이 올라와 견딜 수 없는 매스꺼움과 속쓰림이 계속되어 평정심을 찾기가 굉장히 어려웠다. 그래서인지 그날따라 골프 약속을 잡느라 계속 메시지를 주고받는 소리가 듣기 싫었다. 나는 아파 죽겠는데 다른 사람들은 일상의 소소함을 즐기고 있는 것에 시기가 난 것일까. 안 보면 그만이지만, 하루 종일 병실에 갇혀 있는 내가 외부와 소통하는 유일한 창구인 휴대전화를 꺼둘 수는 없었다. 시기보다는 외로움이 더 크니까.

선배들이 단톡방에서 웃고 떠드는 메시지를, 더 이상 견딜 수가 없게 되었다. 내가 있으면 더 자유롭게 대화를 나눌 수 없겠지 하는 마음도 있었다. 그래서 "다들 재밌게 운동하세요. 저는 이만 나가보겠습니다." 하고는 단톡방을 나와버렸다. 굉장히 충동적인 행동이었다. 다음 날 너무 후회했지만, 그래도 그 방에 계속 있을 수가 없었다.

이런 일은 요양병원에 있는 내내 계속 일어났다. 이번에는 친한 친구들이 나를 섭섭하게 했다. 나를 응원한다며 건넨 "그거, 별거 아니다. 금방 나을 거야."라는 말이 비수처럼 꽂힌 것이다. 나도 안다.

응원하려고 한 말이라는 걸. 하지만 '별거 아니다'라는 말에 속이 상하는 것은 어쩔 수 없다. 정말 요단강을 건너는 듯한 고통 속에 있는데 '별거 아니다'라는 말을 들으면 "너도 해봐."라는 말이 머릿속에서 치솟는다. 물론 입 밖으로 내뱉지는 않는다.

또 다른 경우는 "나도 해봐서 아는데" "우리 부모님이 해봐서 아는데"로 시작되는 말이다. 이런 말은 지금의 네 고통은 금방 지나갈 것이고, 너는 금방 회복될 것이라는 응원을 담고 있다. 나도 잘 안다. 암 환자는 각자 다른 정도의 부작용을 가지고 있다. 내 경우는 다행스럽게 부작용이 그다지 심하지 않다고 생각한다. 하지만 막상 저런 말을 들으면 '나도 저 사람처럼 무사히 이 과정을 지나야 할텐데.'라는 생각보다는 '저분의 증상과 내 증상은 다른데, 나는 완치되지 못하는 거 아닌가.'라는 조바심이 드는 건 어쩔 수 없다. 위로가 상처가 되는 순간이다.

이런 분들은 또 항암치료 과정에 대해 스포일러를 하는 특징이 있다. "너 지금 몇 차지? 1차? 아, 그럼 지금은 괜찮아. 아마 곧 크게 아프고, 체중이 급격히 줄게 될 거니까 단단히 준비하고, 뭐든 많이 먹어야 돼. 좀 있으면 물도 못 넘기게 된다."

걱정해서 하는 말인 것을 너무 잘 안다. 하지만 모든 암 환자는 자기만은 그런 부작용 없이 지나갈 것이라는 막연한 희망을 품고 있다. 그렇게라도 기운을 내야 하니까. 스포일러는 이런 희망을 산산조각 낸다. 병실로 돌아와 혼자 있다보면 별의별 생각이 머리에 스친다. 나는 3차에 올까, 4차에 올까? 언제 죽을 고비를 넘기게 될까? 응급실에 한두 번은 간다는데, 내가 응급실에 실려 갈 때 아내가 전화를 못 받으면 어떡하지?

여기까지는 약과다. 가장 큰 상처는 가족들에게서 받는다. 암 환자의 투병이 시작되면 가족들은 극도의 스트레스 상황에 놓인다. 정신적으로는 암 환자 이상으로 스트레스를 받는 것이다. 하지만 간과해서는 안 될 것이 있다. 암 환자는 정신적인 스트레스와 함께 육체적으로도 생존의 위협을 느낄 만큼 극한의 상황에 내몰려 있다. 그래서 병원 복도나 외출할 때 까까머리 환자를 마주치면 서로 눈빛을 교환하게 된다. '아, 당신도 고난 중에 있군요. 우리 힘냅시다.' 하는 눈빛 인사. 일종의 전우애랄까. 사지를 오가는 사람들끼리만 아는 사정이다.

환자의 가족 역시 정신적으로 지쳐 있기 때문에 가끔 암 환자 이상으로 예민하다. 그래서 환자와 가족이 서로 상처를 입히기도 한다. 내게 가장 상처를 주는 것은 아내의 말이었다.

지난 금요일 아내가 서울 집 전세 계약을 하러 다녀왔다. 아침부터 채비해서 길도 낯선 서울을 왕복하느라 피곤했는지 아내가 감기에 걸렸다. 주말에 호수와 단이를 보기 위해 일주일 내내 병실에서 기다렸던 내겐 청천벽력 같은 소식이었다. 아내가 감기에 걸리면 나는 집에 갈 수 없다. 행여나 감기에 옮으면 바로 응급실로 가야 한다. 폐렴이라도 되면 중환자실에 입원해야 한다. 그리고 무엇보다 항암치료 스케줄이 밀리게 된다. 내가 가장 우려하는 상황이다.

결국, 힘들어하는 아내를 보듬지 못하고 짜증을 냈다. "감기 걸리지 않게 보약도 먹고, 소독도 잘하고, 마스크도 잘 쓰라고 했잖아. 그거도 못 해줘." 내 말에 하루 종일 고생한 데다 감기몸살에 시달리며 신경이 곤두선 아내는 "감기 걸린 사람한테 무슨 말을 그렇게 해." 하고는 전화를 끊어버렸다.

전화를 끊고나서 한참 멍하니 있었다. 내가 사지를 오가고 있어도 본인의 감기몸살이 더 중한 건가? 그게 더 힘들고 아플까? 나도 무섭고 힘든데 참고 있는 걸 모르는 건가? 나는 밤새 근육통과 쓰린 속을 부여잡고 몸부림치면서도 아이들 생각에 오롯이 혼자 견디고 있는 건데, 어떻게 나에게 이렇게 심한 말을 할 수 있을까? 밤은 깊었고, 외로움은 밀려왔다.

승만 선배와 베이징 형에게 하소연해봤지만, 서러운 마음이 풀리지 않았다. 평소라면 흘려듣고 말았을 소린데, 좀처럼 아내의 말과 행동이 머릿속을 떠나지 않았다. 몇 시간이 지나고 내가 예민해진 탓이라고 마음을 다독였다. 아내도 힘들고 당황스러워 그랬겠지 하고 스스로를 위로했다. 그리고 아내에게 사과의 메시지를 보냈다. 내가 필요한 것을 가져다줄 사람이 아내밖에 없기도 해서 이런 상황이 오래가면 내가 힘들다.

혹시나 이 글을 읽는 독자의 가족 중에 암 환자가 있다면, 힘들더라도 조금 더 환자를 배려해주길 바란다. 가족들도 너무 힘들겠지만, 가장 외롭고 힘든 것은 환자 자신이라는 것을 꼭 좀 알아주었으면 좋겠다. 암 환자는 항암치료든 방사선 치료든 수술이든 자신의 목숨을 의사의 손에 맡긴 채 끝을 알 수 없는 여정에 나선 사람들이다. 노 없는 배를 타고 바다에 떠 있는 존재다. 그 고독함은 평소 아무리 강건했던 사람도 여태껏 느껴본 적 없는 적막하고 싸늘하고 을씨년스러운 정경과 같다.

마지막 준비 ──────── 2023. 9. 25

오늘은 여섯 시간을 잤다. 컨디션은 좋다. 다만 어제 스트레스를 받아서인지 기운이 없고 열이 올랐다. 응급실에 가야 할지 몰라 걱정이 됐지만, 어떻게 되겠거니 하고 잠을 청했다. 이렇게 응급실에 가보는 것도 경험이니 한번 해보자고 마음먹고 잤다.

어제는 부모님을 뵙고 왔다. 아내가 감기에 걸려 혼자 운전을 해 다녀왔다. 오랜만에 운전대를 잡으니 어색했는데, 기분은 좋았다. 기분 전환을 위해 종종 드라이브를 해야겠다 싶었다. 물론 다녀와서 병원에서 뻗어버렸지만.

내가 아픈 뒤로, 부모님은 내 앞에서 절대 싸우지 않는다. 다행이다. 암 환자가 된 뒤 받은 선물 중 가장 크고 아름다운 선물이다. 부모님과 함께 점심을 먹었는데, 걱정하실까봐 오리주물럭을 엄청 많이 먹었다. 어머니가 "배가 고팠어?" 하고 물었다. 아니라고, 뭐든 많이 먹어서 체력도 키우고 살도 찌우려 한다고 대답하며 보란 듯이 오리주물럭을 집어 입에 넣었다.

식사를 절반쯤 끝냈을 때 기자 일을 그만두고 새 일을 시작할 것이라고 말씀드렸다. 앞으로 기획사에 들어가 강연도 하고 책도 낼 거라고도 했다. 앞으로 돈을 많이 벌 수도 있다고 말씀드렸지만, 많이 벌든 적게 벌든 상관없다. 이제는 그런 것에 집착하지 않는다. 기자라는 명함에도 집착하지 않는다. 비워야 새롭게 채워진다는 것을 알았으니까. 부모님은 나를 응원한다고 하셨다.

주물럭 양념에 볶은 밥이 나올 때쯤 조심스럽게 선산 정리 이야기를 꺼냈다. 내가 병실에 누워 생각을 하다보니 우리 선산의 묘 세 개가 마음에 걸렸다고 말씀드렸다. 할머니 두 분은 평장으로 예쁘게 묘를 했지만, 고조할아버지, 증조할아버지 부부, 할아버지 묘는 영 엉성한 게 장손으로서 늘 마음에 걸렸다. 삼촌들과 아버지가 좀 나서서 묘지를 정리하면 좋겠는데, 그러지 않았다. 내가 항렬이 아래여서 건방지게 나서기도 어려웠는데 암 핑계로 이참에 정리할 수 있을 거 같았다. 어머니에게는 석공인 막내 외삼촌에게 납골당을 부탁해

달라고 했다. 아버지에게는 삼촌들을 설득해달라고 했다. 돈은 내가 대겠고 했다. 부모님은 속이 상했는지 얼굴이 굳어졌지만, 네가 장손이니 네 말대로 하자고 하셨다.

내가 이런 일을 하는 것은 호수와 단이 때문이다. 나는 암을 극복할 테지만, 혹시, 정말 혹시 모를 감기나 코로나로 갑작스러운 죽음을 맞았을 때 호수와 단이가 을씨년스러운 그곳에 오면 너무 마음이 아플 것 같았다. 아빠 보러 오는 곳인데 예쁘게 잘 정돈해놓고 싶었다.

이 문제로 아내와 말다툼을 했다. 아내는 내 마음대로 그런 결정을 한 것에 화를 냈다. 왜 내 마음을 몰라줄까? 돈 몇 백만 원이 중요한 게 아닌데, 저 사람은 왜 그럴까? 나는 이해할 수가 없었다. 무서워서 그랬겠지, 무덤 이야기를 꺼내니까. 그렇게 생각하기로 했다.

이번 일을 마치면, 나는 삶을 정리할 모든 준비를 끝내는 셈이다. 암 환자들은 일반인이 생각하는 것보다 더 깊이 죽음과 맞닿아 있다. 정서적으로도 그렇고, 육체적으로도 그렇다. 그 깊이를 알 수 없으니 가족과도 계속 갈등이 생기는 것이겠지. 추석 이후에 공사를 시작하고, 겨울 전에 마무리할 것이다. 그러면 내 마음도 한결 가벼워질 것 같다.

오늘은 다섯 시간을 잤다. 어제 낮부터 많은 일이 있었다. 몸에 아드레날린이 강하게 돌아서 그럴까. 몸은 지쳤는데 잠이 깊게 들지 않았다.

어제 아내에 대해 많은 생각을 했다. 이런 결혼 생활을 계속하는 것이 그 사람에게 좋은 것일까, 회의가 든 것이다. 워낙 외향적인 나 때문에 아내는 늘 스트레스를 받았다. 남들을 가족처럼 챙기는 나를 보며 아내는 지쳐버렸고, 가정적인 남편을 바라는 아내의 기대를 나는 충족해주지 못했다. 이런 관계 때문에 돈이 있어도, 아이들이 있어도 아내는 허기를 느껴왔다. 열아홉에 나를 만나 22년간 내 그늘에서 살면서 마음이 점점 피폐해졌을 것이다. 자라면서 풍족하게 받지 못한 사랑을 갈구하는 아내가 연애하면서부터 항상 안쓰러웠는데, 그것을 채워주려는 내 오지랖 넓은 성격이 지금와 같은 부부관계를 만들었던 것 같다.

어제는 아내와 진솔하게 대화를 나눴다. 아니 일방적으로 내가 말을 쏟아냈다.

여보. 내가 암에 걸리고 가장 힘들어한 사람도 당신이었고, 나를 가장 아프게 했던 사람도 당신이었어. 내가 사라질 수도 있다는 것에 대한 불안감, 거기에 더한 자기 동정적 행동, 비관, 부정적 태도와 현실 외면. 당신의 이런 태도를 림프종 3기에 걸린 내가 감당하기에는 너무 버거웠어. 나는 무언가를 포기해본 적이 없어. 그게 일이든, 꿈이든, 돈이든, 사람이든. 하지만 이번에 그간 참아왔던 무언가가 터진 것 같아.

일단 당신에게 사과하고 싶어. 내가 우리 관계를 이렇게 만든 것 같아서. 어렸을 때 부모님이 싸우던 모습을 보기가 너무 힘들었던 내가 당신과의 싸움을 회피했고, 우리 관계가 이렇게 일방적으로 흘러왔어. 나는 당신에게 이유를 알 수 없이 쩔쩔맸고, 당신은 언제나 나에 대한 불만이 가득했어. 아무리 많은 돈을 벌어 와도, 아무리 가정을 위해 노력해도 채워지지 않는 당신의 허기를 만족시켜줄 수 없는 우리 관계는, 어쩌면 처음부터 어긋나게 설정된 것이었나봐.

이 말을 하면서도 너무 가슴이 아파. 내가 조금만 빨리 이런 관계를 털어냈더라면, 내가 당신을 평생 받아줄 수 있다고 자만하지만 않았다면, 나와 당신 모두 이렇게 상처 받는 일은 없었겠지. 미안해. 그리고 원망스럽기도 해. 나를 조금만 이해해주고 격려해줬더라면 내 마음이 이렇게 차갑게 식지 않았을 텐데.

당신과의 관계를 생각하다보니 나와 아버지의 관계가 떠올랐어. 아버지의 실직 이후 우리 집은 가난의 수렁에서 빠져나올 수 없었어. 다른 집 아버지를 보면서, 무기력하게 집에만 있는 아버지가 죽도록 원망스럽기도 했어. 나는 지금도 아버지가 미워. 어머니를 힘들게 했던 아버지, 가족들을 품기보다는 자신의 안위만 생각하는 이기적인 아버지. 너무 닮고 싶지 않아서 사는 내내 아버지의 그림자에서 벗어나려 발버둥 쳤어.

그렇게 세월이 흘러 내가 사회에서 자리를 잡고나니까 아버지에 대한 연민이 생겨나더라. 그 아버지에게 나는 둘도 없는 효자잖아. 아버지 일이라면 하던 일을 멈추고 한 시간 거리가 넘는 길을 달려가는 게 나잖아. 내가 이렇게 하는 이유는 하나야. "아버지, 저는 아버지랑 달라요. 아버지는 우리 가족을 버렸지만, 저는 아버지에게 정말 잘할 거예요." 이런 항변이었어. 아버지가 나를 보고 반성하고, 참회하는 그날을 기다리면서 나는 끝까지 아버지에게 헌신할 거야. 이게 솔직한 내 마음이야.

그런데 지금은 어렸을 적 내가 그렇게 미워하던 아버지가 내 옆자리에 앉아 있는 거 같아. 슬픔도 기쁨도 함께 해야 할 배우자의 자리에.

나를 원망하고 경멸하는 당신의 눈빛을 보면서, 나는 그동안 보란 듯이 당신이 요구하는 모든 것을 둥지로 물어 날랐어. 그 눈빛이 돌아서기를 바라면서. 내가 잘하면 저 눈빛이 사라지고 나를 사랑의 눈빛으로 봐주는 날이 오겠지. 기다리고 기다리면서, 속에서 천불이 끓어도 허허 웃으면서 그날만을 기다렸던 것 같아. 그날이 오면, 언젠가는 올 것 같은 그날이 오면 나는 이렇게 말하고 싶었어. 거봐, 내가 당신 마음 돌려 세웠지. 그러면서 우월감을 느끼고 싶었던 건지도 몰라. 그 길이 너무 험난하고, 가시밭길 같았지만, 나는 억지를 부리면서 달려왔어.

어떤 날은 당신이 중국 신화에 나오는 탐수(貪燧)처럼 보이는 날도 있더라. 아무리 쏟아 붓고 채워도 채워지지 않는 당신 안의 그 공허함이 내게는 정복의 대상이 됐던 것 같아. 그런데도 당신에게 고마웠던 것은 딱 하나야. 당신이 우리 호수, 단이를 끔찍하게 아끼고 사랑하는 그 모습이 너무 대견했어. 장모님께 큰 사랑을 받지 못한 당신이 우리 아이들을 온 마음을 다해 사랑하는 모습은 내게 한 편의 그림 같은 감동을 주었어. 그래서 지금도 고마워.

하지만 내가 암에 걸리고나서는 당신의 그 눈빛과 태도를 더는 견딜 수 없게 된 거 같아. 나도 약해졌겠지. 아니, 그간 쌓인 감정이 암으로 인해 한번에 터져 나왔겠지. 항암치료를 하고 3, 4일 차가 됐던 날인 거 같아. 밤새 죽을 고비를 넘기고 지쳐서 눈을 떴는데, 아침에 어머니의 안부 전화를 받았어. 어머니가 엄청 보고 싶더라고. 근데 어머니보다 당신의 위로가 더 받고 싶었어.

오빠, 밤새 괜찮았어? 항암치료 하면 많이 아프다는데 잘 견뎌줘서 고마워, 오빠. 오빠 힘내는 거 알아. 집 걱정은 하지 말고 꼭 건강해져서 돌아와줘.

이런 말이 듣고 싶었던 거 같아. 다른 어떤 사람의 위로보다 그 한마디가 사무치게 그리웠어. 그런데 나는 항암치료 한 뒤로 단 한 번도 당신에게 먼저 전화를 받아본 적이 없는 거 같아. 그래서 당신에게 전화를 걸면 아이들과 사투로 지친 당신의 짜증 섞인 말투만 있더라고. 순간적으로 치미는 화를 참았어. 원래도 유약하고 체력이 약한데 지금 상황이 얼마나 버거울까. 내가 참자. 내가 참으면 금방 6개월 지나갈 거야. 이렇게 나를 다독였던 것 같아.

그러다 어제 결국 그 마지막 둑이 터져버렸나봐. 괜히 납골당을 만든다고 해서 당신 심기를 건드렸던 게 잘못일까? 결혼하고 처음으로 내 감정을 다스리지 못하고, 차 문을 쾅 닫고 당신이 운전하던 차에서 내려 병원으로 돌아오는데, 나 자신이 얼마나 실망스럽던지. 병실로 돌아와 당신 마음이 얼마나 아플까 생각하니 마음속에서 오열이 쏟아지더라고. 그때 내가 당신을 괴물로 만들었다고 생각했어.

이건 당신과 나 둘 모두에게 좋지 못한 거다, 이런 관계는 끊어내야 한다, 내가 행복해야 당신도 행복하고, 아이들도 행복하다, 그런 생각이 들더라고. 이제라도 우리 관계를 바로 세워야 할 거 같아. 내가 언제 세상을 등질지도 모르는데, 이 상태로 당신을 세상에 내보내면 안 될 거 같다는 생각도 들었어. 이건 나의 아내이자 22년 친구로 지냈던 당신에 대한 나의 마지막 애정이야. 아니 단호한 훈육이라고 생각해줘. 왜 진즉 이렇게 당신을 대하지 않아서 일을 키웠을까. 나 자신이 원망스러워.

나는 아이들이 다 클 때까지 당신과 이혼을 하거나 당신을 홀로 둘 생각이 없어. 표현은 안 했지만, 당신이 나를 자랑스러워하고, 우리 아이들을 끔찍이 사랑하고, 나와 당신, 아이들로 이뤄진 우리 가정이 당신의 전부이자 우주라는 것도 잘 알고 있어. 그런 소중한 것을 내가 망쳐버린다면 당신의 삶도 더는 없는 것과 마찬가지겠지. 그래서 나는 이런 결정을 했어. 당신을 홀로 세우기로. 나도 당신의 굴레에서 벗어나 홀로 서고, 치유받기로.

나도 이제는 사랑받고 싶더라. 나도 지치고 늙었나봐.

내 일방적인 결정이 당혹스럽고 힘들 거라는 거 알아. 하지만 이렇게 하지 않으면 내가 당신 때문에 죽을 거라는 두려움이 새벽에 기도하는 중에 들었어. 내가 죽으면 당신도 죽고, 우리 아이들도 죽는 거라고 생각해.

이런 상태에서 당신 곁에 있는다면 나는 낫지 못할 거 같아. 내가 당신을 사랑하는 만큼 당신의 행동과 말 하나하나가 나를 너무 힘들게 하거든. 이런 생각을 하고나니 당신에 대한 분노와 연민, 동정 같은 감정이 가라앉으면서 평안에 이르게 되더라. 당신이라는 짐을 내려놓으니까 몇 년 만에 처음으로 안락함을 느꼈던 것 같아. 당신도 당황스럽겠지만, 우리 내려놓고 각자 시간을 좀 갖자. 우리 각자 홀로 서서 하나의 인격체로 성장해 다시 만나자. 그때 우리 관계를 재정립해보자. 이제 우리도 서로에 대한 집착을 내려놓고 편해지자. 나도 그렇게 할게. 내가 암에 걸렸기 때문에 충동적으로 이런 결정을 내린 것이 아니라는 점만 기억해줘.

내년에는 취직도 해보고 싶다는 당신이니까. 이제 컴퓨터도 배우고, 사람들도 자주 만나. 내가 이제 일을 쉬니까 아이들과 시간을 더 많이 보낼게. 김진방의 아내가 아니라 당신 자신을 찾았으면 좋겠어. 이게 내 진짜 내 마음이야. 그래도 우리 22년간 슬픈 날보다 행복한 날이 더 많았잖아. 그날들만 기억하면서 각자의 행복을 찾아서 살아보자. 나는 할 수 있다고 생각해. 내가 떠나지 않고 옆에서 지켜보면서 당신이 걸음마를 할 수 있도록 지켜줄게. 약속해.

탈모 ———————

오늘은 네 시간을 잤다. 11시에 잠이 들었다가 새벽 3시에 깼다. 수면 시간이 짧았지만 잠이 깊게 들어서인지 다섯 시간 잤을 때와 비슷한 느낌이다.

요즘 식사량을 늘리려고 노력하고 있다. 71.4킬로그램까지 몸무게를 불려서 1차 항암치료를 시작했는데 4일 차가 되자 66킬로그램까지 살이 빠졌다. 구역질 때문에 식사를 거의 못 하니 살이 금세 빠졌다. 소화기관이 점차 회복되면서 이제 68킬로그램까지 살을 찌웠다. 그제 밥을 사러 온 회사 후배 채두가 정말 잘 먹는다고 감탄할 정도로, 한창 잘 먹던 베이징 시절의 식사량만큼 먹어대고 있다. 체력 보충을 위해 노력하는 것도 있지만, 워낙 먹성이 좋다보니 재료만 좋고 음식만 맛있으면 식욕이 엄청나게 올라온다. 먹는 것을 좋아하면 항암치료 할 때 확실히 유리하다는 점을 새삼 느낀다.

이제 1차 항암치료 3주 차에 접어들었다. 면역력도 거의 정상 수준으로 회복됐고, 본격적으로 일주일간 살을 찌울 시기다. 10월 초에 2차 항암치료를 해야 하니 시간이 많은 것은 아니다. 다행히 추석 연휴가 끼여 있어 좋아하는 꼬치산적을 무제한으로 먹을 수 있다. 명절 때마다 살찔까봐 걱정하며 먹던 부침개인데, 이제 원 없이 먹을 수 있어 행복하다. 목표는 71킬로그램이다. 지금 페이스면 충분히 할 수 있다.

어제는 운동량을 좀 늘려봤다. 여전히 숨이 가쁘지만 30분까

지 걸을 수 있게 됐다. 식사량이 늘면
서 체력이 붙는 모양이다. 어려서부터
유도를 수련하게 해준 아버지에게 감사
하다. 체중을 늘리고 빼는 게 일상인
유도 선수에게 항암 사이클 체중
조절은 누워서 떡 먹기다. 그간 금
고아(손오공의 머리띠)를 낀 듯이

겨울에는 털모자를 써야겠지?

눌려 있던 나의 식욕을 망아지처럼 뛰놀게 풀어놓을 생각을 하니 기
뻐서 눈물이 날 지경이다. 어제도 돼지고기를 거의 한 근 가까이 혼
자 먹었다. 승만 선배 장모가 주신 파김치가 있어서 가능했다.

어제부터 내 신체는 큰 변화를 겪고 있다. 소화기관과 구강, 이
비인후 쪽이 정상화한 반면 손끝, 발끝, 머리카락 등 말초기관이 고
통을 겪고 있다. 항암제라는 녀석은 참으로 꼼꼼하다. 몸 구석구석
을 돌고 있는 모양이다. 손톱 밑이 벌어지고, 동상을 입은 것처럼 손
가락, 발가락이 저리다. 잼잼을 많이 해주면
좋다는데 잼잼을 할 때도 통증이 있어서 마
냥 하기가 쉽지 않다. 그나마 다행은
노트북 자판을 두드릴 때마다 자
극돼서 저린 증상이 조금씩 가
신다는 것. 투병일기 쓰는 게 감정
적으로나 신체적으로나 항암치료에
무척 도움이 된다.

여름엔 더워서
모자 쓰기 싫은데

일도 항암치료에 도움이 된다. 물론 병실에서 하는 재택근무다. 전북교육청과 전북대, 농촌진흥청 보도자료를 처리하는 정도로 업무 강도를 조절하고 있다. 일을 하니까 그러지 않을 때보다 마음이 차분해지고 활기가 돈다는 게 놀라운 점이다. 별 기사는 아니지만, 한 글자 한 글자 더 꼼꼼하게 쓰고 있다. 혹시나 실수하면 열심히 일하는 선후배들에게 걸림돌이 될 수 있으니까. 그래도 연합뉴스 전북본부 첫 기사는 여전히 내가 쓰고 있다. 나는 막내 시절부터 본부에서 첫 기사 쓰는 것을 좋아했다. 새하얀 에디터 프로그램 작성 창에 내 기사가 제일 먼저 올라가 있으면 새 도화지에 첫 선을 그은 것 같은 쾌감을 느낀다. 기자 일을 그만두려고 생각하니 그렇게도 싫어하던 보도자료 기사 쓰는 것도 재밌게 느껴진다. 이제 얼마나 더 기사를 쓸 수 있으려나. 올해 말까지는 일과 항암치료를 병행할 예정이니 그때까진 쓸 수 있지 않을까? 아니구나, 3차와 4차 항암치료 때 위기가 온다니까, 그때 멈출 수 있다는 점도 고려해야 한다.

어제부터 생긴 또 한 가지 변화는 탈모다. 그간 빠지던 정도는 장난이라는 듯, 머리에 거의 머리카락이 남지 않을 정도로 후두둑 쏟아지듯 빠졌다. 밤에 산책하고 돌아와 샤워를 하니 까까머리 머리카락이 샤워실 바닥을 완전히 뒤덮었다. 바닥에 떨어진 머리카락을 보며 약간 충격에 빠졌다. 수증기로 거울이 가려져 내 몰골을 확인하지는 못했다. 거울을 닦을 용기가 나지 않아 일단 몸을 씻었다. 머리는 일회용 수건으로 박박 문질러 닦았다. 수건에도 머리카락이 가득 묻어 나왔다.

도대체 얼마나 빠진 건가? 욕실에서 나와 용기를 내서 침대 옆 거울을 봤다. 거기에는 〈반지의 제왕〉에서나 보던 골룸이 있었다. 드문드문 남아 있는 머리카락이 몰골을 더 을씨년스럽게 보이게 했다. 멘탈이 강하기로는 누구에게도 지지 않는다고 자부하던 나인데도 감당이 안 되는 모습이라 잠시 주춤했다. 드라마에서나 보던 모습이 내 눈앞에 있다니. 그게 나라니.

일부러 거울을 보지 않고 기분이 좋아지는 스킨과 로션을 바르고, 화상 크림을 얼굴에 덧발랐다. 몸에는 보디로션도 충분히 발랐다. 내가 좋아하는 향을 가진 화장품인데 항암치료 초기에는 향이 역하게 느껴졌다. 이 향이 이제 괜찮은 걸 보니, 내 몰골과 반비례해 몸의 회복은 빨라지나보다. 좋은 향을 맡으니 기분도 좋아졌다. 고개를 들고 거울 속 나를 똑바로 봤다. 그리고 머리, 눈썹, 눈, 코, 입, 볼, 귀를 찬찬히 뜯어봤다. 부모님이 물려주신, 좌우 균형이 잘 맞는 얼굴이 거기에 있었다. 안광은 몰골과 반대로 더 밝게 빛난다. 머리가 이 정도로 망가졌는데도 잘생겼다. "어머니, 아버지 예쁘게 낳아주셔서 감사합니다." 괜히 큰 소리로 외치고 남아 있는 머리를 말렸다. 말리는 동안에도 군데군데 머리카락이 빠졌다.

머리로 자꾸 시선이 가서 거울에서 벗어나 책상 앞에 앉았다. 요양병원 입원하던 날 시작한 영어 회화 앱을 켰다. 열심히 AI 선생님의 강의를 따라 하다보니 시간이 금방 지났다. 머리 때문에 약간 충격을 받았지만, 금세 극복해냈다.

2차 항암치료 받기 전에 머리를 정리해야 할 것 같은데 마땅한 곳을 찾기가 어렵다. 내가 아무리 자존감이 높아도 누가 있는 곳에서 이 머리를 내보이기는 쉽지 않다. 꼴이 우스워서가 아니라, 미용사나 다른 손님들이 물으면 암 환자인 것을 말해야 하고 무슨 암인지도 말해야 하는, 그런 게 귀찮았다. 원래 다니던 미용실에 빈 시간이 있으면 가서 조용히 자르고 와야겠다.

만나고 싶은 사람들 ———————— 2023. 9. 28

오늘은 잠을 세 시간, 두 시간 나눠서 잤다. 한 번에 쭉 자는 것과 비교해서 수면의 질이 떨어지고 기운이 없다. 어제 요양병원 퇴원하면서 미용실에 들러 골룸처럼 보이는 머리카락을 다 잘라냈다. 스님처럼 삭발을 했는데 생각보다 못생기지 않아서 실망했다. 나름 충격적인 비주얼을 원했는데, 뭐랄까 약간의 병약미와 함께 무엇을 해도 전문가 포스가 나는 그런 외모가 됐다. 아마도 대머리가 주는 이미지 때문일 것이다.

밤새 잠을 못 잔 이유는 체온 때문이었다. 이상하리만치 추위가 느껴졌다. 이불을 아무리 끌어당겨도 오한이 일었다. 새벽 내내 뒤척이다 새벽 5시경 이 오한의 원인을 깨닫게 되었다. 아! 대머리가 되어 추운 거구나.

내가 쓰고 다니는 비니는 아내와 아이들이 자는 안방에 있다. 나는 호수 방에서 혼자 잤기 때문에 안방 문을 열고 들어가야 한다. 아이들이 깰까봐, 비니를 가지러 가야 하나 말아야 하나 한참 고민했다. 그런데 너무 추워서 잠을 잘 수 없을 거 같다. 이미 머리로 체온이 빠져나가면서 피가 후두부로 몰렸고, 체감으로는 혈압이 180대로 올라간 것 같았다. 어제도 혈압이 190을 넘으며 한 번 위기가 왔던 터라 겁이 났다.

안방으로 들어가 재빠르게 비니를 집어 나왔다. 잠귀가 밝은 아내가 잠깐 깼지만, 이내 다시 잠에 빠졌다. 조심스레 방문을 닫고 호수 방으로 돌아와 비니를 썼다. 그 뒤로 7시까지 내리 잠을 잤다. 뭔가 아늑했다. 아, 진즉 쓸걸. 두 시간을 자고 잠을 깨니 조금 개운한 느낌이 들었다. 혈압도 안정을 되찾았다. 이번에 병원에 가면 혈압 문제를 문의해봐야겠다. 혈압 약을 먹는데도 혈압이 140대 이상을 유지하는 게 못내 찜찜하다.

림프종은 항암치료가 조금 힘들기는 해도 견딜 만한 암으로 평가받는다. 완치율도 높다. 물론 나처럼 암을 11센티까지 키운 사람은 일상생활이 힘들기는 하다. 나로 말하자면 삼차신경통 투병 경험과 처음에 골육종을 진단 받았던 덕분에 그렇게 힘들게 느껴지지는 않는다. 통증이 늘 있지만 삼차신경통을 비롯해 각종 만성통증에 시달리는 나는 크게 지장을 받지 않는다. 손발저림 증상이 고통스럽지만 그럭저럭 견딜 만하다. 그제부터 운동량을 늘렸더니 발가락의 저림은 많이 개선됐다.

문제는 면역력이다. 다른 질병에 걸리기 쉽다보니 늘 조심해야 한다. 나같이 태어난 김에 그냥 산다는 느낌으로 살아온 사람에게는 이것이 가장 취약한 점이자 불편한 점이다. 자주 손을 씻어야 하고, 사람 많은 곳은 가급적 피해야 한다. 특히 식당을 갈 때는 손님이 없는 시간대를 골라 가야 하는데 그러면 맛집에 가기는 사실상 어렵다. 하지만 이 모든 것은 참을 수 있다.

지금 가장 힘든 것은 만나고 싶은 사람을 만날 수 없다는 것이다. 기자 일을 할 때는 그렇게 사람 만나기가 싫더니 투병 한 달이 넘어가니 사람이 너무 고프다. 친했던 사람들의 연락도 점점 줄어들고 홀로 있는 시간이 많아서일까. 어울리지 않게 외로움도 조금 타는 것 같다.

승만 선배가 자주 찾아와주지만 만나면 투닥거리느라 기운이 달린다. 어제도 인도카레 전문점에서 말다툼을 하다가 암 환자 필살기 "아, 스트레스 받아."로 잠재웠다. 그래도 승만 선배가 참 고맙다. 내가 답답할까봐 주말 내내 차 태우고 다니며 드라이브도 시켜주고, 맛있는 것도 사주었다. 차도 깨끗이 세차해서 데리러 와줬다.

그 외에는 요양병원 사람을 빼고는 만난 사람이 거의 없다. 가끔 찾아오는 출입처 사람들의 병문안이 숨통을 틔워주는데, 길어봐야 10분 정도다. 다들 바쁜 사람들이고, 감염 걱정에 나도 조심스럽다. 아마도 이것이 내가 기자를 그만두기로 결심한 결정적 계기인 것 같다. 늘 사람을 만나야 하는 직업, 사람이 가득한 기자회견장에 비집고 앉아 취재해야 하는 게 기자 아닌가. 내가 복귀한다 한들 취재현장을 제대로 다닐 수 있을까? 처음 1, 2년은 선후배들이 배려해주겠지만, 나라는 짐을 상수로 떠안다보면 모두가 지치는 상황이 발생할 테고, 나는 스스로를 반푼이 기자로 여기며 자신을 좀 먹게 될 것이다. 그런 상황은 엄청난 스트레스를 안길 테고, 그러면 병이 재발하게 될 것이다. 그러니, 이제 이 일을 떠나는 게 맞다.

언제쯤 보고 싶은 사람들을 편하게 만날 수 있을까? 림프종은 이렇게 외로운 병이구나. 사람이 참 그립다. 항암치료 3주 차에는 면역력이 많이 회복되니 살살 돌아다녀도 좋다고 하던데, 처음이라 그런지 아직은 조심하게 된다. 2차 항암치료 끝나면 하나둘 연락을 해서 만나볼까? 그러기에는 가족들이 내가 밖에 나가는 것을 너무 걱정한다. 혹시나 코로나라도 걸리면 어쩌나 하는 걱정이다.

요양병원 퇴원 전 병실에 앉아 당장에라도 만나고 싶은 사람을 꼽아봤다. 대략 20명. 40년을 살았는데 한 줌도 안 되는 사람들이 손에 남았다. 인연이라는 게 끈끈하기도 하지만 허망하기도 하다. 내가 건강을 되찾으면 다시 만날 수 있으니 걱정은 안 한다.

올 추석에는 부모님을 뵈러 가기 어려워 부모님이 오늘 오전에 오셔서 같이 점심을 먹기로 했다. 어머니는 내가 제일 좋아하는 오징어볶음을 해 오신다고 했다. 저녁에는 장인어른이 오셔서 함께 식사한다. 점심과 저녁 사이에는 지유명차에 슬슬 나가볼 생각이다. 추석 마지막 날은 생전에 수많은 손주를 제치고 나를 가장 예뻐해주셨던 처할머니의 묘에 가볼 생각이다. 발인 때 가보고 처음 가는 성묘다. 할머니가 날 보면 엄청 속상해하실 텐데. 이 꼴을 하고 가야 하는 게 마음이 아프다.

인생 2막

오늘은 다섯 시간을 잤다. 약간 애매한 시간이지만, 그래도 다섯 시간 정도 자면 낮에 활동하는 데 지장이 없다. 집에 오니 확실히 활기가 돈다. 다만, 호수와 단이가 놀아달라는 통에 몸의 피로도가 높아지고 있다. 낮잠을 잘 수 없기 때문인 듯도 싶다. 그래도 아이들과 함께 있는 이 시간이 너무 소중하다.

어제는 하루 종일 아이들이 만든 책, 공작물, 아이디어 제품 등을 봐줘야 했다. 집을 오래 비워서인지 아빠에게 보여주고 싶은 창작물이 꽤 많이 쌓여 있었다. 호수와 단이는 공부는 잘 못 하는 편인데, 어려서부터 책, 미술작품, 춤(?) 같은 것을 만드는 걸 좋아한다. 집에서 내가 책 읽고 쓰는 것을 어깨너머로 계속 봐서일까. 난독증이 있는 호수가 책을 만드는 것을 좋아한다. 감사한 일이다. 내가 아이들에게 물려준 게 하나라도 있어서 정말 감사하다.

어제 낮에 부모님이 다녀가셨고, 저녁에는 처가 식구들이 모였다. 내년 봄에 결혼하는 예비 동서도 함께했다. 모처럼 명절 분위기가 나서 좋았다. 나는 어려서부터 데면데면하던 친가 식구들 때문인지 종갓집인 처가의 화기애애한 명절 분위기를 무척 좋아했다. 베이징에서 혼자 지낼 때에도 베이징에 있는 형, 동생들과 모여 와자지껄하게 전을 부치고 함께 식사하는 것을 좋아했다. 흔히 말하는 명절 마니아, 그게 바로 나다.

지금 아내와의 관계를 떠나서 저녁에 정말 즐거운 시간을 보냈다.

아내에게 이렇게 따뜻한 가족들이 있으니 내가 곁에 없어도 괜찮겠다고 생각했다. 이런 생각을 해도 슬프거나 안심이 되는 게 아니라 앞으로 펼쳐질 내 인생에 대한 기대와 그로 인해 주어질 기쁨이 마음을 가득 채우는 것 같아 더 좋았다.

내 나이 이제 마흔. 어느새 불혹이 됐다. 어쩌다보니 암에 걸려, 나는 인생 2막을 준비하게 됐다. 기자를 그만두게 된다면 어떤 일을 해야 할지 생각할 시간을 갖는 것만으로도 가치가 있는 일이다. 할 수 있는 일과 할 만한 일들을 정리하면서 주변 사람들에게 조언과 도움을 청하는 것도 좋은 경험이다.

이 모든 일이 가능한 것은 주변 사람들의 배려 덕분이다. 나는 항암치료를 마치고 요양이 끝나는 내년 상반기까지 일에서 벗어나 있다. 정말 감사한 일이다. 든든한 울타리 안에서 우선 건강만 회복하면 된다.

머리가
복잡하지만
현재에 충실
해야지

지금 가장 고민하는 일은 작가, 강연자로서 내 삶을 어떻게 꾸려나갈 것인가이다. 쉽지 않은 일이지만 두렵거나 부담스럽지는 않다. 암에 걸린 것은 안타까운 일이지만, 마흔이 되는 이 시점에 전반생을 잘 정리하고, 가족과 일 그리고 후반생을 새롭게 시작할 수 있게 됐다는 점은 감사한 일이다.

의지와 희망 ——————— 2023. 9. 30

오늘은 여섯 시간 동안 푹 잤다. 목에 워머를 두르고 자니 머리에 모자를 쓰고 자는 것보다 숙면에 도움이 된다. 항암치료를 시작하고 혈압 조절이 안 됐던 이유도 목덜미가 차가워서였던 모양이다. 이제는 한 몸처럼 목에 워머를 하고 자야겠다. 여름이 지나 얼마나 다행인지.

어제는 가족들과 향후 항암치료 계획에 관해 대화를 나눴다. 집에 있으니 호수와 단이를 언제든 볼 수 있어 좋긴 한데, 여러 사람에 노출되면서 생기는 문제가 좀 있다. 감염 위험도 감염 위험이지만, 가족들이 겪는 불편 때문에 내가 스트레스를 많이 받는다. 아이들은 나갔다 오면 바로 샤워를 해야 한다. 하루 세 번 외출하면 샤워를 세 번 해야 한다.

아내는 내 환자식과 아이들 식사를 번갈아 차려야 해서 부엌에서 나올 틈이 없다. 환자식을 만드는 게 익숙하지 않아 영양소 밸런스가 잘 맞지 않는다. 일단 먹는 양을 늘려서 체중 감소에 대응하고 있다. 문제는 채소, 과일, 육류 반찬 모두 가짓수와 양이 부족하다는 것이다.

이러한 이유로, 앞으로는 항암치료 후 서울 요양병원에서 일주일간 체력을 회복한 뒤 전주 요양병원에서 2주간 지내기로 했다. 그러고 나서 바로 다음 차 항암치료를 받을 것이다. 이제 다섯 번만 더 받으면 되기 때문에 돈 문제는 잠시 잊기로 했다. 내가 집에 온 뒤, 내

색은 안 하지만 아내는 체력적으로 거의 한계에 와 있다. 지금이야 참고 있지만, 언제 다시 짜증이 밖으로 튀어나올지 몰라 아내를 볼 때마다 내 심장이 빠르게 뛰면서 불안증이 생긴다. 이런 상태로 있느니 차라리 요양병원에 머물면서 가끔 집으로 와서 아이들을 보는 게 더 좋을 것 같다. 가족들도 대체로 내 생각에 동의했다.

이 투병일기는 내 마음의 안정을 위해 쓰는 것이기도 하지만, 나처럼 암 투병을 하는 환자와 암에 걸려 경황이 없을 예비 암 환자들을 위한 것이기도 하다. 내가 암에 잘 대응하고 있는지 객관적으로 증명하기는 어렵다. 다만 의사와 간호사들의 의견을 종합해보면 암을 대하는 내 자세와 신체 반응이 일반적인 암 환자보다는 월등히 좋다. 가족과 일 문제로 마음이 힘들기는 하지만, 항암제 부작용이나 정신적인 면에서 나름 잘 대응하고 있다고 나 역시 생각한다.

내가 바른길로 가고 있다면, 어떤 점이 이를 가능하게 했을까? 두 가지를 꼽고 싶다. 하나는 의지, 또 하나는 희망이다. 의지란 다른 것이 아니다. 호수, 단이를 두고 생을 마감할 수 없다는 나의 강한 다짐이다. 그간 모든 일을 노력으로 극복해왔지만, 지금처럼 굳은 의지로 미션을 수행했던 적은 없다.

항암제를 맞고 토사곽란이 나 배를 틀어쥐며 신음할 때도 아이들을 생각하며 이겨냈다. 음식 냄새가 역해서 식사를 할 수 없을 때도 음식을 입으로 밀어 넣으면서 아이들의 얼굴을 떠올렸다. 구역질이 계속 나를 힘들게 했지만, 호수 얼굴 한 번 떠올리고 한 숟가락,

단이 얼굴 생각하며 한 숟가락, 그렇게 꾸역꾸역 식사했다. 그렇게 해도 체중은 줄어들었지만, 매순간 아이들을 생각하며 최선을 다했다. 온몸에 근육통이 와 꼼짝할 수 없을 때도 아이들을 생각하며 아무도 없는 병실에서 간절히 기도했다. 바르게 앉아도 위액이 역류해 항암제로 이미 바싹 말라버린 식도를 태우듯이 덮칠 때도 따뜻한 보이차로 입술을 적시며 쓰린 속을 진정시켰다. 구내염으로 입안이 너덜너덜해졌을 때도 먹어야 산다는 생각으로 한 끼의 식사도 거르지 않았다. 하룻밤새 머리가 다 빠져 볼품없는 꼴이 됐을 때도 살아만 있다면 외모가 대수냐며 스스로를 다독이고 또 다독였다. 새벽에 열이 올라 응급실에 가야 할지도 모를 때는 수건을 물에 적셔 온몸을 닦고 또 닦았다. 과식해 밤새 화장실을 드나들어 기력이 없을 때에도 단백질 음료와 크래커를 먹으며 기력을 되찾으려고 몸부림쳤다. 손발이 저려 노트북 자판도 치기 어려울 때는 백 번이고 천 번이고 손을 쥐었다 펴기를 반복했다. 내가 처한 상황, 내 몸의 상태를 객관적으로 바라보면서 내가 할 수 있는 일을 찾아 최선을 다해 수행했다.

나는 이 모든 노력과 의지가 지금까지 내가 살아온 삶의 궤적이 만들어낸 선물이라고 생각한다. 모두가 이렇게 해낼 수는 없겠지만, 혹시 이 글을 읽는 독자가 암 환자라면 세상을 등질 수 없는 이유를 가슴 깊이 새기고 굳은 의지로 버텨보라고 말해주고 싶다. 그 순간순간은 고통스럽지만, 분명 빠른 회복이라는 결실을 손에 넣을 수 있을 것이다.

희망이라는 요소 역시 암을 극복하는 데 중요한 동기가 된다. 나는 항암치료를 시작하며 영어 공부를 시작했다. 특별한 이유는 없었다. 6차 항암치료까지 마치고 완전관해(임상적으로 계측, 평가 가능한 병변이 모두 사라지고, 새로운 암세포가 보이지 않는 상태가 4주 이상 지속된 상태)가 되면 나는 여행을 떠나고 싶다. 어디를 갈지, 얼마나 있을지는 정하지 않았다. 완전관해 판정을 받은 뒤 떠오르는 곳에 갈 생각이다. 그러려면 생활 영어가 필요할 것 같았다. 1차 항암치료 3일 차에 온갖 부작용이 한 번에 밀려오며 위기를 맞았지만, 그날도 몸이 진정된 틈을 타 영어 공부를 빼먹지 않았다. 투병일기 쓰는 것도 마찬가지다. 이 일기는 암이라는 미지의 상대와의 투쟁기다. 하루도 빼먹지 않고 기록하는 것만으로도 투병에 상당히 도움이 된다.

내 모든 행위의 종착점은 '암과의 싸움에서 이긴 뒤'라는 공통점이 있다. 암을 이겨내야만 가질 수 있는 상급賞給이기 때문에 내가 육체적 고통과 정신적 고통에 무너져 내릴지라도 희망을 놓지 않을 수 있다. 이 부분이 중요한 포인트라고 생각한다. 몸이 다 나은 뒤 할 일들을 하나씩 떠올리며 몸의 고통을 잊어가는 거다. 그것이 지금 이 순간 최선의 힘을 낼 수 있는 동력이자 낙심할 때 나를 일으켜 세우는 힘이다.

글을 다 적고보니 이런 생각이 떠올랐다. 나야 팔자 좋게 요양병원에 입원할 수 있으니 의지니 희망이니 흰소리를 할 수 있지 않을까. 내가 하는 일이 육체노동이라면, 항암제를 맞고 길게 쉬어봐야 일주일도 못 쉬는 형편이라면, 집에서 나만 바라보는 굶주린 아이들이 있는 가장이라면, 암과 제대로 싸울 수 있었을까? 아니다. 절대 불가능한 일이다. 내가 아무리 강한 의지와 미래에 대한 희망을 품고 병마와 싸우려 해도 현실이 주는 압박감에 쓰러지고 낙심했을 것이다.

내가 림프종이라는 병을 극복해내고나서 어떤 사람이 될지는 모르겠다. 그래도 기회가 되고 능력이 된다면 이런 처지에 있는 환자를 돕는 일을 해보고 싶다. 앞으로 어떤 일을 할지 모르겠지만, 형편이 어려운 암 환자를 돕는 일은 꼭 하고 싶다. 내가 앞으로 10년을 살지 20년을 살지 모르지만, 살아 있는 한 최소한 내 눈앞에 어려운 처지의 환자가 있다면 성심을 다해 도울 것이다.

이 결심은 또 다른 의지와 희망이 되어 나를 일으키는 힘이 됐다. 나는 우리 호수와 단이, 어딘가에서 나처럼 고통에 신음하는 다른 환자들을 위해서라도 이 병마와의 싸움에서 결코 무릎을 꿇지 않을 것이다. 너무 비장해서 낯부끄럽지만, 지금 내 입에서는 그런 기도가 흘러나오고 있다.

3부

감사와 간구, 그리고 소망

2차 항암치료 준비 ——————— 2023. 10. 1

중간에 한 번 깨긴 했지만 네 시간, 두 시간 나눠서 여섯 시간을 잤다. 확실히 목에 워머를 하면 잠을 깊이 잘 수 있다. 내일 외래 진료를 받기 위해 서울에 간다. 서울에 간 김에 항암치료 들어가기 전에 새로 시작한 일과 관련한 미팅도 처리할 작정이다. 일이 좀 몰려 있지만, 이제 정상인만큼 면역력과 체력이 올라와 하루 한 건 스케줄을 소화하는 데는 큰 지장이 없다.

어제는 우정이 형과 최근 진행하는 일에 대해 논의했다. 우정이 형은 꼼꼼하게 그간 진행된 일을 점검하고 객관적으로 내 상황을 봐주었다. 뜻밖의 호의가 내게 독이 될지 득이 될지는 지나봐야 안다는 것을 나도 잘 안다. 다행히 기자 생활을 하면서 여러 유형의 사람을 만나봤던지라 상대방이 나를 거짓으로 대하는지 진실로 대하는지는 구분할 줄 안다. 우정이 형이 걱정하는 것이 무엇인지도 잘 안다. 내가 사람을 쉽게 믿어 잘 속는 사람이라는 것. 그런데 여태껏 사람들에게 속았던 것은 그냥 속아줬던 것이다. 그런 사소한 일로 사람들을 잃기 싫었던 게 내 속마음이다. 사정이 있겠지, 나한테밖에 기댈 곳이 없겠지, 나중에 기회가 되면 갚아주겠지. 그게 다였다.

이번에 진행하는 일들도 마찬가지다. 그런 일이 안 일어나기를 바라지만, 안 좋은 상황이 벌어져도 받아들일 준비가 돼 있다. 설마 목구멍에 거미줄이야 치랴. 몸만 깨끗이 나으면 누구라도 데려다가 날 쓰겠거니 생각한다.

이번에 서울에 가면 꽤 오래 머물러야 한다. 심리치료 전문가인 김선현 교수가 집에서 나와 지내는 것이 항암치료와 정신 건강에 좋다고 진단했다. 나도 그렇게 생각한다. 2차, 3차 항암치료가 가장 위기라 응급실에 갈 일이 한 번은 생긴다고 하니, 서울대병원으로 바로 갈 수 있는 곳에 머무르는 게 심리적으로도 안심이 된다. 중증 환자인 내가 어쩌다 이런 외톨이 신세가 됐는지 생각하면 가끔 우울하기도 한데, 이 또한 어쩔 수 없는 일이다. 나는 서울에서도 나를 사랑하는 사람들 속에서 따뜻하게 지낼 것이고, 위로와 평안을 얻을 수 있으리라 생각한다. 아이들이 너무 보고 싶지만, 내가 살아야 아이들도 사는 거다 생각하고 꾹 참을 생각이다.

기력이 어느 정도 회복된다면 주말에 전주에 다녀갈 생각이다. 요양병원에 있어봐야 다른 환자들도 다 외출을 나가기 때문에 더 우울하다. 그러느니 전주에서 아이들 얼굴이라도 보고 다시 기운을 차리는 게 낫다. 사흘 정도면 아내도 집안일 하기에 버겁지 않을 거다. 사흘간 충전하고 다시 요양병원으로 가서 회복하면 된다. 그 정도면 내가 견디기 딱 좋은 상태다.

2차 항암치료를 받으면 나는 어떤 상태가 될까? 1차 항암치료와 비슷할까? 1차 항암치료처럼 요단강 중류까지 가다 돌아올까, 아니면 더 나아가 하류까지 쓸려 내려갔다가 의료진의 구조를 받고 살아날까? 혹은 거짓말처럼 상류에 머물다가 3차 항암치료를 맞을 수 있을까? 뭐가 됐든 큰 의미는 없다. 2차 항암치료에서 무사하다고 해서 3차 항암치료가 평안할 것이라는 보장은 없으니까.

지금 내 머릿속에서 가장 걱정되는 것은 손끝저림 같은 아주아주 사소한 증상이다. 동상 같은 이 증상도 항암제를 맞으면 씻은 듯이 나을 것이다. 손끝에 신경 쓸 수 없을 만큼 온몸이 너덜너덜해질 테니까. 앞으로 암 환자를 만나면 나는 작게라도 꼭 응원의 선물을 줄 생각이다. 항암치료를 받을 때마다 새로 태어나야 하는 그들의 노고를 조금이라도 위로하고 싶다. "저도 그 길을 걸어왔습니다. 이렇게 멀쩡히 살아 있으니 희망 잃지 마세요."라고 이야기해주고 싶다. 아니 눈빛으로만 메시지를 보내야겠다. 부담스럽지 않게.

함께 ──────── 2023. 10. 2

오늘은 여섯 시간을 내리 잤다. 집을 나와서야 잠을 푹 잔다는 게 아이러니로 느껴진다. 신경 쓸 일이 없으니 편하다. 이제 혼자가 익숙해져서 그런 것일 수도 있다.

나는 혼자가 편하다. 전생에 스라소니나 표범 같은 동물이었던 걸까? 그러고보니 아내는 가끔 "그럴 거면 나가서 혼자 살아. 당신은 결혼하면 안 됐어."라는 말을 했다. 내가 혼자 있기를 좋아하고 즐긴다고 생각한 듯했다. 그런 아픔들이 쌓이고 쌓여 지금의 아내가 됐겠지.

내가 혼자가 좋다고 한 것은 가족이나 동료, 지인들과 멀리 떨어져 혼자 있는 게 편하다는 말이다. 기자 일을 오래 해서 뭐든 혼자 하는 게 몸에 배어서 그럴 수도 있다. 어려서부터 공부도 혼자, 운동도 혼자, 일도 혼자, 학교도 혼자 다닌 탓도 있을 것이다. 그게 지금의 나를 만든 것일까? 그래서 혼자 하는 일을 팀으로 하는 일보다 잘한다. 책을 쓴다든지, 혼자 여행을 한다든지, 기러기 생활을 한다든지, 이런 것이 전혀 어색하거나 힘들지 않다.

어쩌다 이런 외로운 인생이 됐을까? 겉으로 보면 주변에 사람이 북적이는 데다 외로워 보이지도 않는데 나의 내면은 언제나 홀로 고요하게 있는 것을 갈망한다. 하루 중 가장 좋아하는 시간도 노트북을 켜고 어두운 조명을 켠 채로 찬양을 들으며 글을 쓰는 시간이다. 아무도 날 방해하지 않는 고요한 시간이다. 글을 쓰다가 좋은 찬양이 나오면 기도를 하기도 하고, 기도해줄 사람이 생각나면 그 사람을 위해 기도하기도 한다. 한 시간 남짓 아침 루틴처럼 글을 다 완성하면 지인 몇 명에게 글을 보내고 다시 침대에 눕는다. 그때 찾아오는 적막감을 즐긴다.

어쩌면 외로운 그 순간을 즐기는 것일지도 모른다. 외로움에 마음이 단단해져서 알싸한 소주를 한 잔 입에 털어 넣었을 때처럼 기분 좋은 쓸쓸함을 어루만진다. 가만히 누워 천장을 바라보면서 좋아하는 찬양이 나오면 흥얼거린다. 이유 없이 또르르 눈물이 한 방울 흘러내릴 때도 있다. 딱 한 방울. 눈매 끝자락을 타고 흐르는 눈물 자국이 마르면 몸을 일으킨다.

혼자가 좋다고 했지만, 솔직한 마음은 함께이고 싶다. 일할 때 내마음 같은 사람들과 함께하고 싶었다. 혼자 살 때도 누군가 마음에 맞는 사람과 함께 살고 싶었다. 운동할 때도 자전거나 달리기보다 다른 사람들과 호흡을 맞추는 테니스, 배드민턴, 유도 같은 운동이 훨씬 좋았다. 살다보니 혼자 남겨져 있었고, 이제는 혼자가 익숙해진 것뿐이다.

암에 걸렸을 때, 이것도 혼자 해야 하려나 하는 생각이 문득 들었다. 우려가 현실이 된 것인지, 나는 병원도 혼자 다니고 항암제도 혼자 가서 맞는 신세가 됐다. 요양병원에서도 혼자 지낸다. 여러 상황과 여건이 그럴 수밖에 없게 됐다.

혼자든 함께든 상관은 없다. 나는 어떤 방식으로든 나을 것이라는 걸 잘 알고 있다. 그래도 이번만큼은 혼자가 아닌 함께이고 싶었다. 그렇게 묵혔던 문제가 해결될 것이라 생각했다. 모두가 똘똘 뭉치는 계기가 됐으면 하고 속으로 바랐는지도 모른다. 여러 문제가 실제로 그렇게 해결되기도 했다. 어제는 부모님 두 분이 내소사에 다녀왔다고 사진을 보내오셨다. 두 분의 화목한 모습을 보니 어찌나

기쁘던지. 서울로 올라
온 뒤로는 내 곁에도 함
께하는 사람들이 생겼다.
다들 너무 감사하고, 고마운 사
람들이다. 이렇게 함께해줘서 얼마
나 기쁜지 모른다. 나도 이제 함
께가 됐다.

일희일비 ——————— 2023. 10. 3

오늘은 다섯 시간을 잤다. 중간에 한 번 깨긴 했는데 낮에 1만
8,000보를 걸어서 그런지 푹 잤다.

어제는 서울대병원에서 외래 진료를 봤다. 1차 항암치료 이후의
몸 상태를 확인하고, 2차 항암치료 스케줄을 잡았다. 2차 항암치료
스케줄이 혈액검사 결과에 따라 달라지기 때문에 약간 긴장이 됐다.
물론 컨디션이 무척 좋아서 좋은 결과가 나올 것이라 기대는 했다.
오전 6시 50분 호텔을 나와 서울대병원 암병동 채혈실로 향했다.
7시가 조금 못 된 시간인데도 채혈실 앞은 암 환자들로 인산인해.
번호표를 뽑고 기다렸다가 피를 뽑았다. 하나둘 의료용기에 피가 담
기고 내 이름이 쓰인 인식표가 붙었다. A0119. 제발 결과가 좋게 나

오길 기도하면서 자리에서 일어났다.

7시부터 진료를 받는 9시 15분까지는 지루한 기다림의 시간이다. 암병동 1층에 있는 카페에 가서 닭죽을 먹었다. 암에 걸린 뒤 희한하게 닭고기가 당긴다. 아침을 먹고 지난번에 떼지 못한 항암낮병동 입원확인서와 진료세부내역서를 발급받았다. 그리고 보험사에 보험금을 신청했다. 두 군데 보험사에 실비보험을 든 터였다. 보험금 청구를 마치고, 홍준식 교수 진료실 앞으로 갔다. 창경궁 전경이 내려다보이는 혈액암센터의 경치는 언제나처럼 멋들어졌다. 가을 햇살이 내리쬐는 창경궁을 보는 것만으로 암이 싹 낫는 듯했다. 혈액암센터는 앉을 자리가 없을 정도로 환자가 가득했다. 추석 연휴가 길어 진료가 많이 밀린 모양이다. 자리를 비집고 앉아 순번을 기다렸다. 드디어 내 이름이 불렸다. 두근거리는 마음을 진정시키며 진료실 문을 열고 들어갔다.

홍준식 교수는 차분한 어조로 1차 항암치료 후 상태를 물었다. 부작용과 몸의 반응, 현재 상태 등을 꼼꼼히 체크했다. 의사와 환자의 궁합이 중요하다는 말을 환자들은 자주 한다. 내 경우는 차분하고 따뜻한 말투를 쓰는 홍준식 교수가 참 좋았다. 그의 말이라면 꼭 들어야 할 것 같은 신뢰가 생긴다. 그래서 홍 교수가 1차 항암치료 때 당부한 사항을 거의 지켰다.

부작용은 위가 가장 심했고, 장과 구강은 비교적 수월했다고 보고했다. 그리고 지금도 손끝저림이 심한 것이 조금 걸린다는 얘기도 했다. 홍준식 교수는 위에 대해서는 별 말 없었다. 일반적인 현상이니 지금처럼 식사를 열심히 하면 큰 문제는 없을 것이라고 일러주었다. 손끝저림은 아마도 부모님 중 한 분에게 당뇨가 있어 유전의 영향이 있을 것이라고 했다. 3차 항암치료 중간 경과를 보고 손끝저림을 유발하는 항암제를 뺄 수 있으면 빼자고 했다. 내가 암을 빨리 나을 수만 있으면 참아보겠다고 하자 홍 교수는 환자 상태가 좋아서 그러는 거니 걱정하지 말라고 했다.

부작용 점검이 끝나고 홍 교수가 혈액검사 결과를 보여주었다. 그러면서 "김진방 님, 이렇게 관리하느라 고생하셨겠어요. 제가 너무 감사하네요."라고 말했다. 나는 무슨 소리인가 싶어 결과표가 떠 있는 모니터 화면을 봤다. 간수치를 나타내는 ALT(GPT)(알라닌아미노전달효소)가 조금 높은 것을 제외하면 거의 정상인과 같은 수준의 수치가 떠 있었다. 홍 교수는 간수치야 워낙 독한 약을 많이 먹으니 당연하다면서, 크게 높은 수치도 아니라고 했다. 면역력을 나타내는 수치들도 정상 범위에서 아주 조금 모자라는 수준으로 회복돼 있었다. "하나님 감사합니다. 교수님 감사합니다." 속으로 기도가 절로 나왔다.

홍 교수는 지금 추세를 잘 이어가면 좋은 결과가 있을 거라고 격려해주었다. 나보다 더 기쁜 얼굴이라 담임선생님께 좋은 점수가 적힌 성적표를 받아 든 학생이 된 기분이 들었다. 의사와 환자가 서로 연신 고개를 숙이며 인사를 나눈 뒤 진료실을 나왔다.

진료실을 나와 항암낮병동으로 가는 동안 1차 항암치료 이후 있었던 많은 일이 떠올랐다. 좋았던 기억보다는 힘들었던 기억이 많았다. 구역질에 딸려 올라오는 음식물을 꾹꾹 눌러 내리며 과자라도 욱여넣었던 날들. 변기를 부여잡고 너무 힘들어 '주여, 나를 붙드소서' 기도하던 시간. 속이 상해 눈물이 나올 것 같을 때 작은고모에게 전화해 쓰린 속을 달래던 순간들……. 그 모든 순간이 주마등처럼 내 머릿속을 지났다. 그래, 이대로만 하면 3차 항암치료에서 암 덩어리를 다 없애고, 6차 항암치료가 끝나면 씻은 듯이 나을 수 있다. 속으로 다짐하고 또 다짐했다.

홍준식 교수는 2~4차 항암치료에서 데미지가 몸에 쌓이기 때문에 컨디션 관리에 더 신경을 써야 한다고 했다. 2차 항암치료를 받고나서는 서울의 요양병원에서 주로 지낼 예정이라 응급실에 가야한다면 서울대병원 응급실로 갈 생각이다. 간호사도 그러면 더 안심이라고 했다.

내 인생에서 수없이 많은 성적표를 받아봤지만, 오늘만큼 기분 좋은 성적표는 없었다. 암 환자의 제1계명 '일희일비하지 말라.'가 떠올랐지만, 오늘만큼은 기쁘게 축하하고 싶다. 나를 위해 기도해준 모든 사람의 얼굴을 떠올리며 감사 인사를 전해야겠다.

절박하지만 조급하지 않게 ——————— 2023. 10. 4

오늘은 일곱 시간을 잤다. 이틀 연속 만 보 넘게 걸어서였을까. 중간에 깨지 않고 푹 자다가 새벽에 눈을 떴다. 모든 체력을 소진하고 다시 회복하는 느낌을 오랜만에 가져봤다. 건강했을 때는 늘 느끼던 것인데 왜 이리 반가운지. 몸 상태는 1차 항암치료를 하기 전보다 훨씬 좋다. 매일 좋은 것만 먹고 건강에만 신경 써서 그럴 터.

오늘은 긴 연휴가 끝나고 출근하는 날이다. 출근해서 하는 일이라야 기사를 몇 개 쓰는 정도지만, 기쁘다. 일을 해도 크게 무리가 가지 않는다. 기자 일을 그만두기로 결심한 뒤로는 기사 하나하나가 소중하게 느껴진다. 심도 깊게 취재해 쓰는 기사는 아니지만, 보도자료를 보고 쓰는 기사라도 최대한 집중해서 한 글자 한 글자 써 내려간다. 다 쓰고나서 읽어보면 형편없는 것은 여전하지만, 그렇게 하고 있다.

오늘은 새로 모색하는 일과 관련한 미팅도 있다. 오늘 미팅을 위해서 많은 준비를 했다. 사실 언제나 준비는 돼 있었지만, 기회가 없었다. 이번 기회를 잘 살려 함께하는 사람들과 모두 행복할 수 있기를 기도한다. 혹여 일이 잘 안 되더라도 크게 걱정하지는 않을 것이다. 이제 정말 모든 것을 내려놓았기 때문에 필요와 상급은 하늘에 맡기고 내가 좋아하는 일, 내가 하고 싶은 일을 하면서 살아갈 것이다. 굉장히 이상주의자 같은 발상이지만 그렇게 할 생각이다. 지금 내 본능은 이게 맞는다고 말하고 있다. 그래서 내 결정을 따라 묵묵히 걸어갈 생각이다. 일이 잘될지 잘못될지는 지금으로써는 알 길이 없다. 또한 내 몸 상태가 기자 일을 하기에 적합하지 않은 것도 부인할 수 없는 사실이다. 그런 상황에서 내가 할 수 있는 일을 할 뿐이다.

골육종 진단을 받았던 게 벌써 두 달 전 일이다. 8월 18일 골육종 진단을 받았을 때는 눈앞이 깜깜했다. 내 건강을 챙기는 건 둘째 치고 주변을 정리할 준비도, 남겨진 가족들을 위한 방비도 아무것도 해놓은 게 없었다. 의사의 진단대로 내가 죽게 된다면 모든 상황이 엉망이 될 게 분명했다. 그래서 절박했던 것 같다. 좌충우돌하는 시간 속에서 림프종이라는 선물(?)을 받으면서 조금은 상황이 정리됐다. 물론 사망률이 낮아진 것이지 완전한 자유를 얻게 된 것은 아니었다.

정도가 약해졌을 뿐인 절박함은 내 판단력을 흐리게 만들었다. 기자 일을 관둘지 말지, 아내와의 관계를 어떻게 풀어야 할지, 당장 항암치료를 서울에서 할지 전주에서 할지 같은 모든 문제가 나를 덮쳐왔다. 판단을 내려야 할 현안은 쌓여가고, 이와 별개로 병마와 계속 싸워야 했다.

1차 항암치료 후 일주일이 지나고 몸이 지칠 대로 지쳤을 때 문득 이런 생각이 들었다. '이 모든 고민은 내가 낫고 난 이후의 문제다. 지금 어떤 식으로 흘러가더라도 내가 낫지 못하면 물거품일 뿐이다.' 지금 집중할 것은 내가 낫는 것, 내가 낫기 위해 가장 좋은 방법을 찾는 것이었다. 머리는 맑아지고 판단은 명확해지는 순간이었다. 그 뒤로는 일 문제든 가족 문제든 내 건강을 1순위로 두고 결정하게 됐다. 이렇게 마음을 먹자 마음이 조급하지 않았다. 절박함은 남아 있었지만, 조급하지 않은 상태로 상황을 핸들링하게 되자 마음의 평안도 찾아왔다.

외부에서 나를 바라보는 사람들은 불안한 눈빛을 비친다. 그들의 불안한 시선과 반대로, 내 마음은 그 어느 때보다 평안하다. 지금 내게 중요한 것은 최상의 컨디션에서 치료 받고 회복하는 것이다. 일은 그 뒤에 생각해도 된다. 가족도, 돈도, 명예도 다 내가 있어야 존재하는 것이라는 생각이 머릿속 깊이 자리 잡게 되었다. 오로지 나만 생각하는 이기적이면서도 가장 이타적인 이 결정이 나를 편안하게 만든다. 조급하면서도 절박하지 않은 이 상태.

모든 암 환자가 이런 평안을 느끼는지는 모르겠다. 만약 그렇다면 이 땅의 모든 암 환자는 어느 정도 깨달음을 얻은 사람일 것이다. 요양병원이든 어디든 암 환자들의 모임이 있다면 이런 이야기를 나눠보고 싶다. 아니면 암에 걸렸다가 회복한 사람들과 꼭 이와 관련된 이야기를 나눠보고 싶다. 솔직히 말하자면, 생명을 담보로 하지만 않는다면 마음속에 고통과 번민이 가득한 사람들에게 암을 권하고 싶을 정도다. 암에 걸리고나면 그 순간만큼은 누구나 현자가 되는 것이다. 여기서 현자란 이전의 자신보다는 훨씬 성장한 상태를 뜻한다.

나도 암에 걸리고나서야 지금의 여유와 평안을 찾았다. 그리고 인간관계에서 누가 나를 위해 기도하고 마음 아파하는지도 알게 됐다. 반대로 나를 오로지 기자이자 이를 통해 이득을 얻는 매개로 보는 사람이 누구인지도 알게 됐다. 편을 가르려는 게 아니라, 그냥 자연스럽게 그렇게 됐다. 마치 불은 뜨겁고 얼음은 차갑다는 사실을 처음 안 원시인처럼. 이제 나는 절박하지만 조급하지는 않다. 이 상태로 일이든 인간관계든 개인적인 문제든, 모든 일을 해나갈 수 있기를 바라고 있다.

고맙고도 서운한 회사 ———— 2023. 10. 5

오늘은 여섯 시간을 내리 잤다. 어제 일정이 피곤해서였을까. 나흘간 서울 나들이에 지친 탓도 있겠지. 이번 서울행에서는 많은 일을 했다. 스트레스를 받거나 체력적으로 무리하는 일정은 아니었다. 그럼에도, 지금 내 상태가 일상생활을 하기에는 버거운 거 같다. 다음에 서울에 가면 일정을 조금 줄여서 잡아야겠다.

어젯밤 집에 오니 호수와 단이가 자고 있었다. 방문 틈으로 보이는 발가락이 어찌나 귀여운지. 깰까봐 방에 들어가 쓰다듬지는 않았다. 아침에 일어나면 꽉 안아줘야지. 아이들도 이제 적응이 됐는지 아빠가 입원했다 집에 오는 생활이 익숙한 것 같다. 전처럼 나를 많이 찾지는 않는다. 그나마 다행이다. 내가 항암치료를 잘 받으며 씩씩한 모습을 보이니 안정이 되는 모양이다. 단이의 틱도 많이 좋아졌다. 단이를 안아줄 때마다 "아빠 금방 나을 거니까 엄마 말씀 잘 듣고 있어. 아빠 슈퍼맨인 거 알지? 아빠는 꼭 나아서 돌아올 거야. 단이도 아빠 나으라고 기도해줘."라고 나 자신에게 주문하는 겸 단이를 안심시킬 겸 말해준다.

서울 요양병원은 시설부터 프로그램 모든 게 마음에 든다. 가격이 비싼 게 흠인데, 그래도 서울대병원에 바로 달려갈 수 있으니 돈 문제는 잠시 접어두기로 했다. 낫기만 하면 그깟 돈 몇 푼은 아무것도 아니다.

어제 내가 새로 하는 일 중 하나와 관련해 미팅이 있었다. 몇 분 말고는 모두 아는 얼굴이라 마음이 편했다. 내가 아는 한 신의를 저버릴 사람들이 아니다. 그거면 됐다. 목표를 향해 같이 달려가다가 넘어질 수도 있고, 일이 엎어질 수도 있다. 서로 배신하지 않고 끝까지 완주만 한다면 결과는 상관없다. 나는 내가 할 수 있는 최선을 다할 생각이다. 물론 건강을 회복하는 것이 가장 급선무다.

그제 오전에 회사에 잠시 들렀다. 그렇게도 밉던 회사인데, 경복궁에서 회사로 들어가는 길에 올라서자 뭔가 짠한 마음이 들었다. 내가 14년간 다녔던 회사. 추억도 많고 아픔도 많았다. 이상하게 회사로 걸어 올라가는 걸음마다 미움보다는 기쁨과 보람, 좋은 사람들이 생각났다. 풋내기 기자가 특파원이 되기까지 나를 갈고닦아줬던 회사다. 지금 새로운 일을 시작할 수 있는 네트워크와 인연도 모두 이곳에서 만들었다.

사실 며칠 전 회사에 희망퇴직을 신청했다. 얼마 전 전북본부장이 된 홍인철 선배에게 먼저 희망퇴직 의사를 밝혔다. 현재 내 형편과 치료비로 인해 다가올 경제적인 부담, 험지인 베이징 특파원으로 두 번이나 부임한 이력 등을 적어 본사에 전달해달라고 했다. 희망퇴직을 신청한 가장 큰 이유는 나 때문에 정원 하나가 빠져서 힘들어할 전북본부원들 때문이었다. 홍 선배에게도 그런 취지를 잘 설명했다. 앞으로 2년간 회사를 쉬거나 출근을 하더라도 반인분의 일밖에 할 수 없으니 퇴직을 하는 게 좋을 것 같다고 말했다. 개인적으로는 2년 뒤 기자 일을 그만둘 때 퇴직금만 받고 나가야 하는 것과 비교해 희망퇴직을 하면 조건이 훨씬 좋은 것도 이유라면 이유다.

희망퇴직을 신청하자 본사 부장인 이귀원 선배가 전화를 주었다. 외교부 출입할 때 잠깐 같이 일했고, 베이징 특파원 시절에는 이 선배가 뉴욕 특파원으로 발령받아 북한 문제로 가끔 연락했던 사이다. 참 좋은 선배였고 나를 참 아껴주었다. 항암치료를 받느라 이 선배가 부장으로 취임한 줄도 몰랐다. 이 선배는 안부를 묻더니 희망퇴직을 하는 이유를 조심스럽게 물었다. 내 상황을 설명하며, 회사에서 받아줄 것이라 기대하지는 않는다고 덧붙였다. 이 선배는 최선을 다해보겠다고 말하고 전화를 끊었다.

어제 회사에서 답변이 왔다. 이 선배가 직접 전화를 해 전해주었다. 55세 이상만 희망퇴직을 받는다는 원칙에 예외를 둘 수 없다는 것이 회사의 입장이었다. 큰 기대를 안 하기는 했는데, 이 정도까지 거부당할 줄은 몰라 약간 당황했다. 반대로 생각하면 2년 뒤 돌아갈 둥지가 생긴 셈이니 나쁘지는 않다. 이 또한 하늘의 뜻이겠거니 생각하고 결과를 받아들였다. 전화기 너머 이 선배와 홍 선배가 미안해하는 게 느껴졌다. 두 분이 너무 미안해하기에 "선배, 처음부터 기대하지도 않았으니 괜찮습니다. 애써주셔서 감사해요."라고 말했다.

말은 그렇게 했지만, 회사에 대해 서운한 감정이 없다면 거짓말이다. 마지막 배려로 이 정도는 해줄 수 있지 않나 싶었다. 내 허리 통증이 시작된 것은 중국에서 한창 코로나19가 재유행해 베이징이 봉쇄됐던 2021~2022년이다. 당시 입출국 격리와 베이징 봉쇄를 포함하면 거의 80일 가까이 격리 생활을 했다. 당시 상하이, 베이징, 우한, 단둥 같은 지역이 봉쇄됐는데, 이때 또 일이 엄청 많았다. 전에 겪어본 적 없던 상황이 되면서 중국의 공안 정국에 익숙한 나도 엄청난 스트레스를 받았다. 그 뒤로 삼차신경통이 시작됐고, 한국에 귀임한 뒤 암 덩어리가 커지면서 림프종 3기 진단을 받았다.

회사를 원망하는 것까지는 아니지만, 그간 고생한 것에 대해 어느 정도 인정을 베풀어줄 수 있지 않나 하는 생각이 들었다. 서운한 감정이 지나가자 이런 생각이 들었다. 회사는 나 개인만을 위해 사고하지 않는다. 회사 입장에서 암에 걸린 나는 배제돼야 할 존재이지 보듬어 안을 구성원은 아니다. 회사 입장에서 생각하면 당연한 결정이다. 내가 대표라면 어땠을까도 생각해봤다. 희망퇴직을 받아줄 결단을 내릴 수 있었을까? 답을 내릴 수는 없었지만, 회사의 사정이 이해가 갔다. 몸이 아픈 뒤 냉정하고 냉혹한 회사에 서운한 감정이 들지만, 한편으로는 연합뉴스에 다니면서 호수와 단이를 잘 키웠고, 집도 샀고, 좋은 사람들을 많이 만났다. 그거면 됐다. 더 바라지도, 서운해하지도 말아야지.

폭풍전야

오늘은 여섯 시간 잤다. 자긴 잤는데 제대로 자지는 못했다. 악몽에 시달렸다고 해야 하나, 가위에 눌렸다고 해야 하나. 저녁에 외식하고 와서 누웠는데 계속 속이 더부룩했다. 밤 11시에 잠자리에 들었는데 두 번이나 가위에 눌려 잠이 깼다. 정말 오랜만에 겪어보는 가위였다. 어떤 남자의 목소리가 들리면서 내 배와 팔이 꽉 눌렸다. 힘으로 움직여 풀기는 했지만, 그 숨결이 생생하게 느껴져 소름이 끼쳤다. 그렇게 두 번을 반복하고나서야 다시 잠에 들 수 있었다.

밤새 자다 깨다를 반복하다가 노트북 앞에 앉았다. 잠자리에 들기 전에 서울 요양병원에 가져갈 여름 이불과 옷, 양말, 속옷을 챙겼다. 빼먹은 게 없나 여러 번 확인했지만, 늘 뭔가 빼먹기 때문에 가서 사면 되지 하는 마음으로 짐을 꾸린다. 집에서 멀리 떨어져 하는 요양이니 없으면 없는 대로 지내야지.

어제 잠을 설친 것은 내일 들어갈 2차 항암치료에 대한 두려움 때문인 것 같다. 정말 나답지 않은 일이다. 중국의 오지인 핑샹에서 경찰서 유치장에 끌려갔을 때도 무서워하지 않았는데, 이깟 항암치료가 뭐라고 잠을 설쳤을까. 아마도 본능적인 두려움 때문일 것이다. 1차 항암치료 때는 미지의 상대에 대한 막연한 두려움과 호기심이 있었다. 2차 항암치료는 그와 다르다. 이미 아는 고난의 길을 다시 걸어야 한다는 두려움이 나를 덮쳐온다. 나의 의지를 무시하고 몸이 반응한다. 어찌할 도리가 없다. 아무리 마음을 다잡아도 항암제를 맞은 것처럼 속이 더부룩하고 신경이 곤두선다.

그 기분을 자세히 묘사해보고 싶어 밤새 뒤척이며 표현을 다듬었다. 사나운 맹수 우리 앞에 서 있는 어린 비송 한 마리 같은 기분이랄까. 맹수는 굶주릴 대로 굶주려 내가 사정거리에 들기만 하면 앞발로 낚아챌 태세로 나를 노려보고 있다. 그때 주인은 네가 살고 싶으면 그 우리 안으로 들어가라고 명령을 내린다. 충성스러운 강아지는 주인의 명령을 거부하지 못하고 우리로 들어갈 마음의 준비를 한다. 주인을 너무나 신뢰하기 때문에 명령을 거부할 생각은 하지 못한다. 하지만 두려움을 떨칠 수는 없다.

지금 내 상태가 꼭 그렇다. 내일 항암제를 맞으면 어떤 일이 일어날까? 지금도 저린 손끝은 또 얼마나 아파질까? 위가 다 헐 텐데 또 얼마 동안 음식을 제대로 못 먹을까? 구역질은 얼마나 지속되려나? 입안의 구내염은 며칠 동안 나를 괴롭힐까? 변비와 설사는 얼마나 지속되려나? 이번엔 손톱과 발톱이 들리지 않을까? 잠은 얼마나 잘 수 있을까? 낙서 된 이면지처럼 구겨진 폐는 언제쯤 펴질까? 내일 항암제를 맞은 후에도 네 번이나 다시 맹수 우리에 나를 집어넣어야 하는데 잘해낼 수 있을까? 만감과 오만가지 생각이 머리를 가득 채운다.

한편으로는 폭풍전야처럼 다가올 토사곽란과 관계없이 마음 한 구석이 고요하다. 그래도 해본 거니까. 항암치료를 거듭할수록 부작용이 덜할 수도 있다니까. 2일 차, 3일 차, 4일 차, 5일 차…… 달력을 보고 손가락을 헤아리면서 '한글날만 지나면 살 만하겠구나.'라고 스스로를 다독인다. 제발 응급실에만 가지 않기를, 제발 다른 병에만 감염되지 않기를 간절히 기도한다.

나는 언제나 위기 속에서 행운을 만났다. 늘 하는 우스갯소리지만, 운 나쁜 놈 중에서 가장 운 좋은 놈이 바로 나다. 부작용도, 응급실도 내 행운 앞에서 나를 해치지 못할 것이다. 곤궁하고 암울했던 어린 시절에서 나를 건져준 것도 이 행운 아닌가. 과정이 조금 힘들 뿐 칠흑 같은 터널을 빠져나오면 환하게 나를 비춰줄 햇살이 기다리고 있다. 이번에는 함께할 동료가 지천으로 있지 않은가. 그 도움의 손길을 기억하자. 나를 붙드는 이의 전지전능함을 믿자. 내가 병마와 싸울 때, 고통에 신음하며 시트 자락을 꽉 움켜쥘 때 내 손등을 따스하게 감싸주는 하나님의 손길에 의지하자. 나는 할 수 있다. 그것도 잘할 수 있다. 폭풍은 지나가게 마련이고, 그 자리에는 새싹이 돋아난다는 것을 잊지 말자.

산책하면서 느끼는 행복 ———————— 2023. 10. 7

오늘은 여섯 시간을 잤다. 어제 청담동에 있는 요양병원에 입원해 잠자리가 바뀌어서 잠이 좀 늦게 들었다. 다행히 한번 잠든 뒤로는 깨는 일 없이 푹 잤다. 잠자리 투정을 안 하는 것도 항암치료에서 중요한 요소다. 나는 늘 떠돌아다녀서 그런지 잠자리로 힘들었던 적은 없다. 이것도 큰 복이자 은혜다.

새 요양병원은 시설도 좋고, 뭔가 체계적이다. 전주 요양병원처럼 정과 정이 오가는 것은 아니지만, 최대한 환자를 편안하게 해준다. 워낙 많은 환자가 와서인지 림프종에 대해서도 케어를 잘해준다. 산책할 수 있는 옥상정원이 있는 것도 좋다. 항암제를 맞고 첫 주는 거의 움직이지 못하기 때문에 겉옷을 대충 입고 옥상에 올라가 운동을 할 수 있는 것이 큰 장점이다. 2주 차부터는 병원 바로 옆에 있는 청담공원에 가서 산책도 할 수 있다. 입원한 환자 수가 많은 것에 비해 환경이 쾌적한 것도 좋다. 다행히 전주에서도, 서울에서도 요양병원 운이 있는 것 같다.

병원의 위치가 청담동, 그것도 한강이 보이는 자리에 있다. 어제 옥상정원에 올라가 '나 출세했다. 한강이 보이는 강남에 살아도 보고.'라고 생각하며 혼자 낄낄대고 웃었다. 내가 한강이 보이는 아파트(?)에서 살아보다니.

서울 요양병원에서 혼자 지낸다고 하니 가족과 지인들이 걱정을 많이 하지만 나는 전혀 걱정하지 않는다. 이곳에 아는 사람이 더 많고, 친구도 많고, 일을 하기에도 이곳이 더 편하다. 필요한 게 있을 때 가져다줄 사람도 훨씬 많다.

내가 기자를 그만두게 된다면 할 강연과 집필도 잘 진행되고 있다. 우정이 형이 12월에 진행할 인터뷰를 섭외했다. 꽤 유명 플랫폼이라 살짝 부담이 되지만 우정이 형을 믿고 따르기로 했다. 나를 작가이자 방송인으로 만들어가는 우정이 형이 대단해 보인다. 나라면 저렇게 할 수 있을까. 암 환자가 돼 나타난 동생이 뭐라고 저렇게까지 마음을 쓸까.

나와 함께 일하는 사람들의 특징은 딱 하나다, 의리! 협俠이라고도 하는 그것. 살아 있는 협객들이다. 김용의 무협소설에 나오는 인물들이 내 주변에 살아 움직이는 것 같은 기분이 든다. 림프종이라는 병마에서 나를 든든하게 지켜주는 강남육괴 같은 존재가 내 옆에 있다. 이 사람들을 생각만 해도 미소가 절로 지어진다. 어려서부터 인복이 많더니 그 덕을 아파서까지 본다.

어제 병원 근처를 걷다가 문득 이런 생각을 했다. 림프종에 걸렸는데 이렇게 행복한 사람이 있을까. 이제 목표가 손에 잡힐 듯 눈앞에 보인다. 지금 이 순간이 너무 행복하다. 암에 걸린 것을 잊을 정도로 행복하다. 호수가 태어나 내 품에 안겼을 때, 단이가 막 엄마 뱃속에서 나와 손가락을 꼬물거렸을 때, 그때를 제외하고는 지금이 내 인생 최고의 순간이다.

그러면서 불안감이 밀려왔다. 내가 이렇게 행복한 순간 꼭 변고가 생기던데, 이번에도 눈앞에 행복을 두고 무슨 일이 생길 것만 같은 걱정이 밀려왔다. 암에 걸렸을 때가 그랬고, 베이징에서 첫 임기가 종료됐을 때가 그랬고, 삼차신경통이 시작됐을 때가 그랬다. 손에 잡힐 듯 인생의 행복이 찾아왔을 때 나는 무너지고 말았다. 이번에는 아니길 간절히 기도해본다. 내가 죽을 운명이었는데 너무 간절히 기도하니 하나님이 마지막 정리의 시간을 주신 건 아니겠지. 제발 아니기를. 조금만 더 이 땅에 머물 수 있기를.

어제 새벽에 가위에 눌렸을 때 귀신인지 뭔지 거무튀튀한 남자가 내게 이런 말을 했다. "너, 이거 못 풀면 죽어." 나는 그때도 있는 힘껏 가위를 풀어냈다. 두 번째 가위에 눌렸을 때 그 남자는 또 말했다. "언제까지 푸나 보자." 그래, 내가 언제까지 가위를 풀 수 있는지 한번 해보자. 나는 이 위기를 보란 듯이 이겨내고 훨훨 나는 나비처럼 자유롭고 행복하게 살아갈 거니까.

2차 항암치료 ———————— 2023. 10. 8

오늘은 다섯 시간을 잤다. 다행히 중간에 깨지 않고 쭉 잤다. 어제 2차 항암치료를 했지만, 첫날은 그다지 부작용이 심하지 않다는 것을 안다. 요령이 생긴 것이다. 새벽에 눈을 떠보니 4시 30분. 투명일기를 쓰기엔 체력이 아직 올라오지 않아 유튜브를 켜고 아시안게임 배드민턴 여자단식 결승 경기를 봤다. 안세영 선수가 천적인 중국의 천위페이 선수를 세트스코어 2대 1로 꺾고 금메달을 목에 걸었다. 1세트에서 무릎에 부상을 입고 힘든 경기를 해야 했지만, 나이답지 않은 노련함과 패기로 상대 전적에서 열세인 천위페이 선수를 이겼다. 좌절과 절망의 순간에도 자신이 해왔던 것, 또 자신이 해야 할 것을 찾아 묵묵히 해내고, 더 나아가 잘해내서 상대를 제압하는 안세영 선수의 모습에 감동이 밀려왔다.

어제 2차 항암치료를 하고나서 나는 상당히 긴장해 있었다. 1차 항암치료 때 어떤 일이 있었는지 되새기며 그런 일이 또 반복되리라 생각했다. 반대로, 항암치료를 한 번 해봤는데도 이리 긴장이 되는 것에 자괴감도 들었다. 이제 내가 할 수 있는 것은 끼니때마다 구토방지제를 먹고, 음식물을 몸속에 집어넣는 것이다. 안세영 선수처럼 해야 할 것을 묵묵히 해내고, 더 나아가 잘해내면 완치의 기쁨이 기다리고 있을 것이다. 좌절하고 절망할 시간에 앞을 보고 나아가는 것은 내가 가장 잘하는 일이다.

항암제는 두 번째 맞아도 익숙해지지 않는다. 어제도 여섯 시간 정도 주사를 맞았다. 네 번째 주사액인 표적항암제는 그중에서도 가장 지독하다. 맞을 때부터 바로 구토감과 두통, 손끝저림이 시작된다. 내 몸에 독을 한 사발 들이부어 몸안에 있는 더 지독한 독을 제거하는 이 치료법은, 사람을 닳고 닳은 걸레조각마냥 해지게 한다. 알면서도 피할 수 없는 숙명을 받아들여야 하는 내 모습에 무력감을 느끼기도 한다. 그래도 받아야 한다. 나를 죽이고 살리는 이 과정이 나를 더 단단하게 만들 테니까.

항암치료를 하다보면 "내가 죽고 사는 것은 주의 뜻이니 내 영혼을 주께 받듭니다."라는 고백이 절로 나온다. 이 고백을 찬양과 기도로 할 때는 느끼지 못했던 간절함이 지금은 한 숨 한 숨, 한 걸음 한 걸음마다 절절하게 느껴진다. 항암치료를 마치고 내가 할 일은 정해졌다. 이 모든 과정을 무사히 마친다면 내가 가진 작은 힘을 사람들에게 나눠주고, 화려하지 않아도 정결하게 살아갈 것이다. 언제나 내게 부족하다고 느꼈던 겸손이 내 안에 깃들었다고 생각하면 항암제로 인한 부작용은 값싼 대가라고 생각한다.

또 한 가지 선물이 있다면, 이제 나도 나를 아낄 줄 알게 됐다는 것이다. 그동안은 너무 나를 돌보지 않고 아무렇게나 다뤘다. 내가 마음에 깊은 상처를 입어도 남의 마음이 다치지 않는 게 좋았고, 내 팔이 하나 잘려도 다른 사람 이마에 생채기 하나도 생기지 않아야 내가 안전하다고 느꼈다. 이제는 그렇지 않다. 내 능력 안에서 남을 돕고 살겠지만, 내가 바로 서지 않으면 의미가 없다는 것을 이제 안다. 어쩌면 그것을 깨닫게 하려고 하나님이 내게 이런 시련을 주셨을지도 모른다.

내려놓음 ——————— 2023. 10. 9

오늘은 다섯 시간을 잤다. 네 시간을 자다가 잠깐 깼는데, 다시 눈을 감고 한 시간을 더 채웠다. 아직 2차 항암치료의 부작용이 심하게 나타나지는 않았다. 지난번 경험을 토대로 스트레스를 줄이려고 노력한 덕인 것 같다. 최대한 집, 일, 가족 생각을 덜 하고, 내 몸에만 집중하고 있다. 구역질이 여전히 올라오지만 아직 토한 적은 없다. 구토방지제를 끼니때마다 챙겨 먹으면서 음식도 향이 약한 것만 섭취하고 있다. 체력만 받쳐준다면 3, 4차 항암치료까지 이 페이

스를 유지하고 싶은데, 확실히 체력이 1차 항암치료 때보다는 떨어진다. 간호사들도 뒤로 갈수록 데미지가 쌓여 힘들 수 있으니 지금 최대한 몸을 아껴야 한다고 조언했다.

병실에 앉아 있다보면 가끔 내가 쓸모없는 사람으로 느껴지는 때가 있다. 그런 때 손톱을 깎거나 업무 통화를 하거나 기사를 쓰면 기분이 좋아진다. 어제가 딱 그런 날이었다. 항암치료 부작용을 기다리는 시간. 내 몸에 온 신경을 집중하고 적절한 반응을 해줘야 하기 때문에 신경이 날카로워진다. 그럴 때 일을 조금 하면 긴장도 풀어지고 몸에 집중된 신경도 분산되는 효과가 있다. 림프종 관련 유튜브 영상에서 의사들이 일상생활을 영위하면서 항암치료를 하는 것도 좋다고 한 것은 이런 상황에 관한 말인 것 같다. 물론 육체노동을 하는 것은 항암치료 첫주 차에는 무리다.

이런 생각이 들 때마다 나중에 이런 분들을 돕는 일을 하고 싶다는 생각을 되새긴다. 지금은 막연한 생각이지만 뭔가 의미 있는 일을 조금이라도 할 수 있을 거라는 느낌이 든다. 제발 그렇게 되기를 아침마다, 또 머릿속에 생각이 떠오르는 순간마다 기도한다.

어제 작은고모가 한 목사님의 말씀을 보내주셨다. 아무리 기도하고 하나님을 믿는다고 해도 똑같은 문제가 반복되는 이유는 하나님으로 채워지지 않았기 때문이라고 했다. 답을 구하는 기도가 아니라 하나님을 구하는 기도를 해야 한다는 말씀이었다. 그 구절을 받아들고, 아직 내가 무언가를 간구하는 기도를 하고 있는지 돌아봤다.

지금 나의 기도는 자유로운 삶이다. 기도는 자유로운 삶이라고 하지만, 가족과 지인들의 안정된 삶이 선행되어야 한다는 간구를 하고 있다. 문득 이런 생각이 들었다. 과연 이게 베드로와 공생애를 떠나는 예수님의 삶과 같을까? 나는 여전히 가족이라는 멍에를 내려놓지 못하고 있는 것 아닐까? 사회적인 성공 또한 내려놓지 못한 것 아닐까? 내가 원하는 삶을 기준으로 삼고 내려놓지 못하고 있는 것 아닐까? 이런 삶이 계속된다면 나는 똑같은 문제를 계속해서 맞닥뜨려야 한다. 완전히 내려놓지 않는다면 나는 다시 아플 것이고, 그때는 정말 주님 곁으로 가야 할 수도 있다. 모두가 불행해지는 결과일 테고, 내가 가장 바라지 않는 일이다.

아직은 무엇이 답인지 모르겠다. 내가 할 수 있는 것은 간절히 기도하고 나아가는 것뿐이다. 나를 어떻게 쓰실지, 내가 어떻게 될지는 하나님의 뜻에 맡기는 수밖에 없다. 그런 생각이 들자 무엇을 해야 할지 대충 머릿속이 정리됐다. 자식, 아내, 부모, 사랑하는 사람들을 모두 내려놓고 처음부터 다시 생각하자. 지금 고민해봐야 답이 나오지 않는다. 지금은 몸을 회복하고 다스려야 할 시기다.

솔직히 말하면 완전히 내려놓을 자신은 없다. 내가 과연 그렇게 할 수 있을까? 하지만 해야 한다면 해야겠지. 그게 또 다른 고통을 안겨줄지라도 해야 한다면 할 생각이다. 그 정도 각오는 하고 있다. 아무것도 놓지 않으려 하니 앞으로 나아갈 수가 없다. 남에게 싫은 소리를 못 하는 내 성격부터 고치지 못한다면, 남과의 갈등을 회피하려는 이 고질병을 고치지 못한다면, 나는 한 발자국도 앞으로 나아갈 수 없을 것이다. 그러면 또다시 병마의 고난에 빠지게 될 것

이다. 내가 살아야 호수, 단이도 살고, 가족들도 살고, 사랑하는 사
람들도 산다. 그렇게 생각하자. 그렇게 할 수 있다.

광야 ─────── 2023. 10. 10

　오늘은 여섯 시간을 잤다. 푹 잤다. 항암치료 나흘째라 컨디션이
좋지 않지만 푹 자서 참을 만하다. 어제오늘이 고비인데 잘 지나가
는 듯하다. 사실 하도 아파서 이게 아픈 건지 안 아픈 건지 구별이
잘 되지 않는다. 그냥 아픈가보다 하고 참고 있다. 항암치료 부작용
에도 적응이라는 게 있는 모양이다.

　항암치료 차수가 높아질수록 부작용이 줄어드는 사람도 간혹
있다고 하던데, 내가 그런 사람인지도 모르겠다. 1차 항암치료 때
보다 통증은 더 심한 것 같은데 견디기는 훨씬 수월하다. 구역질
이 날 때도 음식을 밀어 넣던 1차 항암치료 때와 달리 속을 살펴서
음식 조절을 한 것이 비결이라면 비결. 살은 좀 더 빠지겠지만, 2차
항암치료 전에 73킬로그램까지 몸을 불렸기 때문에 조금 여유가
있다.

　요즘 나의 기도는 이렇다. 첫째가 감사, 둘째가 간구, 셋째가 소망.
감사는 지금까지 내 삶을 이끌어주신 것에 대한 감사다. 누가 봐도
운이 좋게 살아남았다. 그것만으로도 만족한다는 감사가 눈을 뜨면

나온다. 그래서 지금 삶을 마쳐도 후회가 없다는 감사가 나온다.

그 연장에서, 지친 삶을 이제 거둬가셔도 좋다는 간구를 한다. 세상이 원망스러워서가 아니라, 이 정도가 내 소명이었다면 이제 조금은 쉬고 싶다는 어리광 같은 것이다. 내가 무얼 더 바랄 것이 없다. 그저 이 정도면 됐다고 생각한다. 이 기도는 어려서부터 습관적으로 하던 기도다. 한 번도 들어주신 적은 없다. 뭔가 할 일이 아직 남은 모양이다.

셋째는 소망이다. 이상하게도 소망의 기도는 앞이 보이지 않는다. 무언가 좋은 일을 하고 새로운 삶을 살고 싶다는 소망은 있는데, 그게 무엇인지는 보이지 않는다. 그래서 내려놓고 주님의 뜻에 맡긴다는 기도로 마무리한다.

처음 암 진단을 받았을 때보다 기도는 간결해졌지만, 간절함은 더해졌다. 아마도 내 생명이 주님의 손에 달렸다는 것을 절절히 깨달아서 그럴 것이다. 아닌 말로, 지금 병원을 나서 청담공원을 산책

하다가 뇌염모기에만 물려도 중증 환자가 될 테니까 말이다.

　침대에 누워 TV를 멍하니 보면서 요즘은 광야에 관해 많은 생각을 한다. 어려서부터 구약성경의 출애굽기를 읽을 때면 왜 하나님은 아끼는 이스라엘 백성을 광야로 나가게 했을까 하는 의문을 가졌다. 뭔가 극기훈련 같은 것을 시켜서 깨달음을 주려고 했던 것일까? 낮에는 구름 기둥, 밤에는 불기둥으로 지켜주면서도 왜 사랑하는 자녀들을 저렇게 괴롭힐까? 힘든 20대를 지나 30대에 들어 안정을 찾으면서는 이런 생각이 들었다. 힘든 20대의 광야를 넘어 내게도 지금의 평안이 왔구나 하고. 그런데 또 그렇지 않았다. 40대에 들어서면서 온몸에 중증 질환이 쏟아졌다. 진정한 광야는 이제부터였다. 어려서 막연히 읽던 이스라엘 백성의 광야 생활은 삶과 죽음의 경계에 던져진 그런 고난이었다. 극기훈련처럼 안전장치가 있는 체험형 고난이 아니다.

　모르겠다. 앞으로 암보다 더 큰 고난이 나를 덮쳐올 수도 있다. 그럼에도 지금 내가 처한 상황은 내 삶에서 미증유의 경험이자 가장 험난한 시련이다. 내 삶을 통째로 흔들어놓으면서 내 자아를 완전히 무너뜨렸다. 내 존재에 대해 근원적으로 고민하게 했고, 내가 남겨둔 것이 무엇인지 다시 생각하게 했다. 그리고 내가 가장 우선시해야 하는 것이 무엇인지도 돌아보게 했다. 내가 지금껏 한 행동들이 가족과 주변에 어떤 영향을 끼쳤는지도 되돌아보게 했다. 이게 광야구나, 광야는 이런 것이구나!

　오늘부터 출애굽기를 다시 읽어볼 생각이다. 그 죽음과 삶의 경계를 헤쳐 나오면서 각성하는 이스라엘 사람들이 고난을 견디고 얻은 상급은 무엇인지, 결국 광야 세대가 한 명도 예루살렘에 들어가지 못한 이유는 무엇인지 하나하나 다시 살펴볼 생각이다. 내가 몸을 회복하고 일이 잘되더라도, 교만해진다면, 겸손함을 가지지 못한다면, 나는 또다시 광야에 던져질 것이다. 아니, 광야에 던져질 기회도 얻지 못하고 삶을 마감하겠지. 세 번째 기도인 소망이 무엇인지 보여주실 때까지 신실하고 정결하게 나를 비워야겠다.

드러내는 용기 ——————— 2023. 10. 11

오늘은 다섯 시간을 잤다. 수면 시간이 짧았지만 중간에 깨지 않고 죽 자서 그런지 컨디션은 좋다. 1차 항암치료 때보다 컨디션 회복 속도가 빠르다.

어제 도수 치료를 받으면서 횡격막 펴는 호흡법을 배웠다. 밤에 속이 답답해서 배운 대로 해봤는데, 상당히 도움이 됐다. 침대에 엎드려 팔꿈치로 상체를 받치고, 명치와 배꼽으로 이어지는 근육을 쭉 잡아 늘리면서 숨을 들이마시고, 입으로 치- 소리를 내면서 내뱉는 호흡법이다.

항암제로 수축된 횡격막을 펴주는 호흡법으로, 암 환자들에게 좋다고 한다. 실제로 해보니 짧아진 숨이 길어지면서 뱃속이 불편한 느낌도 가신다. 여태 위가 안 좋다고 생각했는데, 횡격막이 경직돼 더 속이 불편했던 모양이다. 배운 대로 호흡을 하고나니 저녁때 못 먹고 남겨둔 누룽지가 몇 숟가락 들어갔다. 잠자리에서도 계속 명치를 지나 단전으로 숨을 집어넣으면서 호흡을 가다듬었다. 답답한 속이 훨씬 편해지면서 숙면에 들 수 있었다.

요즘 제일 재미있는 일은 영어 회화 앱으로 영어 공부를 하는 것이다. 영어를 잘하는 것도 아니고 못하는 것도 아닌 상태로 20년 넘게 살아왔다. 해외에 나가도 영어보다는 중국어가 먼저 튀어나와 당황한 적이 많았고, 제1외국어가 중국어로 세팅돼 있어서 영어는 젬병이었다.

쉬는 김에 영어 회화나 해보자고 시작했는데, 어느새 매일 빠지지 않고 하고 있다. 하루 미션을 완료하면 '불꽃'을 받는 재미가 쏠쏠하다. 지금 23일째 안 쉬고 하고 있는데, 100일을 채워서 불꽃 100개를 받으면 호수와 단이한테 보여줄 생각이다. 이게 될까 싶었는데, 하다보니 발음도 좋아지고 여행 가서 이미그레이션 통과하고, 식당 가서 먹고 싶은 거 주문하고, 호텔 안내데스크에 생수 두 병, 칫솔 하나 가져다주세요 하고 전화할 정도는 될 것 같다. 대학 다닐 때 진즉 이렇게 좀 할걸.

어제는 베이징 특파원 때 함께 생활했던 다른 언론사의 A선배가 다녀갔다. 우리 아이들 선물도 가끔 챙겨주고 밥도 자주 사주던 선배다. 마음이 따뜻한 선배라 종종 생각하곤 했는데, 너무 반가웠다.

무슨 이야기를 하실까 했더니 뜻밖의 이야기를 꺼냈다. 나와는 결이 조금 달랐지만, 어머니의 투병, 직장 문제, 집안에서의 갈등 등으로 힘든 시기를 겪고 있다는 것이다. 선배는 세상은 결국 혼자라고 느꼈다고 했다. 그러면서 지금은 마음이 편안해졌다고도 했다. 너무나 밝고 쾌활한 선배여서 전혀 그런 줄 몰랐다. "선배가 그러신 줄 몰랐어요." 하니 "야, 나는 네가 이런 줄 정말 몰랐다." 해서 둘이 웃었다.

한참 동안 대화를 나누다보니, 선배는 그래도 마음을 잘 추슬렀는지 베이징에 있을 때보다 훨씬 얼굴이 편안해 보였다. 다행이다. 저렇게 변해가는 것이 나쁘지 않다. 그래도 가족들과 잘 지내면 좋겠다고 생각했다. 나는 이미 결심을 했지만, 선배는 아직 미련이 남아 보였다. 한 시간 정도 머무르고 떠나는 선배를 배웅하면서 건강 꼭 챙기시라고 최대한 따뜻하게 말을 건넸다. 선배는 배웅 인사를 하는 나를 더 따뜻하게 바라보며 또 오마 하고는 엘리베이터를 타고 가셨다.

낮에는 베이징에서 마음을 주고받던 주재원 B형님과 통화를 했다. 겉으로 보기에는 너무나 멋지게 승승장구하는 형님이다. 이대로라면 임원 코스를 밟을 사람. 언제나 정중하면서도 다정하게 손아래인 나를 대해주던 형님이다. 아직도 나한테 존대를 할 정도로 내면이 더 멋진 형님이다. 내일 같이 식사하기로 해서 약속 장소를 정할 겸 전화를 한 건데, 이야기가 다르게 흘렀다.

형님도 남들 모르게 깊은 마음의 상처가 있었다. 나와 마찬가지로 기러기 생활을 했던 형님이라 다 이해가 되었다. 많은 말을 나누지 않아도 서로가 무슨 이야기를 하는지 알았다. 그러다 내가 먼저 용기를 내서 내 이야기를 했더니, "그거 저도 알아요."라는 답이 돌아왔다. 아, 이 형님도 그런가. 몸보다 마음이 병들어가는 사회가 되었다는 생각이 들었다. 너무나 뜻밖인 형님의 사정에 내가 조금 당황할 정도였다. B형님은 직접적으로 간접적으로 힘든 시간을 보내고 있었다. 저대로 두면 마음의 병이 더 심해지고, 나처럼 몸이 아플까봐 걱정이 밀려왔다. 워낙 현명한 형님이니 이겨내시겠지 싶기도 하고, 내일 만날 터라 긴말은 주워 삼켰다.

그러고나서는 몸이 안 좋아 병원에서 조직검사를 받은 C형에게 전화를 걸었다. 카톡으로 결과를 물은 지 한참이 됐는데 답이 없던 터였다. 전화를 스피커폰으로 연결하고, 카톡을 보니 교모세포종이라는 뇌종양 진단을 받았다는 답이 막 온 참이었다. 교모세포종이 뭔지 몰라 어리벙벙한 상태로 있는데 C형이 전화를 받았다. 목소리는 나쁘지 않았다. "그게 뭐야? 무슨 병이야?"라고 묻자, 형은 별거 아니라는 듯 "좀 안 좋은 거."라고 대답했다. 원래도 속을 잘 드러내지 않는 형이다. 별거 아닌 듯 말하는 것이 더 이상해서 다시 물었다. "형 이게 뭐야? 괜찮대?" 하고 재촉하니 "뇌종양인데 좀 특이 케이스라고 하네. 항암 해야 한대."라는 대답이 왔다. 요즘 계속 몸이 안 좋다고 해 내가 암 진단을 받은 후 재촉해 큰 병원에 보냈던 것이었는데, 이런 결과가 나오니 황망했다. 나중에 확인해보니 교모세포종은 림프종보다 징후가 더 안 좋은 중증 질환이었다.

늘 속이 새까맣게 타 있던 형이었다. 형을 위해 더 많이 기도하지 못한 걸, 형의 사정을 더 일찍 받아주지 못한 걸 후회했다. 말이 별로 없던 형은 가끔 술을 많이 마시면 밤이고 새벽이고 나한테 전화를 걸었다. 대부분 잘 받아줬지만, 가끔은 전화를 안 받은 적도 있다. 더 자주 전화를 받아주지 않은 것에 대한 후회가 계속 차올랐다. 형이 잘 버티도록 내가 힘이 돼 줘야겠다 다짐했다. 내가 항암 치료 선배니까 최대한 도움을 줘야지.

세 사람과 한 대화가 묘한 여운을 남겼다. 세상에는 이런 고통을 겪는 사람이 많은데, 비슷한 고민을 하는 사람들이 모여서 자신의 상황을 드러내면 어떨까 생각해봤다. 지금처럼 비극이 여기저기 꽃 피는 것보다는 낫지 않을까, 그런 생각 말이다. 누군가 이런 일을 해 줬으면 좋겠다. 사실 나 같은 30~40대 가장들은 어디 가서 자기 속 내를 꺼내기가 무척 힘들다. 드러낸다는 것은 큰 용기가 필요한 일이고, 가장들은 자기의 연약함을 드러내면 세상에 집어삼켜질 거라 생각한다. 그리고 결국 가족을 지켜낼 수 없다고 여긴다. 그렇게 자기를 파멸로 끌고 들어가 결국에는 가족도, 자신도 지킬 수 없게 된다.

오늘 밤에는 세 명의 형님을 위해 기도해야겠다. 그들이 평안을 찾기를, 그들의 삶에 변화가 오기를.

이제 슈퍼맨은 없다 ———————— 2023. 10. 13

오늘은 여섯 시간을 잤다. 어제 기차를 타고 서울에서 전주로 이동한 탓에 몸이 피곤했나보다. 밤새 몸살이 난 듯 몸이 아팠다. 오늘 단이 생일이라 조금 무리해서 이동했는데 탈이 난 모양이다. 앞으로는 항암치료 후 일주일간은 절대 움직이지 말아야겠다.

기차를 타고 전주로 내려오는 내내 사경을 헤맸다. 기차에서 깜박 잠이 들어서 까딱하면 익산역을 지나쳐 내리지 못할 뻔했다. 놀라서 정신없이 짐을 들고 내리다가 비니를 챙기지 못했다. 다행히 한 승객이 기차가 출발하기 전에 플랫폼으로 던져줘서 잘 챙겨 왔다.

한 번 무리를 했더니 계속 정신을 차릴 수 없었다. 대화가 불가능할 정도로 힘이 들어 책상 앞에 앉아 공부하는 호수를 바라보고 호수 침대에 몸을 뉘었다. 비스듬히 누워 호수의 등을 보는데 제법 든든했다. 초등수학책에 끄적끄적 문제를 푸는 모습이 어찌나 귀여운지. 잘 안 풀리는지 "이씨, 이씨……" 하면서 문제를 푸는 모습이 내 어릴 때와 꼭 닮았다. 나처럼 끈기가 있어 저대로 꾸준히 하면 수학도 잘하게 될 텐데. 꼭 수학을 잘하지 못해도 상관은 없다. 그냥 '잘 안 풀리는 문제도 있구나. 안 풀리는 문제도 낑낑대다보면 결국은 풀리는구나.' 하는 이치만 깨달으면 된다. 그러다 영 못 풀겠으면 옆에 있는 엄마, 아빠, 단이에게 풀이 방법을 물어보는 겸손함과 자존감을 갖추면 된다. 그런 생각을 하다가 스르 잠이 들었다.

집에 오느라 몸은 힘들지만 아이들을 보니 기분이 좋다. 며칠 못

본 새 다들 길쭉길쭉하게 컸다. 호수는 밖에서 좀 놀았는지 얼굴이 거뭇하다. 샤워하고 안경을 벗고 머리를 말리는 모습을 보니 갈수록 송중기 배우를 닮아간다. 시력이 잘 보호되면 나중에 라식 수술을 시켜줘야지. 안경만 벗으면 꽤 인기가 끌 것이다. 단이는 사춘기가 오려는지 연신 씩씩거리며 다닌다. 막내라 그런지 씩씩거려도 귀엽다. 아빠가 자리를 비운 며칠간 불만이 많이 쌓였는지, 옆에 와서 쫑알쫑알 그간 있었던 일을 다 고자질한다. 대부분 본인이 잘못한 일이라 뭐라 해줄 말은 없었지만, 그래도 "아이고, 단이가 억울하겠네. 그래그래. 학원 다 때려치워버려." 하고 맞장구쳐줬다.

"아빠, 병원 또 가는 거야?"라고 묻기에 "아빠 이제 거의 다 나았어. 앞으로 조금만 더 하면 되니까. 단이가 지금처럼 잘 참고 있으면 아빠 겨울 지나기 전에 다 나을 거야." 하고 대답했다. 단이는 "꼭 약속해." 하며 손가락을 내밀었다. 단이는 아빠 말이면 다 믿는다. 단이가 보기엔 내가 슈퍼맨 같은가보다.

심리치료 전문가 김선현 교수의 진단에 따르면, 나는 슈퍼맨 콤플렉스라고 한다. 슈퍼맨이 되고 싶었던 적은 없다. 다만 열일곱 살 이후로 얼른 나이가 들었으면 좋겠다, 내가 얼른 돈을 벌어 집이 좀 잘살았으면 좋겠다는 생각은 자주 했다. 나이가 차 돈을 벌게 되었을 때는 얼른 많은 돈을 벌어 부모님과 누나, 아내, 처가 식구들 모두 잘 먹고 잘살았으면 좋겠다는 생각을 했다. 그런 마음으로 코인에 손을 대 큰돈을 날려본 적도 있다. 무슨 슈퍼맨이 이래.

어쨌든 나의 슈퍼맨 성향은 돈으로 시작해 다른 모든 영역으로

까지 번져나갔다. 친가는 물론이고 처가에서도, 지인들도, 동료들도 나한테 많은 일을 상의했고, 나는 어떻게든 그들을 도왔다. 나는 그게 좋았다. 뭐든 일단 나한테 물어보면 어떻게든 도움이 되는 답을 들고 나타났다. 그게 문제를 해결해주는지 마는지는 중요하지 않았다. 그냥 그 행위를 하는 게 나를 안심시켰다. 그래서 누가 도와달라든 말라든 곤경에 처한 사람이 있으면 무조건 도왔다. 심지어 원수 같은 사람의 요청도 거절하는 법이 없고, 원수 같은 사람의 고난도 그냥 지나친 일이 없다. 이런 사람을 중증 슈퍼맨 콤플렉스라고 하는 모양이다.

나의 이런 성향은 아마도 어린 시절부터 집안을 책임져야 한다는 강박에서 온 것 같다. 누가 강요한 적은 없지만 내 주변 환경이 나를 그렇게 만들었다. 전문가들은 나의 그런 환경을 '학대'라고 규정하기도 했지만, 자라면서 그렇게 생각해본 적은 없다. 늘 따뜻한 부모님과 가족의 테두리가 날 감쌌지, 누구도 나에게 집안을 책임지라 내몬 적은 없으니까. 그리고 그런 상황이 슬프거나 괴롭지도 않았다. 당시 나는 그렇게 느꼈다. 그러나 나도 모르게 내 안의 슈퍼맨이 나를 갉아먹기 시작했다. 그래서 20대부터 나는 죽음의 기도를 했던 모양이다. 힘에 부치지 않을 리가 없다. 만약 지금 내 주변에 나와 같은 처지에서 10대, 20대를 지나고 있는 친구가 있다면 나는 진심으로 그를 돕고 따뜻하게 안아줄 거다.

이런 병 때문이었을까, 내 주변에는 늘 사람이 많았다. 사람들은 나를 따뜻한 사람이라고, 좋은 사람이라고 한다. 그런 칭찬이 나의 병을 더 가속했다. 나는 누구에게나 슈퍼맨이 되고 싶었다. 가족들은 가족보다 남한테 더 잘하는 사람이라며 나를 원망하기 시작했다. 당연히 가족들에게 더 잘했지만, 가족들이 느끼기에는 남한테 하는 과한 친절과 배려가 싫었을 거다. 그래서 아내가 상처를 많이 받았다. 남의 일을 돕고 있는 나를 보면서 속상해했다. 나도 그 사실을 잘 알았지만, 알면서도 슈퍼맨 노릇을 그만두기가 힘드니 병 아니겠나. '착한 일을 한 것인데 왜 나를 비난하지? 쟤는 동정심도 없나? 참 야박하다. 우리도 힘들게 살았는데 도와야지.' 이런 생각만 했던 것 같다.

본가에 대한 나의 무한한 지원도 결혼 생활의 갈등이 돼버렸다. 결혼하고 가정을 일구면서 부모님은 사실상 가장 가까운 가족의 테두리에서 벗어났다. 결론적으로 부모님에 대한 나의 지원은 결혼 이후 더 늘었다. 내 사고방식에서는 가족의 테두리 안에 있는 사람은 보호나 지원의 대상이라기보다 나와 뜻을 함께하고 슈퍼맨의 일을 나와 같이 감당하는 사람이어야 했다. 아내가 그 테두리 안에 들어왔고, 부모님은 그 밖으로 밀려났다.

당연히 아내는 그렇게 생각하지 않았다. 아내는 매우 정상적인 범주의 사람이라 나의 역치와 아내의 역치는

너무 달랐다. 신혼 때부터 기부금과 본가 용돈으로 인한 갈등이 있었다. 내가 어렵게 자라서인지 나는 내 수입에 비해 꽤 많은 금액을 기부금과 헌금으로 썼다. 부모님께 드리는 용돈, 주변에 빌려줬다가 떼인 돈, 누나에 대한 지원 등등 모든 게 아내에게는 스트레스였을 것이다. 이제 와 내 슈퍼맨 콤플렉스를 알고나니 미안한 마음이 든다. 당시에는 내 마음을 몰라주는 아내를 원망만 했다. 슈퍼맨은 그렇게 주변까지 좀먹어가기 시작했다.

슈퍼맨은 어떻게 주변을 상처 입힐까? 나는 가끔 이런 말을 듣는다. "너는 참 좋은 사람인데 어떨 때는 나를 너무 상처 받게 해." 나는 그럴 때마다 당황한다. 내가 그렇게 공감능력이 떨어지나? 품이 넓은 것으로 치면 어디서 빠지지 않는데 이런 소리를 듣네. 내 심리 상태에 대한 진단을 받고나서야 그 의문이 풀렸다.

나는 상처를 잘 받지 않는다. 남에 대한 용서도 쉽다. 베이징에서 나를 두 번이나 등졌던 사람도, 4년을 함께하고도 나를 내쳤던 사람도, 오랜 시간 같이 일하고도 아직도 나를 원망하는 사람도, 연민할지언정 원망하거나 미워하지 않는다. 실제로 나중에 그들이 도움을 청할 때면 언제나 도왔고, 내가 먼저 화해의 손길을 내밀었다.

내 성정이 좋아서 그런 것은 아니라고 생각한다. 이것 또한 불편한 관계를 내가 다시 살려내야 한다는 슈퍼맨 콤플렉스의 증상 중 하나일 것이다.

문제는 다른 쪽에 있었다. 내가 가끔 공감능력이 떨어지는 행동을 할 때를 떠올려봤다. 나에게 상처 받는다고 말한 사람은 나와 정말 가까운 사람들이다. 예를 들면 베이징 형, 전주 형, 혜원 누나, 아내, 가족들이다. 이 정도로 가깝지 않으면 내가 그런 실수를 할 일도 없을 거다. 이 사람들이 서운함이나 상처를 받는 과정을 보면 이렇다. 생활 중에 어떤 에피소드가 발생한다. 내가 생각하기에는 별거 아닌 일이라 쉽게 말을 뱉는 경우가 있다. 나로서는 전혀 상처를 받지 않을 말이기에 의식하지 못하고 툭 뱉은 것인데, 그들에게는 큰 상처가 된다.

내가 이런 행동을 하는 것은 내 가까운 사람들이 평소에 그 이상으로 나를 대해도 내가 상처를 받지 않았기 때문이다. 내 입장에서는 그냥 웃고 지나갈 일, "아 뭐야~" 하고 넘길 일, 그 정도의 사소한 일이다. 그런데 다른 사람들은 상당히 깊은 상처를 받는다. 내 입장에서는 전혀 의식도 못 할 한마디가 그들에게는 뼈가 부러지는 상처가 되는 모양이다.

기억나는 일이 하나 있다. 베이징에서 첫 번째 특파원 임기를 마치고 돌아왔을 때 평생을 집 없이 살아온 어머니가 월셋집을 전전하는 모습이 눈에 밟혔다. 어머니에게 집을 사드려야겠다고 생각했다. 대출을 끼긴 했지만, 어머니가 이제 가을철마다 이사하지 않아도 된 것이 너무 행복했다. 명의도 어머니 것으로 해드렸다. 상속이고 유산이고 그런 것은 중요하지 않았다. 평생 집이 없었던 어머니에게 당신 이름으로 된 집을 하나 마련해드리는 게 아들 된 도리라 생각했다. 지금도 어머니 집 대출의 원금과 이자를 내가 보내고 있다. 돈을 보낼 때마다 행복하다.

어머니에게 드릴 집을 사고 기쁜 마음에 아내에게 소식을 알렸을 때, 그녀는 크게 상심했다. 나는 적잖이 당황했다. 내 사고방식으로는 당연히 같이 기뻐해줄 줄 알았으니까. 장인어른, 장모님에게도 나는 그 이상, 아니 더한 일도 해드릴 수 있기 때문에 어머니 집을 사드리는 일이 그리 큰일이 아니었다. 당시에는 그렇게 생각했다.

이제야 내가 고장 나 있었다는 것을 알았다. 이제 그 정도의 능력은 있으니까, 그런 일을 아무 생각 없이 저질러버렸다. 아내는 얼마나 상처를 받았을까. 가족의 미래를 위해 아이들에게 쓰는 것 외에는 매우 검소한 소비를 하는 아내 입장에서는 시댁, 그것도 무일푼으로 아들을 장가보낸 시댁에 그렇게까지 하고 싶지는 않았을 것이다. 이제야 지나간 갈등의 씨앗들이 다시 눈에 들어온다.

그나마 다행은 이제라도 나의 상태를 알았다는 것이다. 내 고통의 역치가 큰 만큼 남을 배려해야 한다는 것도 잘 알았다. 내가 10을 참을 수 있다고 해서 남에게도 10만큼 참으라고 해서는 안 된다는 것도 알았다. 나의 1이 남에게는 10의 고통일 수 있다는 것도 알았다. 이 정도만 해도 내가 조금씩 나아지고 있다는 안도감이 든다.

이 세상에 슈퍼맨은 없다. 나도 정신력으로 고통을 참아왔을 뿐, 여태 살갗이 헤지고 뜯기는 고통 속에 있었을 거다. 그래서 암에도 걸렸겠지. 슈퍼맨은 이제 영화 속에서만 보자고 다짐해본다.

감염 불감증 예방주사 ——————— 2023. 10. 14

어제는 잠을 한숨도 못 잤다.

집에서 저녁을 먹는데, 맞은편에 앉은 단이가 계속 기침을 했다. 틱 증상의 하나인가 싶어 신경 쓰지 않고 밥을 먹었다. 하필 단이와 마주보고 앉아 30분 정도 얼굴을 맞댔다. 그런데 식사를 마치고 9시경이 됐을 때 단이가 열이 나기 시작했다. 감기 아니면 독감. 둘 중 하나인 것 같았다.

해열제를 먹이고 열이 떨어지기를 기다리다가 문득 내가 림프종 환자라는 사실에 생각이 미쳤다. 가족들도 마찬가지 생각을 그때쯤 한 것 같다. 열이 나는 단이가 문제가 아니라 모두 내 상태를 살피기 시작했다. 일단 소독 티슈로 내 물건과 단이 물건을 모두 닦았다. 나와 단이는 마스크를 썼다. 내 개인 욕실용품을 모두 거실 화장실로 빼고, 나는 호수 방에, 단이는 안방에 격리됐다. 한바탕 난리를 치르고 시계를 보니 11시가 돼 있었다. 잠을 청해야 하는데 잠이 오지 않았다. 만약 독감에 걸렸다면 위험한 상황이다. 내가 당황하면 식구들이 동요할 것 같아 태연한 척 잠을 자는 시늉을 했다.

다행히 단이 열은 금방 떨어졌다. 나 때문에 지난주에 독감 예방주사를 맞았는데 그게 효과가 있나보다. 문제는 나였다. 잠에 들지 못하고 뒤척이면서 열이 나는지 수시로 머리를 짚었다. 가족들이 놀라면 안 돼 체온계는 쓰지 않았다. 미열이 있으면 거실 수납장에서 꺼내다 쓸 생각이었다. 그렇게 이마에 손을 짚었다 뗐다 하면서 밤을 새웠다. 잠을 못 자니 컨디션이 심하게 떨어졌다. 혈압도 정상 범위를 넘어섰다.

다음 날 오전 9시에 도수 치료를 예약해놔서 병원에 가니 그 틈에 잠을 자야겠다고 생각했다. 어느새 시간은 새벽 5시까지 흘렀다. 다행히 열은 오르지 않았다. 최근 식사를 잘해서인지 면역력이 조금 복구된 모양이다. 십년감수했다는 안도와 함께 독감에 걸렸다면 항암치료를 중단하는 상황까지 갔을 것이라는 생각이 들자 그제야 식은땀이 났다.

아침 일찍 병원 갈 채비를 하고 단이는 동네 소아과로, 나는 1차 항암치료 후 요양했던 한방병원으로 길을 나섰다. 먼저 집을 나섰던 단이는 독감 진단을 받았다. 독감 진단 소식을 전해 듣자 괜히 몸에서 열이 나는 기분이었다. 막연하게만 여기던 감염 문제가 턱밑까지 와 있었다. 아이들을 나가서 놀지 못하게 할 수도, 학교에 못 가게 할 수도 없다. 내가 조심하고, 항암치료 기간에는 웬만하면 아이들과의 접촉, 부모님과의 접촉을 줄이는 수밖에 없다. 병이라는 건 원래 그러니까. 일상에서 비켜난 상태, 불편을 감수해야 하는 상황. 누구의 탓도 아니고, 그간 내가 몸을 괴롭힌 대가를 받는 것이다.

도수 치료를 받는 내내 독감이 신경 쓰였다. 다행스럽게도 도수 치료사의 손길에 스르르 잠이 들었다. 치료가 시작되는구나 싶어 눈을 감았는데, 눈을 뜨니 어느새 한 시간이 훌쩍 지나 있었다. 밤을 새우면서 체력이 떨어지고 피곤했던 모양이다.

만에 하나라도 독감에 걸렸다면 어떻게 되었을까? 아마도 서울대병원 협력병원인 전주예수병원 응급실에 입원해야 했을 것이다. 그리고 면역력 강화제를 맞고 필요한 조치를 받았겠지. 림프종 환자들은 독감에 걸리면 폐렴으로 이어질 확률이 높으니 체력과 컨디션 모두 엉망이 됐을 거다. 그리고 11월 초로 예정된 3차 항암치료 스케줄도 장담할 수 없을 것이다. 끔찍하다. 재수 없으면 항암치료를 처음부터 해야 한다던데, 약에 내성이 생겨 훨씬 독한 약으로 바뀐다고 했다.

림프종이라는 병은 우습게 알면 안 되는 그런 병이다. 단이의 독감으로 이제라도 '감염 불감증' 예방주사를 맞은 게 다행스럽게 여겨졌다. 아이들이 아무리 보고 싶고 그리워도 자중해야지. 앞으로 면역력이 최상으로 오르는 3주 차에 며칠만 전주에 다녀가자고 생각했다.

단이 독감 소식이 알려지면서 온 집안 사람들이 걱정을 하기 시작했다. 나에게는 독감에 걸리는 것보다 이런 상황이 더 스트레스다. 남한테 폐를 끼치는 것만큼 나를 힘들게 하는 것이 없으니, 앞으로는 더 철저히 위생 관리를 해야겠다.

단이도 얼마나 놀랐을까. 가족들이 호들갑을 떠는 것을 보고 아이가 혹시나 죄책감을 느끼지는 않았을까 걱정이 됐다. 전화를 걸어 단이의 동태를 살폈다. 죄책감은 개뿔. 독감 걸려 학교에 안 가게 됐다며 신이 나 있다. 다행인가.

객관화

오늘은 여섯 시간 동안 푹 잤다. 전주에 내려가 있는 동안 여러 일이 있었고, 서울에 올라와서도 여러 사람을 만나느라 피곤했던 탓이다. 피곤함에 지쳐 잠이 든 게 정말 오랜만이다. 요새는 오전에 글 쓰고, 저녁에 영어 공부하고, 낮에는 자거나 누워 있기 때문에 체력이 많이 남는다. 그래서 밤에 숙면을 취하지 못하는 것 같다. 너무 무리하면 안 되기 때문에 이런 날은 될 수 있으면 줄여야 한다.

어제 단이 독감 때문에 급히 서울에 올라와 세 사람을 만났다. 모두 너무 좋은 사람들이고 만나면 힐링이 되는 사람들이다. 그중 한 명이 우정이 형이다. 이 형은 성격이 불같은데 또 그게 매력이다. 조금 진정하면 좋을 텐데 하고 가끔 생각하지만, 그게 우정이 형이니까. 그리고 나를 정말 아껴준다. 우정이 형은 내가 살고자 하는 강연자의 삶에 대해 진지하게 상담을 해줬다. 우정이 형은 타인에 대한 통찰력이 매우 날카로운 편인데, 내가 요즘 너무 바쁘다고 지적했다. 조급하다고도 했다. 맞는 말이다. 나는 바쁘기도 하고 조급하기도 하다.

지금 나는 방향을 잃고 여기저기 뛰어다니고 있다. 경제적인 문제가 어느 정도 해결됐는데도 갈피를 못 잡는 것은 무언가 정돈이 되지 않고 있다는 뜻일 테다. 그도 그럴 것이, 나는 암에 걸리지 않았는가. 그것도 감기 한 번에도 위독해질 수 있는 림프종이라는 암. 우정이 형의 진심 어린 조언은 병실에 돌아와 혼자 앉았을 때 더 울림이 있었다. 형 면전에서는 따박따박 반박했지만, 틀린 말이 하나도 없었다.

마흔이 넘어서인지 자아가 너무 견고하고 기자적 사고로만 모든 사안을 대하고 있다. 뭔가 논리적이어야만 사물, 사람, 사안에 대해 받아들인다. 우정이 형의 말을 빌리면, 나 같은 사람은 입체적인 사고를 하지 못한다. 우정이 형과 두 시간 가까이 대화를 나눴는데, 자기객관화에 큰 도움이 됐다. 내가 여태까지 올 수 있었던 바탕 중 하나인 자기객관화. 암에 걸리고나서 낫겠다는 의지로 너무 확신에 차고, 암 환자라는 신분 덕에 모두 내 어리광을 받아주니 이 장점이 사라졌던 모양이다.

나는 나이 마흔이 돼서야 사회에 나간다. 그러니까 연합뉴스라는 울타리를 벗어난 사회 말이다. 이제 계급장도 없고, 명함도 없다. 그저 강연판을 기웃거리는 어쭙잖은 뜨내기 (예비) 전직 기자다. 물론 암에 걸리고 그간 살아온 삶이 순탄치 않아 스토리가 조금 있는 것은 사실이다. 그런데 이런 사람은 세상에 세고 셌다. 우정이 형 말대로 가능성이 있는 거지, 뭔가 이뤄진 것은 없다. 새로 벌이는 일도 마찬가지. 모두 다른 사람에게 기대어 있는 것이다. 지금 내 것은 강연과 글, 이 두 가지뿐이다. 다행히 두 가지 모두 조금 재능이 있기는 하다. 그것도 노력의 산물이지 천부적인 것은 아니니 냉정한 사회에서 먹힐지는 미지수다. 이를 갈고닦아줄 사람이 우정이 형이다. 그러고보니 이것도 우정이 형한테 기대고 있구나.

아무튼 오늘 아침에 일어나 이런 생각을 했다. 객관적으로 봤을 때 나는 무엇인가? 두 아이의 아빠이자 양가를 책임져왔던 가장, 회사에서 내쫓기게 생긴 베이징 특파원 출신 기자, 강연자로 남은 삶을 살고 싶은 초짜 강사, 그리고 림프종 3기 환자.

자, 이제 내가 무엇을 할 것인가? 일단은 나아야지. 그게 답이다. 답은 늘 명료하다. 내가 외면했을 뿐.

열린 결말

2023년 8월 18일 암 진단을 받고 어느새 10월 18일이 되었습니다. 제 투병생활은 현재진행형이지만 투병일기는 이제 막을 내려야 할 때가 왔습니다.

투병일기를 쓰면서 골육종 덕에 죽음에 대해 깊이 있게 생각해봤고, 림프종 때문에 제2의 삶을 살 기회를 얻었고, 오랜 시간 저를 짓눌러왔던 슈퍼맨과도 결별했습니다. 그러는 사이 가족과의 문제, 아내와의 문제, 지인들과의 문제도 하나둘 해결됐습니다. 그리고 은인도 여러 분 만났습니다. 나에게 정말 소중한 사람들이 누구인지도 알게 됐습니다. 한마디로, 다시 살아갈 힘을 얻었다.

2024년 2월부터 펼쳐질 인생 2막을 생각하면 엔도르핀이 막 샘솟기도 합니다. 이제 무일푼으로 처음부터 다시 시작해야 하지만, 든든한 지원군들이 곁에 있기 때문입니다. 하나님께서 저를 통해 무슨 일을 하시려고 이런 격한(?) 시련을 주셨는지, 기대감에 흥분이 돼 일이 손에 안 잡힐 지경입니다.

투병일기를 처음 쓸 때부터 작정했던 것이 있습니다. 이 투병일기에는 제 치료 결과에 관해 기술하지 않는다는 것입니다. 만약 제가 낫는다면 림프종으로 가족을 잃은 독자들이 환자에 대한 미안함과 그리움이 생길 것입니다. 만약 제가 낫지 못한다면 지금 림프종을 앓고 있는 환자들에게 큰 절망감을 안겨줄 수도 있습니다. 그래서 이 투병일기를 열린 결말로 마치려 합니다.

투병일기를 시작하며 썼던 것처럼 우리 가족에게 금전적인 도움이 되기를 바라는 마음은 이제 없습니다. 또 투병일기가 저의 유서처럼 남기를 원하지도 않습니다.

이 투병일기에는 거짓이나 과장 없이 제 생각을 솔직하게 밝히기로 했지만, 그중 어떤 내용은 가족과 지인의 마음을 아프게 할 수 있다는 것도 잘 압니다. 그러나 투병일기에 거짓을 쓰지 않기로 약속한 만큼 그러한 내용도 잘 받아들여주기를 바랄 뿐입니다. 다시 한 번 말하지만, 이 책에는 어떠한 거짓도, 가식도, 속임수도 담겨 있지 않습니다. 그저 담백한 크래커처럼 저의 감정을 빽빽하게 써내려갔을 뿐입니다. 그래서 그간 제가 썼던 어떤 책보다 이 투병일기에 마음이 갑니다.

　마지막으로, 저와 같이 병마와 싸우고 있는 환자들에게 응원을 보내고 싶습니다. 저는 암으로 새로운 삶을 얻었습니다. 여러분도 힘내십시오. 당신을 위해 늘 기도하겠습니다.

김진방 올림

죽음이 다가와도 괜찮아

마흔에 맞닥뜨린 암,
돌아보고 살펴본 가족과 일 그리고 몸에 관한 일기

초판 1쇄 발행 | 2024년 5월 10일
지은이 | 김진방

펴낸곳 | 도서출판 따비
펴낸이 | 박성경
편　집 | 신수진, 정우진
그　림 | 울동닭(전준수)
디자인 | 이수정

출판등록 | 2009년 5월 4일 제2010-000256호
주소 | 서울시 마포구 월드컵로28길 6(성산동, 3층)
전화 | 02-326-3897
팩스 | 02-6919-1277
메일 | tabibooks@hotmail.com
인쇄·제본 | 영신사

ISBN 979-11-92169-36-1 03810

책값은 뒤표지에 있습니다.